Lisi Harrison

Monster High

Ein Date zur Geisterstunde

Weitere Titel dieser Reihe:
Eine Party zum Verlieben
Fledermäuse im Bauch
Happy Birthday unterm Vollmond

Die gleichnamigen Hörbücher sind bei Arena audio erschienen.

Von Gitty Daneshvari gibt es *Monster High* auch für Jüngere (ab 9 Jahren):
Allerbeste Monsterfreunde
Talentshow um Mitternacht
Gruselparty auf dem Dachboden
Geheimmission mit Herzklopfen

Von Lisi Harrison ist außerdem im Arena Verlag die Reihe *Die Glamour-Clique* erschienen.

Lisi Harrison
schrieb Kolumnen für Zeitschriften und konzipierte und entwickelte Shows für MTV. Seit 2004 ist sie ausschließlich als Autorin für Kinder- und Jugendbücher tätig. Inzwischen lebt sie in Laguna Beach und liebt es, dass sie nun von ihrem Schreibtisch aus den Strand sehen kann.

Lisi Harrison

Ein Date zur Geisterstunde

Aus dem Amerikanischen
von Simone Wiemken

Mit Extrakapitel 13 im Anhang

Arena

Die Personen und Ereignisse in diesem Buch sind fiktiv.
Jede Ähnlichkeit zu real lebenden oder toten Personen ist zufällig und von der Autorin nicht beabsichtigt.

MIX
Papier aus verantwortungsvollen Quellen
FSC® C110508
FSC
www.fsc.org

1. Auflage als Sonderausgabe 2015
Dieses Werk erschien erstmals 2012 bei Little, Brown and Company, New York, im Imprint Poppy unter dem Titel »Monster High. Back and deader than ever«.
Für die deutsche Ausgabe:

Aus dem Amerikanischen von Simone Wiemken
Covergestaltung: Frauke Schneider
Cover © 2012 Mattel, Inc.
Umschlagtypografie: knaus. büro für konzeptionelle und visuelle identitäten, Würzburg
Gesamtherstellung: Westermann Druck Zwickau GmbH
ISSN 0518-4002
ISBN 978-3-401-50504-6

www.arena-verlag.de
Mitreden unter *forum.arena-verlag.de*
www.monsterhigh.com
www.monsterhigh-lesen.de

Für Hallie Jones, der es vor nichts graust.
Und ein extra *merci beaucoup* an Ingrid Vallon,
eine wunderbare Freundin und Fachfrau für *française*.
J'adore.

Prolog
Volle Sicht voraus

Und plötzlich hatte der unsichtbare Billy eine Freundin. Sie ging auf Rockkonzerte, duftete nach Lilien und erzählte den nach Klatsch hungernden Mitschülern immer »das Neueste«. Sie hielt Händchen mit ihm. Sie kicherte über seine Witze. Es war echt ernst zwischen den beiden. Und deswegen wollte Billy von nun an Klamotten tragen.

»So, jetzt machen wir Superman aus dir«, verkündete Frankie und hielt ihm die Tür von Abercrombie & Fitch auf.

»Wohl eher Super-Fitch«, meinte Billy und betrat den klimatisierten Laden mit einem erwartungsvollen Lächeln. Da demnächst die neue Kollektion kommen würde, gab es auf fast alles Rabatt. Die gesalzenen Preise konnten also nicht länger als Ausrede herhalten, nackt herumzulaufen. Billy war mehr als bereit, ins nächstbeste Outfit zu springen und sichtbar zu werden.

»Guck mal«, sagte Frankie und warf sich vor einem Spiegel in Pose.

Billy folgte ihrem Blick. Ein grünes Mädchen mit schwarzweiß gefärbten Haaren, karierten Leggings und einem Jeans-Minikleid stand neben einer schwebenden Sonnenbrille und verschlissenen Timberland-Boots. Die beiden prusteten los.

In einem schnulzigen Film wäre dieser Moment zweifellos eine Schlüsselszene gewesen. Das Publikum hätte genau gewusst, dass Billy zu Frankie gehörte und nicht zu dem Mädchen mit dem Lilienduft. Die Kinobesucher hätten gesehen, wie sie sich schon auf der Zugfahrt von Salem nach Portland amüsiert hatten. Sie hätten gehört, wie Wildfremde sie als perfektes Paar bezeichneten. Hätten fasziniert festgestellt, wie ungezwungen sie miteinander umgingen. Und jeder Zuschauer hätte sich eine ebenso tolle Beziehung zu seinem oder ihrem Sitznachbarn gewünscht. Aber das hier war kein schnulziger Film. Es war das wirkliche Leben. Und zum allerersten Mal war Billy Pheadins Leben großartiger als jeder Hollywoodfilm.

Ohne sich um die anderen Kunden und ihre erstaunten Blicke zu kümmern, durchstöberten Frankie und Billy die Kleiderständer. Sie waren so in ihrem Privatuniversum aus Insiderwitzen und Gekicher versunken, dass ihnen nicht einmal auffiel, wie eine Mutter ihre kleine Tochter schützend an sich zog.

»Willkommen«, sagte eine Frau mit blond gefärbten Haaren. Sie trug ein Crinklekleid sowie ein leuchtend blaues Kapuzenshirt und schien ihrer Kollegin an der Kasse beweisen zu wollen, wie mutig sie war. »Kann ich dir helfen, deine Größe zu finden?« Und dann ein bisschen lauter: »Und deinen Körper?«

Das Mädchen an der Kasse schlug ungläubig mit der Hand auf den Tresen und kicherte. Billy ballte die Fäuste. Frankie hatte ihn vor solchen Situationen gewarnt. In Salem war sie wochenlang shoppen gewesen, bis die Verkäufer sie endlich wie einen Normalo behandelten. Jetzt war sie dort sogar ein VIP. Aber zur Voltstarken Interessanten Persönlichkeit wurde man nicht ohne Weiteres. Das brauchte Zeit und Vertrauen. Außerdem waren sie jetzt in Portland und eroberten einen neuen Markt. Also biss Billy die Zähne zusammen und überließ Frankie das Reden.

»Wir hätten wirklich gern Hilfe«, sagte sie und steckte mit ein paar Handgriffen ihr Haar hoch. *Wie machen Mädchen das nur?*, staunte Billy. Frankies Kontakte funkelten ganz ungeniert. »Mein Freund braucht ein paar Outfits.«

»Ihr seid nicht von hier, oder?«, fragte die Verkäuferin und musterte sie wissend.

»Aus Salem«, sagte Frankie.

»Dachte ich mir. Ich hab von Leuten wie euch gehört«, sagte die Verkäuferin und streckte neugierig die Hand nach Frankies Kontakten aus. »Sind die ...?«

Frankie schlug ihre Hand weg. »Nicht anfassen. Starkstrom.«

Die Blondine wurde rot. »Oh, tut mir leid.«

»Kein Problem.« Frankie lächelte. »Verpassen Sie Billy ein paar scharfe Klamotten, dann schicke ich Ihnen selbstklebende Kontakte aus dem Labor meines Vaters. Die nettesten Leute in der Mall in Salem haben auch alle welche bekommen.«

»Echt?«

Frankie nickte.

»Krass. Also, ich bin Autumn. Und wenn ihr es euch in unserem Ankleidebereich bequem machen möchtet, suche ich gern ein paar Sachen für euch raus.«

Frankie ging voran und Billy folgte ihr. Im Gegensatz zu früher trottete er ihr allerdings nicht mehr wie ein trauriger, verlassener Welpe hinterher, weil sie in Brett Redding verknallt war und nicht in ihn. An diesem Tag erinnerte er Frankie vielmehr an ein freudig tänzelndes Pony. Denn die alte Hollywoodregel schien für ihn nicht mehr zu gelten. Er *konnte* eine megakrasse beste Freundin haben, ohne sie unbedingt abknutschen zu wollen. Er hatte nicht einmal mehr das Bedürfnis, ihren coolen Normalofreund zu erwürgen. Er war total zufrieden und ausgeglichen.

Seit er Spectra getroffen hatte – auf Clawdeens sechzehntem Geburtstag vor zwei Monaten –, gönnte er Frankie und Brett ihr Glück. Er fühlte sich nicht länger unsichtbar. Spectra und ihr alberner Sinn für Humor, ihr mädchenhaftes Kichern und ihre Einfach-so-Küsse verliehen seiner Welt Farbe und Kontur, wie Sprühbräune allein es nie gekonnt hätte.

Frankie und Billy machten es sich auf der braunen Ledercouch bequem und griffen nach den kostenlosen Wasserflaschen.

»Spectra wünscht sich schon so lange, dass ich sichtbar werde«, berichtete Billy und ließ seine Sonnenbrille in Frankies Tasche fallen. »Sie wird total ausflippen.«

Frankie trank ein Schlückchen und schraubte ihre Flasche wieder zu. »Wahrscheinlich wird sie erzählen, dass du die Klamotten umsonst bekommen hast, weil du jetzt das neue Abercrombie-&-Fitch-Model bist.«

Billy seufzte. *Geht das schon wieder los!* »Spec vereinfacht die Dinge vielleicht ab und zu, aber sie ist keine Lügnerin.«

Eine Zeit lang war Billy überzeugt gewesen, dass Frankie einfach nur eifersüchtig war. Aber inzwischen wusste er es besser. Obwohl äußerlich grün, hatte sie doch ein Herz aus Gold – außer wenn es um Spectras »Geschichten« ging. Dann sah sie grundsätzlich rot.

»Ich sage nicht, dass sie eine Lügnerin ist«, beteuerte Frankie. »Eher ein ...«

Billy erstarrte. »Ein was?«

Frankie zögerte. »Ein Freigeist.«

»Wahrscheinlich, weil sie ein Geist *ist*«, verteidigte Billy seine Freundin.

»Ich rede aber von den Gerüchten, die sie in die Welt setzt«, sagte Frankie. »Das meiste, was sie sagt, ist doch total erfunden.« Und dann fügte sie wie jedes Mal hinzu: »Tut mir leid. Ich will nur nicht, dass sie dich verletzt.«

»Keine Sorge«, versicherte ihr Billy. »Spectra schmückt die Dinge gern etwas aus, aber sie wird nie gemein.«

»Und was, wenn sie doch mal ein fieses Gerücht über dich verbreitet oder ...«

Ein Junge mit Justin-Bieber-Haarschnitt und einem gestreiften Pulli mit V-Ausschnitt kam aus einer der Kabinen. Er blieb stehen und betrachtete Frankie, die offensichtlich Selbstgespräche führte.

»Was glotzt du so?«, fragte Billy mit seiner tiefsten Stimme. »Hast du noch nie eine grüne Bauchrednerin gesehen?«

»Äh ...« Der Junge ließ den Blick durch den Ankleidebereich schweifen, als suchte er nach versteckten Kameras. Als er keine finden konnte, erstarrte er – und fing dann an zu grinsen. Er kam einen Schritt näher und hob die Hand. »Schlag ein.«

Billy holte aus und gab dem Jungen einen Highfive wie einem lange vermissten Bruder. Der unerwartet starke

Schlag ließ den Bieber-Boy in einen Garderobenständer segeln. Über seinem Kopf schwangen die Kleiderbügel hin und her.

Frankie eilte ihm zur Hilfe. »Oh, mein Gott, ist dir was passiert? Das war ein Unfall. Meistens laufen die Leute vor uns weg. Wir sind nicht daran gewöhnt…«

»Schon klar«, japste er und rappelte sich wieder auf. »Kann ich ein Foto von euch machen?«

Es schien ihn nicht zu stören, dass eines seiner Fotomodelle unsichtbar war – offenbar reichte es, dass Frankies Arm auf Billys Schulterhöhe in der Luft schwebte. Der Junge bedankte sich überschwänglich.

»Es hat sich echt viel geändert«, stellte Billy fest, als sie wieder allein waren. Mittlerweile wurden JANs auch außerhalb von Salem akzeptiert.

Frankie wickelte sich einen losen Faden ihrer Handgelenksnaht um den Finger. »Kaum zu glauben, dass Clawdeens Party den Durchbruch gebracht hat.«

»Aber angefangen hat alles damit, dass du auf dem Schulfest den Kopf verloren hast, vergiss das nicht.«

Bei der Erinnerung daran musste Frankie kichern. »Wir sind jetzt keine Freaks mehr.«

»Ich weiß. Schöner Mist«, seufzte Billy.

Frankie sah ihn verblüfft an.

Er lächelte. »Ich muss mir neue Opfer suchen.«

»Das wurde auch Zeit.«

»Wo ist denn mein Model?«, fragte Autumn, die mit Unmengen angesagter Karo-Knittersachen und Jeans wieder aufgetaucht war.

Billy wackelte mit dem Stiefel. »Hier.«

»Super. Ich bring die Sachen nur schnell in eine Kabine und …«

»Schon gut«, sagte Billy, schnappte sich die Hälfte der Klamotten und stapelte sie neben sich auf der Couch. »Ich kann die Sachen auch hier anprobieren. Ist ja nicht so, als könnte irgendwer was sehen, stimmt's?«

Frankie sprang auf und klatschte freudig in die Hände. »Modenschau!«

Während der nächsten Stunde ließ Billy sich von zwei wunderschönen Mädchen in ein Outfit nach dem anderen stecken, denn beide waren ganz wild darauf, dass er so gut aussah wie nur möglich. Er zeigte sich in der Öffentlichkeit, so wie er war, und freute sich schon auf eine Nacht in den Armen seiner nach Lilien duftenden Freundin. *Und der unsichtbare Junge lebte glücklich bis in alle Ewigkeit …*

»Versprich mir nur, dass du immer bleibst, wie du bist«, sagte Frankie, als sie mit einem Riesenberg schwarz-weißer Tüten nach Hause fuhren.

»Versprochen«, sagte er, doch es war zu spät. Er hatte sich bereits verändert.

1
Monsterkrasse Aussichten

Frankie checkte das Datum auf ihrem iPhone gleich dreimal, um sicherzugehen, dass sie nicht halluzinierte. Da stand tatsächlich *1. Juni.* Gelbe Funken regneten von ihren Fingerspitzen auf die Tribünen der Schulsporthalle, wo sie wie Glühwürmchen aufleuchteten und erloschen. Nach diesem Tag hatten sie nur noch dreiundzwanzig Tage Schule! Vierundzwanzig Tage bis zu den Sommerferien! Vierundzwanzig Tage bis zu megakrasser Action rund um die Uhr!

Neben Frankie nahmen die anderen Schüler lärmend ihre Plätze ein. Der Normalojunge links von ihr legte ihr die Hand auf die Schulter. *Alles okay bei dir?*, schienen seine jeansblauen Augen zu fragen.

Frankie nickte lächelnd. Selbst nach sechs Monaten nahm Brett Redding jedes noch so kurze Aufblitzen wahr. Wenn sie während einer Klassenarbeit Funken sprühte, zwinkerte er ihr aufmunternd zu. Wenn die Funken auftraten, weil ein Lehrer sie etwas fragte, legte er ihr beruhigend die Hand auf den Rücken. Aber wenn sie bei einem Gruselfilm Funken sprühte, lachte er nur. Und die anderen Schüler der Merston High? Die achteten schon seit Monaten nicht mehr darauf.

Sich vor Frankensteins knisternder Enkelin zu fürchten, war doch *total* von vorgestern.

Frankie, die nicht mehr stillsitzen konnte, wippte mit dem mintgrünen Knie. *Zing!* Ein weiterer Funke brannte ein kleines Loch in den Kunststoffbezug der Bank. Sie rümpfte die Nase und versuchte, den Mief des verschmorten Plastiks wegzuwedeln, bevor ihn jemand bemerkte.

»Wozu das Feuerwerk?«, fragte Brett und sah sich suchend um.

»Mir geht's gut«, versicherte ihm Frankie und begann, auf ihrem Handy herumzutippen. »Mir ist nur gerade noch was für meine In-den-Ferien-erledigen-oder-sterben-Liste eingefallen, und das hat mich ein bisschen aufgeregt.«

»Reicht es nicht, wenn du dir diese Dinge einfach nur vornimmst, ohne gleich zu sterben?«, fragte Brett grinsend. »Normalerweise nennt man so was eine To-do-Liste.«

»Ich nicht.« Hastig tippte sie: EXPERIMENT: NUR DIE BEINE BRÄUNEN, DAMIT ES AUSSIEHT, ALS WÜRDE ICH DUNKELGRÜNE LEGGINGS TRAGEN. »To-do-Listen sind doch total öde. Für alles, was auf meiner Liste steht, könnte man *sterben«*, verteidigte Frankie ihre sechzehn Ideen. Schließlich waren es mehr als nur irgendwelche Einfälle. Es waren ihre Sommerabenteuer. Jedenfalls empfand sie es so. Die meisten ihrer Freunde hatten schon das Salzwasser des Pazifischen Ozeans gekostet oder waren einen ganzen Tag lang barfuß gelaufen, hatten ein Glühwürmchen in einem Marmeladenglas gefangen oder ein dreitägiges Sonnenbad genommen. Frankie nicht. Natürlich waren ihr fünfzehn Jahre Wissen eingepflanzt worden, aber dies würden ihre ersten echten Sommerferien werden. Und die würde sie mit jeder Naht ihres Körpers genießen. Sie musste nur die wöchentliche Schülerversammlung überstehen, ohne einen Kurzschluss zu bekommen, und schon wäre sie ihrem Ziel wieder eine Stunde näher.

Blue quetschte sich neben Frankie auf die Bank. Sie wand ihre blonden Locken zu einem Knoten und steckte ihn mit einem wasserblauen Stäbchen fest. Das australische Meermädchen fächelte sich kühle Luft in den Nacken und seufzte. »Oh, Mann, ich kann es kaum erwarten, in den ollen Bikini zu jumpen und abzugischten. Ich bin ja schon völlig verdorrt.« Durch die Oberlichter der Sporthalle einfallende Sonnenstrahlen landeten auf ihren trockenen Schuppen und zauberten ein schimmerndes Muster aus Halbmonden an die Wand.

»Schwimmen wäre doch megakrass!« Frankie strahlte. »Wir alle zusammen! Daddy soll in unserem Teich die Turbinen anstellen und dann können wir vom Wasserfall springen.«

Blue klatschte freudig in die Hände, die wie üblich in Netzhandschuhen steckten.

»Was höre ich da von einer Poolparty?«, fragte Clawdeen, die gerade die Tribünenstufen hochstieg. Sie ließ ihre rote Ledertasche neben Blue auf die Bank fallen und zupfte sich einen orangefarbenen Schaumgummistöpsel aus dem rechten Ohr. Ihre Wolfsohren waren viel zu empfindsam für den Lärm einer Schülerversammlung. Aber Verabredungen für den Nachmittag und den neuesten Klatsch durfte sie auf keinen Fall verpassen. »Wann und wo?«, fragte sie und nahm auch den linken Ohrstöpsel heraus.

»Bei uns im Teich – gleich nach der Schule«, verkündete Frankie.

»Ich bin dabei«, sagte Clawdeen. Sie wuschelte sich durch das rotbraune Fell rund um ihren Hals und steckte die Stöpsel wieder in die Ohren. Obwohl es bis zum nächsten Vollmond noch eine ganze Weile dauerte, waren Clawdeens Arme und ihr Hals mit seidigem Pelz bedeckt. Seit sie die ewigen Wachsenthaarungen aufgegeben hatte und stattdessen ihr Fell pflegte, fühlte sie sich wie eine Schönheitskönigin. Normalos aller Klassenstufen trugen mittlerweile Kunstfell in sämtlichen Farben an Kragen und Ärmeln ihrer Klamotten. Aber der Glanz und die Fülle von Clawdeens Fell waren unerreicht. Sie hatte sich eine Kristallbrosche gebastelt, auf der ECHTFELL stand, und sie trug sie jeden Tag, nur für den Fall, dass jemand daran zweifelte.

Cleo steuerte den Platz neben Clawdeen an. Die Menge der Schüler teilte sich wie das Rote Meer, um sie durchzulassen. Sie kämmte ihren Pony mit den Fingern und ließ den Blick über die Versammlung schweifen. Das enge purpurrote Minikleid, das sie heute trug, brachte ihre karamellfarbene Haut und ihre perfekte Figur zur Geltung. Die goldenen Leinenstreifen, die sie um die Handgelenke trug, wirkten wie Schleifen an einem Geburtstagsgeschenk.

»Ist bei dieser Poolparty Nacktbaden erlaubt?«, fragte Billy wie aus dem Nichts.

»Wieso sind wir eigentlich shoppen gegangen, wenn du die neuen Klamotten nicht trägst?«, fragte Frankie ihren unsichtbaren besten Freund.

»Es ist zu heiß draußen«, sagte er.

»Dann hoffe ich nur, dass dein unsichtbarer Hintern nicht auf einer der Bänke hier sitzt«, bemerkte Cleo und ließ sich nieder. Der Duft von Ambra und Überlegenheit umgab sie wie eine schützende Wolke. »Mein Outfit ist nämlich noch nicht imprägniert.«

»Na und? An deiner Zickerei perlt doch alles ab«, konterte Billy frech.

Die anderen kicherten, mit Ausnahme von Cleos Freund Deuce. Er war clever genug, nicht über Witze zu lachen, die ein schlechtes Licht auf seine königliche Freundin warfen. Stattdessen wand er sich wie die Schlangen unter seiner Mütze und drehte sich zu seinem Basketballkumpel Davis Dreyson in der Reihe hinter ihnen um. Das Grinsen seines Freunds spiegelte sich in der dunklen Ray-Ban-Sonnenbrille, ohne die man Deuce niemals zu Gesicht bekam.

»Wozu eigentlich diese Schülerversammlung?«, fragte Blue. »Angeblich geht's um Integration, aber wir sind doch schon so was von integriert.« Sie schlang die Arme um Irish Emmy, ihre neue Normalofreundin aus dem Schwimmteam, und drückte ihr einen feuchten Kuss auf die Wange. »Seht ihr?«

»Ääh, du sabberst!« Irish Emmy wischte sich kichernd die Spucke vom Gesicht. Ihre roten Haare wellten sich wie Seegras.

Blue hatte recht. Sie brauchten keine Vorträge und Toleranz-Rollenspiele mehr. Die Integrationsveranstaltungen hatten Wunder gewirkt und Normalos und JANs gelehrt, friedlich miteinander auszukommen. Es hatte schon seit Wochen keinen Zwischenfall mehr gegeben. Die JANs (Jenseits Aller Normalität) waren in diesem Halbjahr sogar total angesagt.

Frankies Nähte hatten einen Hennatattoo-Wahn ausgelöst: Schulter- und Handgelenksstiche. Cleos Fans umwickelten ihre Arme mit Leinenstreifen. Und der typische Mützen-und-Sonnenbrillen-Look von Deuce hatte sich im Basketballteam schneller verbreitet als Fußpilz. Der unechte Pelz von Clawdeens Anhängerinnen hinterließ Fusseln auf allen Fluren. Und Blues lange Handschuhe waren in den aktuellen Frühlingsfarben überall im Angebot. Ein Freak zu sein, war endlich total angesagt. Reichte das nicht? Konnten sie nicht zur Belohnung eine Stunde früher gehen? Dann könnten sie nach dem Schwimmen noch ein Paddelboot mieten und sich den Fluss hinuntertreiben lassen. Die nach Gras duftende Luft genießen. Jede Eissorte probieren …

»Aufstehen!«, befahl die kraushaarige Mittvierzigerin, die energischen Schrittes aufs Basketballfeld marschiert kam. Um die Schüler zum Aufstehen zu motivieren, wedelte sie so heftig mit den Armen, als würde sie auf dem Rollfeld des O'Hare-Flughafens ein Flugzeug einweisen.

Mrs Foose – die »Fachkraft für Integration«, wie Schulleiter Weeks sie vorgestellt hatte – war damit beauftragt, die Schüler der Merston High Toleranz zu lehren. »Vielleicht kann sie uns beibringen, ihre Outfits zu tolerieren«, hatte Cleo in der ersten Unterrichtsstunde schnippisch bemerkt. Und obwohl Frankie nur ungern jemanden verurteilte, musste sie Cleo recht geben. Fooses Klamotten waren wirklich eine Beleidigung fürs Auge – übergroße T-Shirts mit Slogans (heute war es DEIN NACHBAR IST SCHWUL – NA UND?), Levi's mit Hochbund und dazu stolperte sie auch noch in rot-silbernen EasyTone-Reeboks herum.

»Heute ist unsere letzte Integrationsstunde für dieses Schuljahr, also legt euch ins Zeug.« Mrs Foose drückte auf einen Knopf ihres altmodischen Radiorekorders und hob bedeutungsvoll die linke Hand zur Brust. Eine ziemlich schräge Fassung des neuen Merston-High-Liedes dröhnte durch die Sporthalle. Frankie – die aus langweiligen Situationen immer gern das Beste herausholte – stand auf der Tribüne und sang aus vollem Hals.

»Los, macht mit, kommt alle herbei,
wir tolerieren einander an der Merston High.
Lasst uns lernen, Schule macht Spaß,
doch ohne JAN-Freunde … fehlt dir was!«

Frankie sang die letzten Worte besonders laut und alle klatschten Beifall und hopsten auf der Tribüne herum. Mrs Foose zeigte ihnen den hochgereckten Daumen und strahlte. Frankie erwiderte ihre Geste. Cleo dagegen verdrehte ihre bernsteinfarbenen Augen und hätte Frankie vermutlich nur zu gern den Daumen abgeschnitten und ihn ihr in den …

»Aber auch Normalos sind wie ich und du,
also haltet zusammen, es gibt kein Tabu!
Lernt voneinander, lehnt niemanden ab.
Dann werden die Freunde auch niemals knapp!«

Frankie begann ein triumphales Tribünenstampfen, während sich Mrs Foose die Tränen der Rührung aus den Augen wischte.

»Niemals ignorieren!«, brüllte die Lehrerin und riss die Faust hoch.

»Tolerieren!«, antworteten die Schüler.

Applaus brandete auf, als Mrs Foose den Rekorder abstellte und das Mikro an ihrem Headset zurechtrückte. »Setzt euch.«

Ein schrilles Rückkopplungsgeräusch unterbrach das allgemeine Gemurmel. Clawdeen hielt sich schnell die Ohren zu.

»Entschuldigt bitte, Wolfs«, sagte Mrs Foose und nahm ihre Jetzt-wird's-ernst-Haltung ein – die Hände hinter dem Rücken verschränkt, Knie durchgedrückt. »Heute hört ihr den letzten Vortrag unseres Programms *Kopfüber in ein neues Leben.«*

Alle klatschten.

Mrs Foose brachte die Schüler mit einer ausladenden Bewegung zum Schweigen, die ihre wabbeligen Oberarme in Schwingungen versetzte. »Als wir uns das erste Mal trafen, war Merston zweigeteilt. Die JANs« – Mrs Foose markierte diesen Ausdruck mit Anführungszeichen in der Luft – »lebten in Angst und im Untergrund. Die Normalos« – wieder kamen die Anführungszeichen zum Einsatz – »waren die herrschende Klasse.«

»Woo-hoo«, heulte eine Jungsstimme.

Mrs Foose klatschte scharf in die Hände und hob warnend den Zeigefinger. Jetzt hatte sie die ungeteilte Aufmerksamkeit. »Eurer harten Arbeit ist es zu verdanken«, fuhr sie fort, »dass wir hier in Merston ein fantastisches Halbjahr hatten. Unser Schwimmteam nimmt unter der Führung von Lagoona Blue zum ersten Mal seit zwanzig Jahren an der Landesmeisterschaft teil.«

»Voll verschärft!« Irish Emmy gab Blue einen Highfive.

Frankie klopfte Blue auf den Rücken. Alle jubelten dem Meermädchen zu. Blue grinste und wickelte sich eine blonde

Strähne um den Finger. Eine Blondine, die sich mit Eyeliner Kiemen auf den Hals gemalt hatte, drehte sich bewundernd zu ihr um.

Mrs Foose war noch nicht fertig. »Unser gemischtes Laufteam wird im April am nationalen Sportfest teilnehmen, was wir der Familie Wolf zu verdanken haben.« Clawdeen und ihre Brüder hoben triumphierend die Arme. »Und unser Basketball- und unser Footballteam sind ungeschlagen.« Deuce und Clawd standen auf und verbeugten sich. »Dank unserer JANs und ihrer außergewöhnlichen Begabungen war dieses Halbjahr ein sportliches Highlight für unsere Schule.«

Der Applaus hallte von den Wänden wider.

»Ich betrachte euch und sehe Gleichberechtigung und Akzeptanz«, fuhr Mrs Foose fort. »Schon heute erkenne ich das Morgen. Es wird strahlen wie ein Regenbogen, meine lieben Freunde. Ein großer, leuchtender Regenbogen. Und wenn ihr mir helft, seine bunten Farben zu verbreiten, wird schon bald die ganze Welt im Licht unserer Liebe erstrahlen. Und ihr werdet immer wissen, dass es hier begonnen hat. Bei euch. An der Merston High!«

Frankie sprang auf und hopste ausgelassen jubelnd auf der Tribüne herum. Alle anderen machten es ihr nach. Mit Ausnahme von Cleo. Sie blieb auf der vibrierenden Bank sitzen und versuchte mühsam, ihre Lippen mit Goldglitter-Lipgloss zu betupfen.

Zugegeben, sie neigte grundsätzlich nicht zu Gefühlsausbrüchen. Normalerweise war Cleo katzenhaft und bezeugte ihre Zustimmung sehr diskret mit einem Lächeln oder einem Augenaufschlag. Aber seit die Anzahl von Frankies Facebook- und Twitter-Freunden die von Cleo überstiegen hatte (am 22. Mai um 7:04 stand es sechshundersieben zu fünfhundertachtundneunzig), war sie noch abweisender geworden. Schon beinahe gehässig, dabei hatte Frankie es nicht auf einen Wettbewerb angelegt. Sie hatte sogar schon überlegt, zukünftig weniger zu posten. Vielleicht verlor sie dann ein paar ihrer Online-Freunde und es kam zum Gleichstand. Sie wollte alles tun, um Cleos spitze Bemerkungen und das nervige Augenrollen abzustellen – beides deutliche Zeichen von Eifersucht, wie Frankies Mutter ihr erklärt hatte. Aber Brett und Billy hatten sich zusammengetan, um ihr diesen Plan auszureden. *Wieso sollen deine virtuellen Freunde darunter leiden, dass Cleos Ansehen schwindet? Du bist eben viel netter als sie. Kein Wunder, dass sie dich lieber mögen. Wie, niemand außer ihr darf beliebt sein? Sie sollte dir die Kontakte küssen und nicht umgekehrt.* Und so versuchte Frankie, Cleos königliches Ego mit Komplimenten aufzubauen, was aber meistens nach hinten losging.

»He, Cleo«, rief Frankie, »würdest du mich schminken, wenn wir von einem Erdbeben überrascht werden?«

»Klar, das wäre das Erste, was mir dann einfiele«, fauchte Cleo.

Frankie holte tief Luft. Es war hoffnungslos. Sie konnte sagen, was sie wollte – Cleos Leinenstreifen gerieten jedes Mal in Aufruhr.

»Ignorier sie«, flüsterte Spectra, Billys unsichtbare Freundin. »Ihre Zwillingsschwester Nefera will die Sommerferien in Alexandria verbringen und Cleo ist deswegen am Boden zerstört. Immerhin schlafen die beiden im selben Sarkophag und teilen auch sonst alles. Cleo lässt einfach nur ihren Frust an dir aus.«

»Gut zu wissen«, sagte Frankie höflich und kämpfte gegen den Drang, mit den Augen zu rollen. Schließlich wusste jeder, dass Nefera in Kairo lebte und drei Jahre älter war als Cleo. *Erzählte Spectra auch mal die Wahrheit?*

»Ruhe jetzt!«, rief Mrs Foose und brachte die Schüler mit einem weiteren energischen Händeklatschen zum Schweigen. »Unsere Arbeit ist nämlich noch nicht getan. Wir haben das Pendel zu weit in eine Richtung ausschlagen lassen: Inzwischen sitzen die Normalos beim Sport auf der Ersatzbank. Sie verbergen ihre natürliche Schönheit hinter JAN-Accessoires und -Make-up.«

»Und was soll daran schlecht sein?«, murmelte Cleo.

Clawdeen kicherte in ihre Handfläche.

»Wir müssen das Gleichgewicht wiederherstellen«, sagte Mrs Foose. »Bevor wir uns als Regenbogen bezeichnen dürfen, muss jede Farbe leuchten können.«

»Krieg ich ein paar Cracker zu diesem Quark?«, flüsterte Brett. Frankie knuffte ihn grinsend in die Seite und erhaschte einen Hauch seines duftenden Haargels, das seinen schwarzen Haaren ihren perfekten Stachel-Look verlieh.

»Und deswegen ist unsere letzte Aufgabe vor den Sommerferien ...«

Alle stöhnten. Schulleiter Weeks trat vor und hob die Hände, bis wieder Ruhe einkehrte. Langsam verstummte das Gemurmel. Mit einem Nicken bedeutete er Mrs Foose fortzufahren.

»Ich möchte, dass wir uns um Ausgewogenheit bemühen. Dazu wird jede Klassenstufe ein Ausgewogenheits-Komitee bilden, das zu gleichen Teilen aus JANs und Normalos besteht. Für den Rest dieses Halbjahrs und auch im nächsten werden die Mitglieder dieser Komitees die Bedürfnisse ihrer Mitschüler herausfinden. Gesellschaftliche Events, bauliche Veränderungen oder auch neue Kurse oder Sportarten. Alles, was unseren Regenbogen ins Gleichgewicht bringen kann.«

Verblüffenderweise fingen einige Schüler – vor allem die in den ersten Reihen – zu klatschen an. Mrs Foose und Schulleiter Weeks wechselten stolze Blicke.

Es klingelte.

Ja! Der Schultag war endlich vorbei. Und jetzt würden sie schwimmen gehen! Die Tribüne knarrte, als alle Schüler nach ihren Taschen griffen.

»Wenn ihr daran interessiert seid, an der Zukunft eurer Schule mitzuarbeiten, steckt einen Zettel mit eurem Namen in den Kasten an der Tür«, rief Mrs Foose. »Ich werde die Namen nach dem Zufallsprinzip auswählen und Schulleiter Weeks wird morgen bekanntgeben, wer zum Komitee gehört.«

Brett warf sich seinen Rucksack über die Schulter und reihte sich in den Schülerstrom ein, der auf die Doppeltür der Sporthalle zustrebte. »Bist du dabei?«, fragte er und nahm Frankies Hand. Ihre Kontakte begannen, vor Glück zu summen. Ob sie seinen halb abgeblätterten schwarzen Nagellack und den Ring mit dem Totenschädel jemals nicht mehr toll finden würde?

»Wobei?«, fragte sie.

»Beim Ausgewogenheits-Komitee?«

Frankie kicherte, denn sie liebte seinen Sinn für Humor fast so sehr wie seine verschärften Outfits. »Die sollten das Blödheits-Komitee nennen.«

»Ich meine es ernst«, sagte er. »Du wolltest doch schon immer die Welt verändern.«

»Das war früher«, beteuerte Frankie nun plötzlich gereizt. Wie oft sollte sie ihm noch sagen, dass sie solche Aktionen satthatte? Sie war schon zu oft gegen Windmühlen angetreten. Außerdem hatten sie doch längst alles erreicht. Die JANs hatten gewonnen. Das sollte gefeiert werden! »Alles, was keinen Spaß macht, ist nichts für mich«, sagte sie. »Ich verschwende das schöne Wetter bestimmt nicht damit, nach der Schule zu irgendwelchen Treffen zu gehen.«

»Mir scheint, dass du mit dieser Meinung ziemlich allein dastehst«, bemerkte Brett.

Mindestens die Hälfte aller Schüler drängte sich um den Kasten, die Namenskärtchen waren bereits aufgebraucht. Ein Normalojunge mit einem blauen Basecap schrieb seinen Namen auf ein Kaugummipapier. Jackson Jekyll kritzelte seinen auf ein gelbes Post-it. Sogar Cleo suchte nach etwas, worauf sie schreiben konnte.

»Schön zu sehen, dass sie sich mal für was einsetzt«, stellte Frankie fest und deutete mit einem Kopfnicken auf Cleo. *Vielleicht ist sie dann zu beschäftigt, um mich böse anzufunkeln.*

»Wahrscheinlich schreibt sie ihren Namen so oft auf, dass sie auf jeden Fall gewinnt«, stichelte Billy.

»Was hast du gegen sie?«, fragte Frankie. »Zu dir ist sie doch gar nicht gemein.«

»Ich will nur nicht, dass du verletzt wirst«, sagte Billy mit einem Hauch Sarkasmus. Frankie lächelte. Er zog sie eindeutig mit ihren Bedenken über Spectra auf. Aber es war ein zu schöner Tag, um sich darüber zu ärgern.

»Viel Glück«, sagte sie und lächelte Cleo beim Hinausgehen zu.

Cleo grinste verkniffen. »Ja, dir auch.« Dann kicherte sie.

Frankie überlegte, Cleo zu sagen, dass sie gar nicht mitmachte. Aber wozu? Je schneller sie aus der Schule kam, desto eher konnte die Poolparty mit ihren Freunden beginnen – zufällig die Nummer sieben auf ihrer Unbedingt-erledigen-oder-sterben-Liste. Also lud sie Cleo rasch auch noch mit ein und stürmte in Richtung Ausgang. Schon wieder war sie der Freiheit ein Stück näher!

2
Cool wie ein Vampir

Auf dem Parkplatz funkelten die Autos in der Sonne. Lala schützte ihre empfindlichen Augen, während um sie herum frischgebackene Führerscheinbesitzer in der ersten Hitzewelle des Sommers davonfuhren. Sie schauderte. Wieso konnte die Sonne sie nicht genauso schön wärmen, wie der Anblick von Clawd Wolf es tat?

Die Chic Freaks – wie Lala, Cleo, Frankie, Clawdeen und Blue sich stolz nannten – eilten über den mit alten Kaugummis übersäten Parkplatz und zeigten nicht das geringste Interesse am üblichen Schulschluss-Klatsch oder den ebenso üblichen Flirts mit den Jungs aus der Oberstufe. Stattdessen waren ihre Augen nur auf Lalas Geländewagen gerichtet. Und Lala fiel keine weitere Ausrede mehr ein, sie zu bremsen.

»Schleicht doch nicht so!«, trieb Blue die anderen zur Eile an. »Meine Schuppen werden getoastet!«

»Meine Kontakte verglühen.« (Frankie.)

»Mein Pelz verschmort.« (Clawdeen.)

»Bräunungsstreifen!«, beschwerte sich Cleo und verbarg ihre nackten Schultern unter Clawdeens dichten rotbraunen Haaren. »Ich muss mich von diesem Trägerkleid befreien, bevor ich aussehe wie ein Streifenhörnchen.«

Lala fiel noch weiter hinter die anderen zurück. »Wollt ihr Sonnenschirme?«, fragte sie und drehte den rosa Griff ihres Schirmchens in der Hand. »Ich habe welche in meinem Schließfach. Ich laufe zurück und hole euch welche.«

»Schwing einfach die Hufe, klar?«, bellte Clawdeen, machte kehrt und zerrte Lala hinter sich her. »Frankies Pool wartet, schon vergessen?«

Natürlich hatte Lala das nicht vergessen. Die anderen hatten ihr sofort davon erzählt, als sie sie in einer Ecke in den Armen ihrer Lieblingsheizung bemerkt hatten. Sie war schließlich nicht dämlich – nur verliebt. Doch die Schule ohne einen weiteren Kuss von Clawd verlassen zu müssen ... das war genauso, als hätte man seine Handtasche verloren und dürfte nicht danach suchen. Allerdings konnte man das einer Schwester, die nicht fassen konnte, dass jemand ihren Bruder tatsächlich cool fand, unmöglich erklären.

Blue schob den Ärmel hoch und warf einen Blick auf die Uhr. »Es hat jetzt schon seit zweihundertelf Stunden nicht mehr geregnet. Diese Stadt ist so trocken wie das Outback«, sagte sie. »Wenn ich in dieses Komitee gewählt werde, bin ich für Poolbahnen auf den Fluren, durch die man zu den Klassenräumen schwimmen kann.«

Frankie nahm ungläubig ihre strassbesetzte Sonnenbrille ab. »Du hast dich dafür gemeldet?«

Cleo kicherte, als wäre ihr gerade ein guter Witz eingefallen.

»Genau wie ich.« Clawdeen hob ihre rotbraunen Locken an und fächelte sich Luft zu. »Wenn ich gewählt werde, heuere ich einen Fellstylisten an.«

»Ich werde die Wände verspiegeln«, verkündete Cleo.

»Was haben Spiegel damit zu tun, eine Mumie zu sein?«, fragte Frankie.

»Nichts«, antwortete Cleo grinsend. »Ich betrachte mich nur gern.«

Die Chic Freaks prusteten los und wankten in ihren Plateauschuhen weiter auf Lalas Wagen zu. Eine mintgrüne Vespa sauste an ihnen vorbei und Frankie warf ihr ein Kusshändchen hinterher.

»Die will ich haben!«, schrie sie über das Surren des Motors hinweg. Dann sah sie Lala an. »Mir scheint, dass wir die Einzigen sind, die sich nicht für dieses Komitee eingetragen haben.«

Wieder kicherte Cleo.

»Ich bin auch dabei«, sagte Lala, obwohl ihr klar war, wie komisch sich das anhören musste. Sie war zwar sehr engagiert, aber bisher nur im Tier- und Umweltschutz, und damit hatte sie außerhalb der Schule genug zu tun gehabt. »Für uns setzen sich massenweise Leute ein, aber wer kümmert sich um die Tiere?«, sagte sie jedes Mal, wenn irgendwer sie für eine schulische Aktivität gewinnen wollte. Mittlerweile fragte niemand mehr.

»Ich dachte, deine neueste Mission wäre das Stylen geretteter Tiere?«, sagte Clawdeen.

»Genau und was ist aus beasts4friends geworden?«, stichelte Cleo und zitierte damit Lalas alte E-Mail-Adresse.

»Immerhin habe ich mich wegen eines *Biests* für das Komitee gemeldet«, erklärte sie. »Also, genau genommen wegen einer Fledermaus.«

»Dein alter Herr?«, fragte Blue und kratzte sich die Arme. Schimmernde Schüppchen rieselten auf den heißen Asphalt.

Lala nickte, denn sie sprach tatsächlich vom großen Mr D, ihrem Vater. »Er findet, dass meine Führungsqualitäten verkümmern, weil ich nicht an schulischen Aktivitäten teilnehme.«

»Wozu braucht ein Haustierstylist Führungsqualitäten?«, wollte Frankie wissen.

Lala hielt sich ihren rosa Rüschenschirm vors Gesicht. »Er sagt, dass ich es nicht auf ein gutes College schaffe, wenn ich mich nicht mehr für Merston einsetze.«

»Ich hab's!«, verkündete Blue und hob einen Finger. »Wie wär's, wenn wir dir einen niedlichen Wellensittich suchen und ihn Merston nennen?«

Wieder lachten alle.

»Was?«, rief Clawdeen und schaute zurück zur Schule. Auf der anderen Seite des Rasens, außer Hörweite aller Nicht-Wölfe, stand Clawd und rief ihr etwas zu.

»Was?«, fragte sie noch einmal, diesmal aber deutlich gereizter. Und dann mit einem Seufzen: »Also gut, aber beeil dich.«

Er tauschte ein Faustknuffen mit seinen Kumpels und schlurfte dann so lustlos auf den Parkplatz zu, als hätte man ihn ins Büro des Direktors geschickt. Kein Winken, kein Lächeln, kein Augenkontakt. Kein Hinweis darauf, dass er Lala überhaupt kannte. In der Schule spielte Clawd immer den Obercoolen, vor allem, wenn seine Teamkollegen in der Nähe waren. Trotzdem schlug Lala das Herz bis zum Hals. So ging es ihr immer mit Clawd.

»Was hat er gesagt?«, fragte sie.

»Frag ihn doch selbst«, knurrte Clawdeen. »Schließlich kommt er wegen dir her und nicht wegen mir.«

»Das hat er gesagt?«, staunte Lala. »Vor den Jungs?«

»Natürlich nicht«, sagte Clawdeen. »Er hat gesagt, er müsste seine Footballsachen aus dem Auto holen. Aber wir wissen ja beide, was das bedeutet.«

Und ob!

Lala warf Clawdeen den Autoschlüssel mit dem VEGANERPRINZESSIN-Anhänger zu, die ihn auffing, als wäre es ein Brautstrauß. »Aber stellt bloß nicht die Klimaanlage an«, rief sie den Freundinnen hinterher, die bereits weiter auf den Wagen zuliefen.

Endlich allein und lässig an Clawds blaues Auto gelehnt, grinste Lala. *Ein Kuss, kommt sofort!*

»Wie gefällt dir meine neue Heizung?«, fragte Lala und klopfte auf die sonnenwarme Motorhaube, als Clawd auf sie zuschlenderte.

Er zog seine buschigen Brauen hoch, als hätte sie ihn beleidigt. »Ist dir die alte nicht mehr gut genug?«

»Du bist mein *Ofen«*, sagte sie und löste sich von der Haube, um sie gegen die Wärme seiner Brust einzutauschen.

Wie üblich warf er zuerst einen Blick über die Schulter, um sicherzugehen, dass sie niemand beobachtete.

»Bin ich dir so peinlich?«, fragte Lala und löste sich von seinem kratzigen Footballdress. Ihre dunklen Augen suchten seine. Sie waren gelber als die von Clawdeen und sahen aus wie zwei glühende Kohlestückchen.

»'türlich nicht«, versicherte er ihr und fuhr sich mit einer Hand durch die grün gefärbte Irokesenfrisur.

»Und wieso bist du dann in der Öffentlichkeit so anders zu mir, als wenn wir allein sind?«, fragte sie. »Kann ja sein, dass Melody Carver auf diese Jekyll-und-Hyde-Nummer steht, aber mein Ding ist das nicht. Es wird Zeit, dass deine Freunde mitkriegen, dass du noch andere Interessen hast, als dieses Hasenleder-Ding zu werfen.«

»Footballs sind aus Schweinsleder, nicht aus Hasenleder.«

»Darauf wäre ich nie gekommen, du Angsthase«, neckte sie ihn. »Aber wieso sind die überhaupt aus Leder? Gibt's da keine geeigneten Kunststoffe?«

Er hob die Hand und legte sie auf ihre Lippen. »Stopp. Ich muss in drei Minuten beim Training sein. Willst du da wirklich über Football reden?«

Lala pikte ihn mit dem linken Reißzahn. »Nein.«

»Gut. Ich habe hier nämlich was für dich«, sagte er und griff in seinen Rucksack.

»Was ist es? Du brauchst mir nichts zu schenken ...«

Er zog etwas Viereckiges heraus, das in Alufolie gewickelt war.

Lala wich zurück. »Ich koste aber keins von deinen scheußlichen *Kochstudio*-Experimenten! Dieser salzige Pudding war so ...«

Er fiel ihr ins Wort. »Mach es auf.«

Sie streifte die Folie ab und fand ein gerahmtes Foto von Clawd in einem blauen Sessel vor einem offenen Kamin. Er beugte sich konzentriert über ein Schachbrett, die Hände auf den Knien. Die weiße Königin schwebte zehn Zentimeter über dem Brett.

»Das war vor neun Monaten. Im Hideout Inn. Weißt du noch?«, fragte er verlegen.

»Das war der Zug, mit dem ich gewonnen habe.« Lala wackelte triumphierend mit dem Po. »Ich habe dich vernichtet.«

»Das war unser erstes Date«, sagte Clawd, ohne auf Lalas

Seitenhieb einzugehen. »Ich weiß, dass du auf Fotos nicht zu sehen bist, aber ich dachte, dass es dir vielleicht trotzdem gefällt. Du kannst es dir bei Vollmond ansehen, wenn ich nicht da bin.«

Zwitschernde Vögel flatterten hinter ihnen durch den Ahorn. Lala legte den Kopf an seine Brust und lauschte seinem rasenden Herzschlag. »Das ist total reiß-zend von dir.«

Er reckte den Hals, als müsste er eine Verspannung lockern, und murmelte: »Du machst mich tollwütig glücklich.«

Lala umarmte erst das Foto und dann ihn. Er grinste und hob Lalas Kinn an, während in ihrem Wagen ein Song von Rihanna loshämmerte. Sie küsste ihn trotzdem. Endlich Wärme.

Hup! Huuuup!

»Komm endlich!«, brüllte Clawdeen aus dem Beifahrerfenster.

»Mach Sitz!«, brüllte Lala zurück.

Clawd öffnete den Kofferraum seines Wagens und tauschte den Rucksack gegen eine schwarze Adidas-Sporttasche. »Schon okay. Ich muss ohnehin zum Training.«

Lala nickte lächelnd. Er gab ihr einen Abschiedskuss und sprintete dann zum Sportplatz.

»Hat jemand Lust auf *On the Floor?«*, rief Lala, als sie auf den Fahrersitz ihres Geländewagens sprang und J-Lo aufdrehte.

»Wuuuhuuu!«, johlten die Freundinnen aus den offenen Fenstern.

»Clawd ist viel cooler, seit du mit ihm zusammen bist«, stellte Clawdeen fest.

Lala strahlte. »Wie das?«

Ihre Freundin lächelte. »Weil er kaum noch zu Hause ist.«

Auf dem Rücksitz wurde losgeprustet. Doch obwohl die Klimaanlage kalte Luft ins Auto blies, war Lala so warm wie unter einer Kaschmirdecke.

Als Lala in den Radcliffe Way einbog, gab ihr iPhone seinen wöchentlichen Alarm.

»Festhalten!«, rief sie und trat das Gaspedal durch. Clawdeen prallte gegen Cleo. Blue landete auf der Mittelablage und Frankies grüne Beine flogen hoch, sodass die anderen freie Sicht auf ihre gestreiften Boxershorts bekamen.

Lala bremste scharf, sprang im Schatten der Ahornbäume vor ihrem Haus aus dem Auto und rannte los. Sie brauchte ihren blitzartigen Abgang nicht zu erklären, denn es war 15:45 am Mittwoch und ihr Handy hatte Alarm gegeben. Ihre Freundinnen wussten genau, wohin sie lief.

In der Diele mit ihren samtbezogenen Wänden und dem schwarzen Marmorboden, der nur von ein paar matten Lämpchen beleuchtet wurde, stolperten die meisten Besucher erst einmal halb blind herum. Lalas Augen gewöhnten sich jedoch sofort an die Dunkelheit und der Geruch von brennendem Feuerholz hieß sie willkommen.

Ein vertrautes *Pata-pat-pat-pata-pat-pat*, das sich anhörte wie eine Maus in Steppschuhen, wurde lauter. Und dann erklang ein schrilles *Iiiiiiiiiiiii*.

»Count Fabulous!«, lockte Lala und streckte den Arm aus. Die faustgroße Fledermaus faltete ihre Flügel zusammen und landete zielstrebig auf ihrer Armbändersammlung. Die Fledermaus trug immer noch die rosa Schleife, die sie ihr morgens um den Hals gebunden hatte. Den Großteil des Flügelglitters allerdings hatte CF abgeschüttelt. Typisch Mann.

»Ich weiß, dass du Hunger hast, aber Daddy wartet«, erklärte Lala ihrem Haustier.

»Iiiiiiiiiiiiiiiii«, kreischte CF und flatterte die Treppe hoch in Lalas Zimmer. Obwohl er schon neun Jahre alt war, hatte er immer noch panische Angst vor Mr D.

Lala warf ihre rote Schultasche auf eine schwarz-goldene Samtbank und rannte den Flur entlang, in dem die Porträts mehrerer Vampirgenerationen in modernen Hochglanzrahmen hingen. Der Korridor erinnerte eher an eine Wand mit Promifotos als an eine Ahnengalerie. Aber Mr D. hatte einen ganz anderen Geschmack als seine Vorfahren. Er wünschte sich die Inneneinrichtung seines viktorianischen Heims so wie Lala ihre Haare: glatt, schwarz und elegant.

Sie folgte der Reibeisenstimme ihres Onkels ins Wohnzimmer – eine Hommage ihres Vaters an Armani. Anstelle von Antiquitäten oder Kunstwerken hob sich hier jedoch ein vierundsechzig Zoll großer Flachbildschirm von der apart geknitterten Goldtapete ab.

Davor stand Onkel Vlad, ein kleiner Mann mit struppigen grauen Haaren und einer Schildpattbrille. Er hatte die Arme vor der zweireihigen blauen Strickjacke verschränkt und sah aus wie ein Zwerg, der die Nase voll hatte.

»Ich weiß, dass du anrufst, um mit Lala zu sprechen«, sagte Onkel Vlad. »Aber vorher müssen wir dringend über Farben reden. Nach Fang-Shui-Regeln sind die Energieströme hier drinnen gestört. Wir brauchen was Freudvolles.« Er deutete auf die schwarzen Fliesen vor dem Kamin, das schwarze Sofa, den schwarzen Vorleger und die schwarze Kommode mit den Gittertürchen. »Ich komme mir vor, als wäre ich in einem Geigenkasten eingesperrt.«

Lala kicherte.

»Darüber haben wir bereits gesprochen«, tönte Mr D.s tiefe Stimme aus den Lautsprechern. »Ich glaube nicht, dass leuchtende Farben und das Umstellen von Möbeln irgendein Problem lösen. Wenn man sich etwas wünscht, muss man in die Welt hinausgehen und es sich *holen.* Wo ist meine Tochter?«

Lala sprang vor den Bildschirm. »Hier, Daddy.«

Onkel Vlad trat zur Seite und betupfte seine schweißnasse Stirn mit einem hellrosa Taschentuch. Mit einem Augenrollen erinnerte er Lala, wie es ihn stresste, wenn er für sie Zeit schinden musste.

Sie biss sich auf die Unterlippe. *Tut mir leid,* sollte das bedeuten.

Onkel Vlad schob seine kleinen Hände in die Taschen seiner karierten Hose und eilte in Richtung Speisekammer, um seine Nerven mit etwas Essbarem zu beruhigen.

»Hey, Dad«, sagte Lala und ließ sich steif auf der Sofakante nieder.

Der braun gebrannte Mann auf dem Bildschirm nickte nur kurz. Er hatte das Haar glatt zurückgekämmt, trug einen perfekt sitzenden silbergrauen Anzug und saß an einem auf Hochglanz polierten Schreibtisch, hinter dem sich eine Reihe runder Fenster befand. Durch sie konnte Lala jedes Mal einen Blick auf leuchtend blauen Himmel und türkisblaues

Wasser erhaschen. Ihr Vater musterte mit strenger Miene das Outfit seiner Tochter.

Lala schlug die Beine in den rosa Strümpfen übereinander und beugte sich weit vor, um das knappe schwarze Minikleid zu tarnen, von dem er einmal gesagt hatte, dass es ihr die Art von Aufmerksamkeit verschaffte, die sie wollte, aber nicht die, die sie brauchte. Lala griff nach einer Wolldecke und drapierte sie über ihrem engen schwarzen Blazer. Obwohl das Kaminfeuer loderte und die Heizung auf tropische Temperaturen eingestellt war, begann sie zu zittern. Blut und Wärme – ihr Vater schaffte es immer wieder, Leuten beides auszusaugen.

»Und?« fragte Mr D. kurz angebunden, als müsste er seiner Tochter klarmachen, wie kostbar seine Zeit war. »Was gibt's Neues?«

Lala schaute auf. Sie hatte tatsächlich zum ersten Mal etwas zu berichten.

»Das habe ich heute bekommen«, sagte sie und hielt ihm das Foto von Clawd hin.

Mr D. legte die Fingerspitzen aneinander und führte die Hände an die Lippen.

»Das ist Clawd. Mein Freund. Der Bruder von Clawdeen.«

Seine Augen verengten sich. »Ein Wolf?«

Lala nickte langsam.

»Noch was?«, fragte er streng. »Etwas, worauf du stolz sein kannst? Etwas, das zu deiner persönlichen Entwicklung als Führungsperson beiträgt?«

Lala senkte den Blick verschämt auf die schwarzen Seidenschnürsenkel ihrer Stiefel. Sie wollte ihm sagen, dass sie sich für das Komitee beworben hatte. Aber was, wenn sie nicht ausgewählt wurde? Dann wäre er noch enttäuschter von ihr.

»Ich habe eine Eins im Biologietest«, log sie.

Er versuchte zu lächeln. Es sah aus, als hätte er Magenschmerzen. »Hast du dich wenigstens als Assistentin für die Sommerkurse beworben?«

»Die haben schon genug Helfer«, log sie wieder.

Mr D. seufzte. »Natürlich haben sie das.«

Es tut mir leid, Dad, okay? Ich bin keine Klassensprecherin und will es auch gar nicht sein. Ich interessiere mich nicht für Collegebewerbungen oder Führungsqualitäten oder Macht. Meine Freunde und meine Familie haben keine Angst vor mir und das sollen sie auch nicht. Tiere verstecken sich nicht, wenn sie mich kommen hören. Meine Outfits sind reiß-zend. Und wenn du hier bei uns wohnen würdest statt auf der Jacht, wüsstest du das alles längst. Und würdest mich so lieben, wie ich bin. Weil ich dich nämlich auch so liebe, wie du bist, hätte Lala am liebsten gebrüllt. Aber stattdessen versprach sie ihm, sich eine collegewürdige Beschäftigung zu suchen, sobald sie ihr Gespräch beendeten.

Lala betrachtete den leeren Bildschirm. Was jetzt? Es war Juni. Welche Möglichkeiten gab es da schon, etwas für die Schule zu tun? Aber wenn sie wollte, dass ihr Vater stolz auf sie war, *musste* sie etwas tun. Die Initiative ergreifen. Es versuchen.

Sie eilte zu dem Laptop, der auf einer verspiegelten antiken Anrichte vor sich hin blinkte, und googelte SCHULPROJEKTE. Sie bekam rund siebenhunderdreißigtausend

Ergebnisse. Lala begann zu scrollen und hielt bei Nummer dreizehn inne.

Denn da war es. Das absolute Highschool-Traum-Projekt. Wer immer behauptet hatte, die Dreizehn wäre eine Unglückszahl, war ein Idiot.

3
Sirenengesang

Angezogen vom gelben Licht, das durch die offene Eingangstür fiel, rückten die Partygänger in ihren modisch zerfetzten Outfits auf das Backsteingebäude zu. Obwohl es ein warmer Abend war, zog Melody Carver den Reißverschluss ihres schwarzen Kapuzenshirts hoch und verschränkte die Arme vor der Brust. Stand sie wirklich in einem ausgeblichenen Hello-Kitty-Shirt, einer gestreiften Pyjamahose und Flipflops vor einem Collegeclub? Sie war doch die mit der Sirenenstimme. *Sie* sagte anderen Leuten, was sie zu tun hatten. Und doch war es diesmal ihrer Normaloschwester Candace gelungen, Melody zu etwas zu überreden.

»Ausweise«, knurrte der Türsteher mit dem Specknacken. Er schwenkte seine winzige Taschenlampe wie Darth Vader sein Lichtschwert.

Ein zartes Mädchen mit Rehblick trat vor, hielt kurz den Ausweis hoch und verdrehte die Augen. »Ich bin fast jeden Abend hier«, sagte sie zu ihren Freundinnen. »Da muss mich der Typ doch echt nicht mehr kontrollieren.«

»Ich kontrolliere dich so lange, bis du eins achtzig groß bist und fünfundsiebzig Kilo wiegst. Und jetzt zisch ab, Bambi«, sagte er und winkte den Nächsten heran.

»Schicke Schweißflecke!«, revanchierte sich das zarte Mädchen boshaft, bevor es in seinen Plateauschuhen davonstakste.

»Der Nächste!«

Während ein Junge in engen Jeans hektisch seine Hosentaschen abklopfte, konnte ein tätowierter Typ mit weißem Muskelshirt mit einem Faustknuffen passieren.

»Mach dich bereit«, murmelte Candace. »Wir sind die Nächsten.«

Sie rückten wieder ein Stück vor. Die feuchte Luft roch nach Zigarettenrauch und Patschuli. Melody, die einen Asthmaanfall befürchtete, wedelte den Rauch beiseite. Candace stieß ihr in die Rippen. »Hör auf, dich zu benehmen wie ein Highschool-Kiddie.«

»Aber ich *bin* ein ...«

»Heute Abend nicht!« Candace fuhr sich durch die blonden Locken.

»Ich kann echt nicht fassen, dass Shane dich immer noch nicht durchschaut hat.« Melody kicherte. »Glaubt der wirklich, dass du aufs Willamette College gehst?«

»Wieso nicht?«

»Na, zum Beispiel, weil er dich nie auf dem Campus sieht«, sagte Melody, die plötzlich ganz dringend auf die Toilette musste. Warum hatte sie bloß so viel Cola getrunken? Ach ja, weil sie geglaubt hatte, dass sie zu Hause bleiben und für die Mathearbeit lernen würde, statt einen Türsteher zu bezirzen, damit Candace ihren Freund sehen konnte.

Candace zupfte eine olivgrüne Feder aus Melodys Haaren und steckte sie sich hinters Ohr. »An schicke Accessoires zu kommen, ist echt einfach, wenn du in der Nähe bist. Eigentlich sollte jeder eine Sirene als Schwester haben.«

»Ich finde eher, dass jemand anders *dich* als Schwester haben sollte«, konterte Melody. »Ich könnte mal eine Pause gebrauchen.«

Hinter ihnen stand eine Brünette in einem Flanellkleid und Kampfstiefeln, die Candace unverhohlen anstarrte. Daran war Melody längst gewöhnt. Candance' Kombination aus Strandschönheit und Großstadtstyle erregte grundsätzlich mehr Aufsehen als der neueste *Twilight*-Band.

Ein Mädchen mit Dreadlocks tippte Candace auf die mit Glitter bestäubte Schulter. »Hey, Barbie. Der Abschlussball ist erst nächsten Monat.«

»Was?«, fragte Candace verblüfft.

Melody schlug das Herz bis zum Hals – wie immer, wenn jemand zu lästern anfing. Worauf hatten sie es diesmal abgesehen? Ihre Flipflops? Ihre Pyjamahose? Die zerzausten Haare?

»Glaubst du wirklich, dass du mit diesem Outfit an Mini vorbeikommst?«, fragte die im Flanellkleid gehässig.

»Die gehört als Deko auf eine Geburtstagstorte.« (Dreadlocks.)

»Oder auf einen Karnevalswagen.« (Flanell.)

»Oder auf einen Berg Zuckerperlen.« (Dreadlocks.)

Flanell prustete los. »Woher nehmen wir denn einen Berg Zuckerperlen?«

Dreadlocks blies eine Ladung Rauch durch die dünnen Lippen und zuckte mit den Schultern. »Keine Ahnung.«

Beide fingen an zu lachen.

Melody hatte vergessen, dass sie eigentlich aufs Klo musste. Diese Mädchen machten sich über die Klamotten ihrer Schwester lustig, nicht über ihre. Das hatte sie noch nie erlebt!

Candace baute sich direkt vor Dreadlocks auf. Sie stemmte die Hände in die Hüften und...

»Der Nächste!«, rief Mini.

Melody zog Candace einfach hinter sich her. Ihre Schwester, die zum ersten Mal in ihrem Leben Kritik einstecken musste, war so geschockt, dass sie keinen Ton herausbrachte.

Flanell beugte sich vor und zischte ihr zu: »Wenigstens sehe ich aus, als wäre ich über einundzwanzig.«

Candace' grüne Augen waren jetzt wieder hellwach. »Ich zum Glück nicht!« Sie zog eine Visitenkarte aus ihrem Perlentäschchen und schnippte sie dem Mädchen zu. »Aber keine Angst. Mein Dad ist Schönheitschirurg. Falls du je im Lotto gewinnen solltest, ruf ihn an. Er liebt Herausforderungen.«

Melody konnte sich angesichts der geschockten Blicke der beiden das Lachen nicht verkneifen. War doch klar, dass Candace eine perfekte Retourkutsche einfallen würde.

»Ich sagte: Ausweise!«

Candace schob Melody vor.

Bitte, lass meine Stimme funktionieren, bitte, lass meine Stimme funktionieren. Abgesehen von ihrem Anruf bei der Uni von Südkalifornien (Candace hatte mehr Zeit für ihren Bewerbungsaufsatz gebraucht und Melody wollte nicht länger als Ghostwriterin einspringen) hatte Melody ihre Sirenenstimme in den letzten Monaten nicht mehr benutzt. Das Schicksal zu beeinflussen, war mit viel zu viel Verantwortung verbunden. Das hatte sie aus Clawdeens Geburtstagsparty gelernt – und als sie die Bedienung im Eisladen dazu gebracht hatte, Jacksons Eisbecher mit allen Extras zu dekorieren, die der Laden zu bieten hatte. An diesem Abend hatte er sich übergeben und die Mischung aus Gummibärchen, Oreo-Keksen und Schokostreuseln war auf ihrer neuen Jeansjacke gelandet.

Melody holte tief Luft und sah Mini direkt in seine dunklen Augen. »Sie brauchen unsere Ausweise nicht zu kontrollieren. Wir sind einundzwanzig. Aber die beiden Mädchen hinter uns sind es nicht.«

Er fing an zu blinzeln. Es funktionierte. Er legte Melody eine Hand auf den Rücken und schob sie und Candace in Richtung des gelben Lichts.

Candace hakte sich bei Melody ein und drückte ihren Arm. »Ich sagte doch, dass das ein Kinderspiel sein würde.«

Das Gefühl, dringend auf die Toilette zu müssen, kehrte zurück, aber Melody lächelte trotzdem. Nicht so sehr weil sie hineingekommen waren, sondern weil sie mit ihrem Outfit ausnahmsweise mal nicht weiter auffiel. Die verbrauchte Luft roch nach Bier und altem Popcorn. Melodys Augen hatten sich kaum an die schummrige Beleuchtung gewöhnt, da suchte sie schon nach den Toiletten.

Ein zerkratzter Tresen zog sich durch den ganzen Raum. Der asiatische Barkeeper im schwarzen T-Shirt versorgte die in drei Reihen anstehenden Gäste mit Getränken. Hohe Tische dienten als Ablage für leere Gläser und Handtaschen. Studenten tanzten zu den Cure-Songs, die aus den Lautsprechern hämmerten. Diese Musik diente allerdings nur zur Überbrückung, denn auf der Bühne baute bereits eine Mädchenband ihre Instrumente auf.

Melody dachte zurück an ihre Zeit als Sängerin, bevor sie Asthma bekommen hatte. Sie war nur vor Erwachsenen aufgetreten, die in Konzertsälen saßen und nach teurem Parfüm dufteten. Sie fragte sich, wie es wäre, für Gleichaltrige zu singen, und fühlte sich, als würde sie in einen tiefen Abgrund fallen.

»Ich mach mich auf die Suche nach Shane. Du findest allein nach Hause?«, fragte Candace und verwischte ihren Eyeliner gerade so, dass es nach einem sexy Versehen aussah.

Melody hatte ihren Führerschein zwar erst seit sechs Tagen, aber im Moment jagte ihr nichts größere Angst ein als die Vorstellung, in ihre Pyjamahose zu machen, und deshalb nickte sie hastig. Candace warf ihr die Autoschlüssel zu und verschwand. *Endlich.*

Die schmale schwarze Toilette war mit Postern und Aufklebern ihrer Lieblingsbands übersät: Foo Fighters, Pearl Jam, Nirvana, Blind Melon, STP ... Es war wie eine Hommage an den Grunge der Neunziger. Oder vielmehr eine Hommage an die düstere Musik, die sie im sonnigen Beverly Hills gehört hatte. Songs für Außenseiter. Ihre Songs.

Melody wusch sich in dem wackligen Waschbecken die Hände – mit kaltem Wasser und ohne Seife – und betrachtete sich dabei in dem gesprungenen Spiegel. Sie hatte schon besser ausgesehen. Zerzauste schwarze Haare, zu einem unordentlichen Pferdeschwanz zusammengerafft, Federn, die ihr ins Gesicht baumelten, schmale graue Augen, die nur das Koffein wach hielt. Sie war keine Candace, so viel war sicher. Aber das schien an diesem Abend keine Rolle zu spielen. Melody fiel niemandem auf. Das war echt unglaublich.

Als sie sich zum Ausgang durchkämpfte, wurde die Beleuchtung gedimmt. Die Besucher drängten sich vor der Bühne zusammen und fingen an zu johlen. Eine Blondine in engen Shorts setzte sich hinter ein mit Klebeband geflicktes Schlagzeug. Ihr bauchfreies Shirt gewährte einen guten Blick auf ihre Speckrollen, was das Mädchen aber kein bisschen zu stören schien. Ein anderes Mädchen mit pinkfarbenen Haaren, einem silbernen BH und engen schwarzen Jeans stöpselte seinen Bass in einen alten Verstärker mit einem Aufkleber, auf dem BAD CAT stand. Die Gitarrenspielerin trug ein blaues Ballkleid, zerrissene Netzstrümpfe und Kampfstiefel. Als alle ihre Plätze eingenommen hatten, kam eine Brünette mit einem glänzenden Pferdeschwanz auf die Bühne. Ihr schwarzes T-Shirt ließ eine ihrer beiden Schultern frei und ihre ehemals weißen Stiefeletten passten farblich perfekt zum schmutzigen Holzboden. Trotzdem erinnerte sie Melody eher an eine beleidigte Cheerleaderin als an eine Rockerbraut.

»Hey, ihr armseligen Loser!«, rief sie. »Mein Name ist Davina und ich werde euch richtig einheizen!«

Ihre Bandkolleginnen tauschten irritierte Blicke. Die mit den rosa Haaren beugte sich zum Mikrofon und fügte hinzu: »Und wir sind Grunge Goddess.«

Alle jubelten.

»Ups, das habe ich ganz vergessen.« Davina kicherte mädchenhaft. »Wie ungezogen von mir.«

»Kennen wir doch schon«, rief die Drummerin und schlug ihre Sticks gegeneinander. »Fünf, sechs, sieben, acht!«

Das erinnerte Melody an ihre Mathearbeit. Sie sollte wirklich gehen. Aber dann erklang… Pearl Jam? Jetzt war es zu spät zum Verschwinden. Melody begann, sich zur Bühne vorzuarbeiten.

»Pass doch auf!«, beschwerte sich ein Mädchen mit blauen Haaren, das Jeggings und ein Netzshirt trug. Dann stieß Melody mit einem muskelbepackten Riesen in einem grauen T-Shirt zusammen.

»Alles okay?«, fragte er und legte ihr eine Hand auf die Schulter. Trotz der schwitzenden Menge war seine Hand erstaunlich kühl. Melody nickte und huschte an ihm vorbei.

»Hier entlang«, sagte da eine vertraute Jungenstimme. Es war Billy mit seiner nach Lilien duftenden Freundin Spectra: das beliebte unsichtbare Pärchen der Merston High. Geschickt lotsten sie Melody bis vor die Bühne. Sie waren offensichtlich daran gewöhnt, sich in solchen Menschenmengen zu bewegen.

Beim Schwenk eines Strahlers konnte Melody einen Blick auf Spectra erhaschen. Dann wurde das Licht weggedreht und die geisterhafte Schönheit mit den lila Haaren und dem schwarzen Trägerkleid verschwand wieder in der Dunkelheit. »Was macht ihr hier?«, fragte Melody.

»Ich komme schon seit Jahren her. Die Musik ist super.«

Melody nickte eifrig und zeigte Spectra zwei hochgereckte Daumen. Dann streckte sie die Arme in die Luft und johlte mit, als die Band *State of Love and Trust* anstimmte.

»Wo ist deine Schwester?«, fragte Billy.

»Shane«, erklärte Melody knapp.

»Guck mal, wen ich getroffen habe!«, schrie Candace über die Musik hinweg und tanzte in der Mitte einer Drei-Personen-Polonaise auf sie zu. »Rudy und Byron.«

»Brian«, verbesserte einer der Typen.

»Dann sag doch nicht dauernd, dass du Byron heißt«, beschwerte sich Candace.

»Hab ich doch gar nicht!«

Candace löste sich aus der Reihe. »Ich tanze nicht mit Lügnern.«

Die nächste halbe Stunde lachten und tanzten sie zu den besten Songs aus den Neunzigern. Melodys Mathebuch war zwar nicht vergessen, aber jedes Lied war besser als das letzte. Sie konnte sich nicht von den hämmernden Bässen und dem Flehen der Gitarre losreißen. Von der Musik, die für sie da gewesen war, als sich sonst keiner für sie interessiert hatte.

Auf der Bühne verschlang Davina förmlich ihr Mikro und ließ den Pferdeschwanz kreisen wie einen Propeller. Sie drehte dem Publikum den Rücken zu und schlug sich auf ihren pilatesgestählten Hintern.

Der Song näherte sich seinem Höhepunkt und Melody sang mit. Als der Chor in den Refrain einstimmte, gab sie sich der kollektiven Begeisterung hin und fing an, auf und ab zu hüpfen. Red Bull zu trinken und dann von einer Kanone abgeschossen zu werden, fühlte sich vermutlich genauso an.

Plötzlich wurde Melody jedoch von einer starken Sehnsucht nach Jackson gepackt. Sie wollte, dass er bei ihr war. Wollte, dass er diesen Teil von ihr kennenlernte. Die Musik erweckte etwas in ihr zum Leben, so wie Jacksons Schweiß D. J. zum Leben erweckte. Sie hatte seine Verwandlung miterlebt und wollte, dass er auch ihre sah. Die besonderen Momente des Lebens fühlten sich nicht mehr echt an, wenn sie sie nicht mit ihm teilen konnte. Das war Liebe. Aber war es nicht auch Liebe, ihn in Ruhe zu lassen, damit er für die Mathearbeit lernen konnte?

Davina stand jetzt am Rand der Bühne und beugte sich dem Publikum entgegen. »Fangt mich auf, ihr Schwachmaaten!«, brüllte sie. Und dann sprang sie – die Arme ausgebreitet, das Kinn erhoben. Selbstsicher wie ein Albatros flog sie durch die Luft und auf ihre Fans zu. »Ich kommmmeee!«

Die Zuschauer sprangen zur Seite wie Küchenschaben bei einer Insektenspray-Attacke.

Rumms. Fiiiiiiiiiiiiieeep. Das Mikrofon verursachte ein schrilles Rückkopplungsgeräusch, als Davina – mit einem deutlich verstärkten *Umpff* – auf den Boden krachte. Die Zuschauer sahen sich hektisch um, als erwarteten sie noch ein paar Freunde, die bisher nicht aufgetaucht waren. Die Band spielte weiter.

»Meine Schulter!«, jammerte Davina. »Ich glaub, ich hab mir was gebrochen ...«

Der Türsteher tauchte auf und kniete sich neben die verletzte Sängerin. Er hob sie so mühelos hoch, als wäre sie ein Küken, und legte sich ihren verletzten Arm um den Hals.

Sie trat ihm gegen das Schienbein. »Auu!«, fauchte sie. »Das ist der gebrochene Arm!«

»Ups.« Er zwinkerte der Band zu, bevor er sie wegschleppte. »Wie ungezogen von mir.«

Die Mädchen auf der Bühne mussten sich ein Grinsen verkneifen.

»Machen die sich gar keine Sorgen um sie?«, wunderte sich Melody.

»Die hassen Davina«, erklärte Spectra. »Sie ist total eingebildet. Sie kennt diese Songs nicht einmal – die anderen müssen sie mit Klamotten bestechen, sonst würde sie nicht üben.«

»Warum werfen sie sie dann nicht raus?«, fragte Melody.

»Ihr Vater ist Danny Corrigan«, sagte Billy und wies auf das Neonschild über der Bar. »Wie in *Corrigan's Bar.* Das ist sein Schuppen. Und zurzeit ist das hier der einzige Ort, an dem sie auftreten.«

»Ich habe gehört, dass Sage, die Gitarristin, die Leute in der crsten Reihe dafür bezahlt hat, Davina fallen zu lassen!«, behauptete Spectra so überzeugt, als könnte sie ihre Aussage mit Beweisen untermauern – auch wenn das selten der Fall war.

»Kennt hier jemand *Doll Parts?«,* fragte Sage und wippte in ihren Kampfstiefeln vor und zurück.

Melody schnappte nach Luft. Sie sang diesen Song immer unter der Dusche, und zwar seit… schon *immer.* Sie konnte ihn rückwärts singen und dabei Kaugummi kauen. Aber sie konnte auf keinen Fall vor diesen Leuten auf die Bühne steigen. Was, wenn sie einen Asthmaanfall bekam? Was, wenn…

»Sie kennt es!«, brüllte Candace und riss die Hand ihrer Schwester hoch.

Melody duckte sich hastig. Aber Billy legte ihr die Arme um die Knie und hob sie hoch.

»Ihr Name ist Melly!«, rief Candace. Ein Typ mit gewelltem Haar, einer Metallbrille und einem Dreitagebart tauchte an ihrer Seite auf. Candace umarmte ihn wie einen heimkehrenden Kriegshelden. War das *Shane?*

»Sie kommt rauf!«, rief Spectra.

»Melly! Melly! Melly!«, feuerten Spectra und Billy sie an. Nur Sekunden später stimmten alle anderen in den Chor ein.

»Melly! Melly! Melly!«

Melody erstarrte. Sie würde Candace umbringen ... falls sie selbst nicht vorher vor Verlegenheit starb.

Candace packte Melodys Schulter. Ihre grünen Augen blickten ernst. Beinahe liebevoll. »Du weißt doch, was Mom immer sagt? Was würdest du machen, wenn du weißt, dass du unmöglich versagen kannst?« Melody ballte die Fäuste, als wüsste sie die Antwort, weigerte sich jedoch, sie auszusprechen. Candace zwinkerte ihr zu. »Abgang Lampenfieber!«

Mit etwas Hilfe von Billy, Spectra und Shane schubste Candace ihre Schwester vorwärts. Sage streckte eine schwielige Hand aus, um Melody auf die Bühne zu ziehen.

»Scharfer Pyjama.« Die Gitarristin grinste, schien es aber vollkommen ernst zu meinen. »Von Anfang an?«, flüsterte sie und warf Melody das Mikro zu.

Melody schluckte die sauer schmeckende Cola herunter, die sich einen Weg aus ihrem Magen bahnen wollte. Alle starrten zu ihr hoch. Wenn doch nur Jackson im Publikum wäre. Sein freundlicher, liebevoller Blick würde ihr helfen – ganz im Gegensatz zu den Gesichtern der Leute vor der Bühne. Sie wurden unruhig und drohten zu rebellieren. Sie hatten Melody als Amateurin abgetan, bevor sie einen einzigen Ton gesungen hatte.

Melody schloss die Augen. Sie würde es schaffen. Sie hatte es schon einmal geschafft. Und sie hatte immer davon geträumt, es wieder zu tun. Sie musste nur das Gerede der Leute ausblenden, nicht länger auf ihre zweifelnden Blicke achten, wieder unter die Dusche zu gehen und ...

»I am doll eyes…«

Ihre Stimme war rein und klar. Kein Keuchen, kein Frosch im Hals. Einfach nur rein und sehr gefühlvoll. Plötzlich war Melody wieder in Beverly Hills. Wütend auf die Welt, weil sie wegen ihrer (riesigen) Nase ein Niemand war. Alle hatten nur diesen einen Körperteil und keinen ganzen Menschen in ihr gesehen. Und während die Familie unterwegs war und sich in ihrer Schönheit sonnte, hatte sie unter der Dusche herumgewütet.

Sage spielte eindringlich auf ihrer Gitarre. Melody packte das Mikro mit beiden Händen und nahm die Energie von Schlagzeug und Bass in sich auf. Ihre Empörung wuchs und nahm Fahrt auf wie ein Wirbelsturm.

»Yeah, they really want you, they really want you, they really do…«

Die Musik wurde langsamer. Der Song näherte sich seinem Ende. Sie passte ihre Stimme entsprechend an. Von Wut über Vergeltung zu Verletzlichkeit und Aufgabe.

»Someday, you will ache like I ache…«

Mit einem letzten Akkord endete das Lied. Im Saal herrschte Stille. Melody öffnete vorsichtig die Augen. Applaus brandete auf. Sie lächelte verlegen.

»Kennst du was von Nirvana?«, fragte Sage.

Melody nickte.

4
Fledermaus-Beute

Count Fabulous stürzte vom schwarzen Baldachin, der über Lalas Sargbett angebracht war. Seine Krallen waren ausgefahren, er zeigte seine kleinen gelben Zähne und steuerte direkt auf...

»Stopp! Das ist keine echte Maus!« Lala fing ihr ledriges Haustier ein, bevor es womöglich noch auf der Tastatur landete und ihr Dokument vernichtete. Als sie ihm den flauschigen Kopf kraulte, tropfte etwas Fledermausspucke auf ihren rosa Seidenpyjama.

»Iiiihgitttt!« Irish Emmy sprang von den Kuschelkissen und stieß hart gegen die silbernen Hebel, die den Deckel über Lalas Sargbett senkten. Ihre angetrocknete Gesichtsmaske bekam Risse.

»In Amerika sabbert doch jeder, Emmy«, alberte Blue und polierte einem karamellfarbenen Pudel die Krallen. »Sieh dir nur Teeny Turner an.«

Der besagte Malteser-Pudel-Mix, der der Sängerin wirklich ähnlich sah, wenn seine Locken gekämmt waren, schnarchte leise vor sich hin. Unter dem Mäulchen färbte sich der schwarze Satinbezug der Couch langsam noch dunkler.

Irish Emmy betrachtete die vielen geretteten Tiere, die in aufeinandergestapelten Drahtkäfigen und Hundeboxen unruhig auf gelbfleckigen Zeitungsseiten herumliefen. »Ich weiß. Ich komme mir nur vor, als wäre ich wieder zurück auf der Farm.«

»Keine Panik, Sheila«, sagte Blue. »Du befindest dich hinter den Kulissen einer Tierrettungs-Doku. Das hat mit Farmarbeit nichts zu tun.«

»Eine voll verpelzte Doku«, bestätigte Clawdeen. »Ich dachte, du wolltest uns helfen«, sagte sie und bezog sich dabei auf ihren Videoblog *Wo ein Wolf ist, da ist auch ein Weg.* Sie wollte ihren Zuschauern zeigen, wie man Haustierschmuck selbst macht, und Irish Emmy hatte sich bereit erklärt, die Kamera zu bedienen.

»Na logo«, beteuerte Irish Emmy und fächelte sich mit einer Quesadilla Luft zu.

Am liebsten hätte Lala ihren Freundinnen gesagt, dass sie Ruhe geben sollten. Bei ihrem ewigen Geplapper und Blues Megaplaylist konnte sie sich einfach nicht konzentrieren. Aber der Brief, an dem sie arbeitete, hätte längst fertig sein müssen. Was eigentlich nur ein paar Stunden dauern sollte, beschäftigte sie nun schon seit Tagen.

»Können wir ein Fenster aufmachen?«, fragte Clawdeen und musterte die diversen verdunkelten Fenster hoch oben an der Gewölbedecke. »Teeny Turners Krallikure wird in dieser feuchten Luft nie trocknen.« Ihr prachtvolles rotbraunes Fell war mit winzigen Wassertröpfchen aus dem Luftbefeuchter in Froschform übersät, der Dampf in das Terrarium von Kale und Sprout blies, zwei Schildkröten, auf deren Panzern Jeanstaschen klebten.

»Kale hat Husten«, sagte Lala. »Die kalte Luft ist Gift für ihn.« *Und für mich!*

»Aber der Mief hier drinnen ist Gift für uns«, sagte Irish Emmy.

Lala wendete sich mit einem frustrierten Seufzer von ihrem Computer ab. »Count Fabulous, bitte öffne das Dach.«

Die Fledermaus flog hoch zur Decke und klappte mit dem Kopf ein paar kleine herzförmige Oberlichter auf. Mondlicht fiel herein und die Luft wurde allmählich besser.

»Na super!« Irish Emmy klatschte in die Hände. »Jetzt fühle ich mich wie irgend so ein Viech im Schuhkarton mit Luftlöchern.«

»Clawd hat die Oberlichter für mich angebracht, nachdem eine Krähe durch eines der normalen Fenster geflogen ist und Snake Gyllenhaal aus seinem Käfig weggefangen hat«, sagte Lala.

Irish Emmy machte ein Schmollmündchen, als wäre dies das Entzückendste, was sie je gehört hatte.

Jemand klopfte. Teeny Turner sprang vom Bett und rannte zur Tür. Die kleinen Perlenzöpfchen an ihren weichen wolligen Ohren klackerten beim Laufen.

»Komm rein«, rief Lala.

Onkel Vlad balancierte auf einem Bein und benutzte den anderen Fuß, um die Tür aufzustoßen. Der Hund sprang auf ihn zu, um an der Spitze von Vlads maßgeschneiderten rot karierten Vans-Schuhen herumzukratzen. »Platz, Mariah – oder wie immer du heißt. Verzieh dich!« Onkel Vlad balancierte einen weiteren Turm dampfender Quesadillas ins Zimmer. In seinen knalligen Karoshorts und dem türkisfarbenen Pullover sah er aus wie ein Zirkusclown. Die Getränkedosen, die sich ebenfalls auf dem goldenen Tablett stapelten, drohten abzustürzen. Blue sprang zu ihm, um ihm zu helfen.

»Wow, so viel Glitter habe ich seit meiner Disko-Phase nicht mehr gesehen«, stellte Vlad nach einem Blick ins Zimmer fest.

»Danke.« Clawdeen lächelte stolz.

Vlad marschierte im Takt von Katy Perrys *California Gurls* auf den Computer zu. Dort beugte er sich über Lalas Schulter und schüttelte missbilligend den Kopf.

»Ich weiß, ich weiß. Aber es ist erst…« Sie spähte zu den Oberlichtern und schätzte den Stand des Mondes ab. »Neunzehn Uhr fünfundvierzig.« Sie warf einen Blick auf Clawdeen, die es mit einem Nicken bestätigte. »Mir bleiben also noch fünfzehn Minuten.«

»Komm schon, Sheila, lass uns mal gucken«, sagte Blue und streichelte Kitson, einen kleinen roten Kater mit einem Bauchkettchen und magnetischen Ohrclips (extra für empfindliche Katzenohren entworfen).

»Ja, Schluss mit der Geheimniskrämerei«, verlangte auch Onkel Vlad.

Lala drehte sich langsam auf ihrem Stuhl herum und wünschte sich, wieder mit ihren Tieren allein zu sein, wie sonst auch. Dutzende feuchter Augenpaare sahen sie liebevoll an, ohne sie zu verurteilen. Ihre Tiere gaben kein Heulen, Bellen oder Quieken zum Thema Collegebewerbung oder Führungsqualitäten von sich. Sie waren einfach dankbar, dass sie sich um sie kümmerte. Sie wollten nie auf Geschäftsreise gehen oder beendeten Anrufe abrupt, weil sie zu spät zu einem Meeting kamen. Sie waren menschlicher als die meisten Menschen.

»Mach schon«, drängte Clawdeen, die darauf brannte, endlich mit den Dreharbeiten zu ihrem Videoblog zu beginnen.

Lala holte tief Luft. Hätte sie ein schlagendes Herz besessen, würde es jetzt rasen wie verrückt. Womit sollte sie anfangen? Sie überlegte, ihnen von dem Telefonat mit ihrem Vater und ihrer Internetsuche nach einer außerschulischen Aktivität zu erzählen, aber da ihr die Zeit davonlief, begann sie mit der wichtigsten Schlagzeile. *»Brigitte-T'eau-Schuhe* und *Dally Sportswear* haben sich zusammengeschlossen und …«

»Moment!« Vlad hob die Hand wie ein Schülerlotse. »Das spricht sich *Toh.«* Er nahm seine Schildpattbrille ab und rieb sich den Nasenrücken, als könnte er es nicht länger aushalten. »Wenn diese Mademoiselle hören würde, dass du ihren Nachnamen schlachtest wie Pâté, wärst du so gut wie tot.«

Die Mädchen kicherten.

»Tut mir leid«, sagte Lala. »Also … die französische Designerin Brigitte *Toh* und Dally Sportswear haben fusioniert, um einen Schuh hervorzubringen, der modisch und funktionell zugleich sein soll. Er soll T'eau Dally heißen.«

Onkel Vlad klatschte Beifall. *»J'adore!* Und was kommt als Nächstes? Jimmy Choo und Reebok? Die könnten ihren Schuh ChooBok-a nennen.«

Alle lachten außer Lala, die zu gestresst für Witze war. »Jedenfalls veranstalten die einen Wettbewerb: Sie suchen eine Schule, an der die unterschiedlichsten Leute zusammenkommen – so unterschiedlich wie T'eau und Dally. Merston wäre da einfach perfekt!«

Emmy riss eine Getränkedose auf. »Und was gibt es zu gewinnen?«

»Der Sieger wird von den beiden gesponsert.« Lala drehte ihren Stuhl jetzt schneller hin und her. »Und bekommt eine Million Dollar für alle nur denkbaren Verbesserungen.«

»Mehr Pools!« (Blue.)

»Einen Fellpflegesalon!« (Clawdeen.)

»Endlich Cafeteria-Essen, das nicht mehr schmeckt wie schon mal gegessen!« (Irish Emmy.)

»Tapeten!«, meldete sich Onkel Vlad zu Wort.

»Und Zentralheizung«, fügte Lala hinzu. »Außerdem wollen die, dass ein paar Schüler für die internationale Anzeigenkampagne zur Verfügung stehen.«

»Du und Clawd – ihr wärt super dafür!«, sagte Blue und lehnte sich ans Fußende des Sargbetts. Der Worminator, ein scheuer gelber Wellensittich, reckte den Schnabel unter dem Bett hervor und pickte auf dem Teppich nach verstreuten Körnern. Blue zupfte etwas orangefarbenen Käse von ihrer Quesadilla und wedelte damit vor seinem Schnabel herum.

»Nicht!«, schrie Lala und schnappte nach dem Käse. »Er hat eine Laktose-Intoleranz. Versuch es mit dem Salat.«

Onkel Vlad deutete auf den unberührten Teller mit Rohkost und Dips, den er schon früher gebracht hatte. »Wie schön, dass es euch geschmeckt hat«, murrte er.

»Wie wär's mit einer neuen Kreativwerkstatt? Mit Nähmaschinen und allem, was man braucht, um Schmuck zu basteln …« Clawdeen malte mit ökologisch unbedenklicher Wimperntusche Herzchen auf ein weißes Kaninchen.

Lala fühlte sich, als hätte sie eine steinerne Fledermaus

verschluckt. *Wartet!*, hätte sie am liebsten geschrien. *Erst muss ich gewinnen!* Sie wand eine Haarsträhne um ihren linken Eckzahn, als wäre sie wieder fünf Jahre alt.

Vlad legte ihr seine eiskalte Hand auf die Schulter.

Lala zwang sich, langsam zu atmen. *Einatmen durch die Nase, ausatmen durch den Mund…* Ihre dunklen Augen überflogen die Worte auf dem Bildschirm ihres Computers. Das Problem beim Schreiben war, dass man nie wirklich fertig war. Sätze konnten noch besser formuliert werden. Worte prägnanter sein. Die Grammatik perfekter.

Blue verfütterte ein weiteres Stückchen Salat an den Worminator. »Und jetzt lass hören. Wir sagen dir schon, wenn es nichts taugt.«

»Ja, mach schon und lies vor«, sagte Clawdeen und strich das winzige orangerote Tüllröckchen glatt, das sie für Fuegos Schwester Caliente entworfen hatte.

Lala drehte die Musik leiser und räusperte sich. »Aber nicht lachen, okay?«

»Nun mach schon«, drängte Irish Emmy.

Lala seufzte. »Also gut…« Sie begann, ihre Mail laut vorzulesen.

Liebe Brigitte T'eau, liebes Dally-Sportswear-Team,

mein Name ist Lala. Das ist die Abkürzung von Draculaura. Ich bin ein Riesenfan von T'eau-Schuhen und ich bin sicher, dass mir auch Dally Sportswear gefallen würde, obwohl ich keine besonders gute Sportlerin bin. Mein Freund Clawd ist allerdings in der Footballmannschaft. Er hat vier Paar Turnschuhe. Drei mit diesen Spikedingern untendrunter, damit er nicht ausrutscht, und ein paar Laufschuhe für Vollmondnächte, wenn er durch den Wald rennt und sich verstecken muss, um die Normalos nicht zu erschrecken.

Wir gehen übrigens auf die Merston High. Sie wissen schon, diese Schule in Salem, Oregon, die in letzter Zeit in den Nachrichten war, weil wir dort Monster haben? Nur für den Fall, dass Ms T'eau noch nicht von uns gehört hat (nicht weil sie keine Ahnung hätte, sondern weil sie in Frankreich lebt, wo es wahrscheinlich eigene Nachrichten gibt). Ich weiß genau, dass wir perfekt für Ihren Wettbewerb wären.

Ich zum Beispiel bin ein Vampir. (Keine Sorge, ich tue Ihnen nichts. Beim Anblick von Blut werde ich ohnmächtig. Ehrlich!) Und mein Freund ist ein Werwolf. Genau wie meine beste Freundin Clawdeen. Zu unseren Freunden gehören außerdem Mumien, Frankensteins Enkelin, Unsichtbare, Meermonster, eine Sirene, Zombies, eine gespaltene Persönlichkeit, ein Gorgone und massenhaft Normalos (Leute wie Sie, es sei denn, Sie hätten etwas zu verbergen, LOL).

Wir JANs (Jenseits Aller Normalität) haben bisher im Verborgenen gelebt. Aber in den letzten sechs Monaten haben wir unsere Schuhschränke (Witz angekommen?) verlassen und uns unter die Normalos an unserer Schule gemischt. Wir sind also genau wie Ihre Schuhe, nur lebendig – jedenfalls die meisten von uns. ☺

Wir wären unheimlich gern die erste von Ihnen gesponserte Highschool in Nordamerika. Wir würden Ihr Logo auf einfach alles drucken. Wenn Sie uns sponsern würden, könnten wir die Schule den verschiedenen Bedürfnissen der JANs anpassen und damit anderen Mut machen, ebenfalls an die Öffentlichkeit zu gehen. Ach ja und ich wäre eine reiß-zende Anführerin.

Lala

PS: Ich habe die T'eau-Mary-Janes von 2009 in Dunkelrot. Wie wäre es, wenn Sie die neu herausbringen würden? Von meinem linken Schuh ist nämlich die Schnalle abgerissen und für ein neues Paar könnte ich sterben. (Also, nicht wirklich. Ich kann nicht sterben. Jedenfalls nicht mehr. Was ein weiterer Grund ist, wieso ich eine tolle Anführerin wäre.)

»Brava!« Vlad betupfte sich die Augen mit seinem Halstuch.

»Total krass!«, jubelte Irish Emmy.

»Der Hammer!«, rief Blue.

Clawdeen klatschte Beifall. »Voll verpelzt!« Lala war jedoch nicht sicher, ob Clawdeen klatschte, weil der Brief gut war oder weil sie sich jetzt auf ihren Videoblog konzentrieren wollte. »Ich wusste, dass dein Brief toll sein würde! Schick ihn ab!«

Lala las ein letztes Mal, was sie geschrieben hatte. Ihre Lippen bewegten sich lautlos, als ihre dunklen Augen über den Bildschirm wanderten. Sie schaute auf zu Vlad. Er zwinkerte ihr zu. Sie seufzte, küsste ihre Fingerspitzen und presste sie auf den Schirm. »Okay, ich tue es…« *Das ist für dich, Dad.* Sie klickte auf Senden und hatte sofort das Gefühl, wieder atmen zu können. *Du kannst nicht sagen, ich hätte es nicht versucht.* Dann sprang sie auf und schnappte sich ein paar Schleifchen. »Fangt ihr schon mal mit der Einleitung an, während Blue, Vlad und ich unseren Modellen den letzten Schliff verleihen.«

Irish Emmy schaltete die Videokamera ein und drückte auf verschiedene Knöpfe an der Seite. Clawdeen zückte ihre Kompaktpuderdose und wuschelte ihre Locken zurecht. Sie überprüfte ihre Zähne auf erdbeerrote Lippenstiftflecken und ließ den Spiegel wieder in die Tasche fallen. Dann baute sie sich vor der Kamera auf und fragte: »Wie sehe ich aus?«

Irish Emmy spähte durch den Sucher. »Super. Jetzt brauchen wir nur noch Licht.«

»Roger Dodger.« Blue richtete eine verchromte Arbeitslampe so aus, dass die 150-Watt-Birne Clawdeen direkt ins Gesicht strahlte. Lala und Vlad blinzelten angewidert.

»Clawdeen in drei ... zwei ...« Irish Emmy hielt einen Finger hoch und deutete damit auf den Star des Blogs.

»Willkommen zu einer neuen Folge von *Wo ein Wolf ist, ist auch ein Weg*. Ich bin Clawdeen Wolf und ...« Teeny Turner bellte.

»Mach weiter«, sagte Irish Emmy. »Das kann ich auf meinem Lappy bearbeiten.«

Clawdeen erstarrte plötzlich, als lauschte sie einem weit entfernten Geräusch.

»Sprich weiter, Kamera läuft noch.«

Clawdeen schüttelte den Kopf. »Tut mir leid, ich dachte, ich hätte gehört ...«

Die Schreibtischlampe flackerte.

Blue hatte Kale in der linken Hand und einen Pinsel in der rechten. »Was ist hier los?«, fragte sie, als die Schildkröte ihren Kopf in den Panzer zurückzog.

Aus einem der Käfige war Gequieke zu hören. Rat-a-tat fiepte klagend und sein mitternachtsblauer Rattenschwanz schlug gegen die Gitterstäbe.

Clawdeen fuhr fort. »Teeny Turner wurde auf einer Straße in Salem, Oregon gefunden. Ihr Fell war struppig und die Krallen ungepflegt, bis ...«

»Schnitt!« Irish Emmy hob den Kopf. »Lala, kannst du

was gegen den Lärm tun?« Mittlerweile miauten, winselten, knurrten und fauchten alle Tiere.

Lala eilte zu den Käfigen, um ihre Lieblinge zu beruhigen.

»Danke. Also, Kamera läuft in drei ... zwei ...«

Im Zimmer wurde es so dunkel wie in einem Sarg. Das Kreischen von Irish Emmy zerriss die feuchte Luft. Die Schreibtischlampe flackerte kurz auf. Clawdeen und Blue kicherten nervös.

»Du und deine Energiesparlampen, Lala«, sagte Vlad abschätzig. »Die sparen doch nur Energie, weil sie dauernd ausgehen.«

»Das sind nicht die Birnen«, murmelte Lala und fragte sich, ob der Strom wohl auch im Büro von T'eau Dally ausgefallen war. Hauptsache, ihre Mail kam dort noch vor Einsendeschluss an ...

Das Licht ging wieder an.

»Alles klar«, sagte Irish Emmy, die immer noch ziemlich nervös klang. »Kamera läuft noch.«

Clawdeen stand verlegen vor der Kamera, holte tief Luft und fuhr fort. »Heute trägt Teeny Turner die hunderprozentig naturreine Tönung von L'Oreal in Rostrot. Dazu einen orangefarbenen Strickschal passend zur Farbe ihres Krallenlacks und ...«

Teeny winselte und versuchte, den Schal abzuschütteln. Schließlich zog sie ihn hinter sich her wie Toilettenpapier, das an einem Schuh klebt, und verkroch sich unter dem Bett.

Ein Donnern hallte durchs Haus.

»Versuch es mit den Schildkröten«, flüsterte Lala.

Clawdeen sah in die Kamera. »Diese Schmuckschildkröten wurden in einem Teich in Oregon dem sicheren Kältetod überlassen, nur weil sich der Besitzer nicht mehr um sie kümmern wollte...« Ihre Stimme bebte.

»Autsch!« Blue ließ Kale in sein Terrarium fallen, wo er sich sofort in einem hohlen Baumstamm aus Plastik verkroch. »Er hat mich gebissen!«

»Was ist denn los?«, wunderte sich Lala. »So benehmen die Tiere sich doch sonst nicht.«

Clawdeen lauschte wieder. »Lala«, begann sie. »Ich glaube...«

»Daddy ist zu Hause«, sagte Vlad.

5
Monsterkrasse Shoppingtour

Die Energie im Salem-Hills-Einkaufszentrum war elektrisierend. Am liebsten wäre Frankie durch den Brezelduft gerannt und hätte ihre Freude, endlich frei leben zu dürfen, laut herausgeschrien. Sie wollte ins Schaufenster von Forever 21 springen und dort zwischen dem grünen Rüschen-Trägerkleid und dem nietenbesetzten schwarzen Minirock mit dem Po wackeln und allen Leuten ihre Lady-Gaga-*Starstruck*-Nummer vorführen. Sie wollte, dass die Kids, die auf den Stufen des Brunnens saßen und Softeis schleckten, und die Mitarbeiterinnen des Schönheitssalons, die in ihrer Pause Diätcola tranken, bei ihrer monstermäßigen Aktion mitmachten. Sie wollte einen Flashmob ausgelassener Tänzerinnen anführen wie in *Glee*.

Stattdessen schlenderte sie Hand in Hand mit Brett an dem dreistöckigen Brunnen vorbei und löffelte ein Pinkberry-Eis mit Passionsfruchtgeschmack. Was total in Ordnung war, aber nicht viel Energie verbrauchte – und Frankie hatte zig Kilowatt zu verbrennen.

Vielleicht lag es aber auch nur an der Sommersonne, die ihre Schultern wärmte. Oder an der Art, wie Brett in seinen zerrissenen Jeans neben ihr ging, als könnte er sich gar nichts anderes vorstellen. Vielleicht lag es aber auch an den Schaufenstern voller Sommeroutfits, die Frankie wie ein modisches All-you-can-eat-Buffet vorkamen. Aber vermutlich war es einfach nur das tolle Gefühl, sich so in der Öffentlichkeit zeigen zu können, wie sie war, und ohne sich mit porenverstopfender Schminke zuspachteln zu müssen. Keine Rollkragenpullis mehr, um die Kontakte zu verbergen. Keine Angst mehr. Und obwohl dies bereits ihr siebenundzwanzigster Ausflug ins Einkaufszentrum war, seit sie ihre Tarnung aufgegeben hatte, fühlte es sich immer noch zu schön an, um wahr zu sein.

Ein paar Mädchen vom College, die sich ein extragroßes Joghurteis mit Schokopops und Gummibärchen teilten, nickten Frankie im Vorbeigehen freundlich zu.

»Süße Schuhe«, sagte eine von ihnen.

»Danke!« Frankie sah voller Stolz auf ihre Kork-Plateauschuhe hinab. Die Leute machten ihr immer Komplimente, wenn sie sie zu ihrem grünen Kleid mit dem Blütenmuster trug. Dann sahen ihre Beine besonders lang aus.

»Wie verrückt ist das denn?« Brett warf das Wachspapier von seiner Brezel in einen Mülleimer.

»Wieso? Meine Schuhe sind doch süß.«

Brett kicherte. »Nein, verrückt ist, dass die Leute deine Hautfarbe gar nicht mehr wahrnehmen. Sie sehen einfach nur … dich.«

In diesem Moment sauste ein Junge mit Tattoos und einem Nasenpiercing auf einem Skateboard vorbei. Er drehte sich um und starrte Frankie an.

»Zu früh gefreut.« Sie kicherte. »Ich glaub, der flippt gerade ein bisschen aus«, sagte sie und blieb stehen, um sich die

Peep-toe-Kampfstiefel im Schaufenster des Steve-Madden-Shops anzusehen.

Brett legte den Arm um sie und zog sie an sich. »Hmmm… Ich denke, dass er dich einfach nur megawattmäßig heiß findet.« Er drückte sie noch etwas fester, als wollte er sie ganz für sich allein beanspruchen. Nur für den Fall, dass in dieser Hinsicht Zweifel bestanden. Was nicht zutraf.

Sie erwiderte Bretts Umarmung. »Ohhh… das ist so süß von dir!«

Er beugte sich zu ihr und küsste sie und Frankie sprühte Funken, bis er sich wieder von ihr löste. Der Typ mit dem Skateboard starrte sie immer noch an. Frankie versuchte, ihn mit ihrem freundlichsten Lächeln zu trösten, aber er rollte enttäuscht davon. *Sieht er mich wirklich so, wie ich bin?* Hatten sie schon so viel erreicht? War er…?

»Guck mal!«, rief sie und zog Brett zu einer schwarz-rosa Markise. »Bei Betsey Johnson gibt's Sonderangebote!«

»Was geht ab, Franks?«, fragte die junge Verkäuferin und lächelte freundlich. Ihre schwarz geschminkten Lippen passten perfekt zu ihrem Glam-Goth-Outfit.

»Wir wollen nur mal gucken.«

»Zehn Prozent auf alles«, bot die Goth-Verkäuferin an und zupfte an ihrem schwarzen Spitzenschal – einem von sechs, die sie um den Hals trug.

»Ist das eine Sonderaktion?«, fragte Brett, der offenbar beweisen wollte, dass er kein hoffnungsloser Fall war, wenn es ums Shoppen ging.

»Es ist ein *Stein-Spezial.*«

»Ooooh.« Frankie drückte die Verkäuferin ganz fest. Sie duftete nach Kirschparfüm.

»Du bist hier eine Berühmtheit«, sagte Brett, als sie auf den Ständer mit den Accessoires zuschlenderten. Dort hingen Ohrringe mit Kontakten und Lederarmbänder mit aufgestickten Nähten in allen nur denkbaren Farben.

»Es geht aber nicht nur um mich«, stellte Frankie fest und setzte ein rotbraunes Kunstpelz-Haarband auf. »Hier gibt es von allen JANs etwas.«

Draußen drängten sich die Leute um einen Straßenkünstler. Der Pantomime schwitzte seine Schminke herunter, während er mit drei Orangen jonglierte. Frankie zog Brett auf das Spektakel zu. Aber Brett blieb unter einem Feigenbaum stehen und wollte keinen Schritt weitergehen.

»Was ist los?«, fragte Frankie, die es kaum ertrug, noch eine weitere Sekunde der Performance zu versäumen.

Er deutete auf sein T-Shirt: Darauf war ein Cartoon von einem Pantomimen, der auf Eisenbahngleise gebunden und nur Zentimeter davon entfernt war, vom herannahenden Zug überrollt zu werden.

»Aber das ist doch nicht dieser Typ, oder?«

Brett lachte. »Nein, aber ...«

Frankie wippte auf die Zehenspitzen, gab ihm einen Kuss und zog ihn mit sich in die erste Reihe. Als der Pantomime Bretts Shirt sah, wischte er sich theatralisch unsichtbare Tränen aus den Augen und ergriff dann die Flucht.

»Hab ich doch gleich gesagt«, verkündete Brett. Er und Frankie konnten sich vor Lachen nicht mehr halten und gingen hinter einem Delfin aus Bronze in Deckung.

Sie drückte ihre Wange gegen seine muskulöse Brust. »Die Sommerferien werden so was von krass«, sagte sie und betrachtete das Schaufenster von Nike. Er strich ihr die schwarzen Haare hinter die Ohren. »Wir könnten anfangen, Tennis zu spielen«, sagte Frankie.

Brett reckte das Kinn vor wie ein reicher Schnösel und sagte gespielt hochnäsig: »Oh, Mylady, genau dasselbe habe ich auch schon gedacht. Dein Club oder meiner?«

Frankie kicherte. »Ich meinte das ernst.«

»Wieso?«

»Nenn mir eine Sportart mit schärferen Outfits«, sagte sie und stellte sich vor, wie sie in dem gelben Faltenröckchen und dem passenden Sport-BH aus dem Schaufenster aussehen würde.

»Nacktbaden?«, sagte er versuchsweise.

Sie schlug ihm auf den Arm.

Hand in Hand schlenderten sie zu einem Verkaufsstand, an dem es Jutetaschen, Aufkleber und Poster gab, die für den Schutz von Mutter Erde warben. Frankie griff nach einem Button, auf dem LOL: LIVE OUT LOUD stand.

»Ich kann nicht fassen, dass das Wochenende schon vorbei ist«, jammerte sie. Montag bedeutete Schule. Und Schule bedeutete, dass sie es wieder mit Cleo und dem Komitee zu tun bekam. Eine Schleierwolke zog vor die Sonne und Frankies Stimmung verdüsterte sich noch mehr.

Cleos fieser kleiner Streich wurmte sie immer noch. »Wieso sollte Cleo meinen Namen in diesen Kasten stecken? Ich dachte immer, wir wären Freundinnen. Ich habe sie zwar an dem Tisch stehen sehen, aber nie gedacht, dass sie ...« *Nie gedacht, dass sie was tun würde? Eine Freundin dazu verurteilen, in einem stickigen Raum zu sitzen, Plakate zu malen und Kuchenverkäufe zu organisieren? Cleo ist zu allem fähig, vor allem, wenn jemand aus Versehen ganze neun Facebook-Freunde mehr hat als sie.*

Brett griff in die Tasche seiner Jeans, drückte dem Hippiemädchen am Stand einen Schein in die Hand und überreichte Frankie den Button, den sie sich angesehen hatte. Frankie lächelte ihn dankbar an und befestigte den Button am Riemchen ihrer Sandale.

Brett drehte seinen Ring mit dem Totenschädel. »Du wirst super in dieses Komitee passen. Es macht dir doch Spaß, dich zu engagieren.«

»Das war vorher.«

»Vor was?«, fragte Brett ernst. »Vor dem hier?« Er zeigte auf eine Gruppe Mädchen, die ihre Einkaufstüten durchstöberten und bei jedem Stück begeistert quietschten. »Das Leben besteht nicht nur aus Klamotten. Du hast etwas bewirkt.«

Gereizt zog Frankie ihre Hand weg. »Ich habe *versucht,* etwas zu bewirken. Und ich hab es total verbockt. Ich habe alle in Panik versetzt und die JANs in den Untergrund getrieben. *Clawdeen* hat alle zum Umdenken gebracht. Ich dachte, das wäre meine Aufgabe, aber sie hat es getan. Vielleicht bin ich nicht für so was gemacht. Vielleicht bin ich nur ein normaler Teenager, der Spaß haben will.«

»Du hast die Leute schon lange vor Clawdeens Party zum Nachdenken gebracht. Sie hätten nie ihre Tarnung abgelegt, wenn du ihnen nicht gesagt hättest, dass es in Ordnung ist.« Brett verstummte, um sein Temperament zu bremsen. »Ich weiß nicht, vielleicht macht diese Komitee-Sache richtig Spaß ... wäre doch möglich. Du könntest Geld für die tragbare Ladestation sammeln, von der du immer redest. Wir könnten ein Monster-Museum einrichten. Der Museumsdirektor wäre dann aber ich.«

Frankie musste wider Willen lächeln. Es hatte eine Zeit gegeben, da hätte sie das alles toll gefunden – mit einer Gruppe daran zu arbeiten, dass die Dinge besser wurden. Aber die Zeiten änderten sich. Und auch sie hatte sich verändert. Sie seufzte und betrat H&M. Eine Wolke klimatisierter Luft jagte ihr einen Schauer über den Rücken.

»Hallo! Kann ich euch helfen?«, fragte eine junge Verkäuferin mit einem rot gefärbten Irokesenschnitt und einer Monobraue.

»Nö, wir sehen uns nur um«, sagte Brett.

Die Monobraue begann, Cargoshorts neu zu falten.

»Ich werde keine Zeit mehr für dich haben, wenn ich in diesem Komitee mitmache«, beschwerte sich Frankie.

»Was, wenn ich auch dabei bin?«, fragte Brett.

Sie sah ihn verblüfft an. Er lehnte an einer der verspiegelten Säulen und lächelte.

»Das kannst du nicht. Du bist nicht gewählt worden.«

»Dann behaupte ich einfach, ich wäre es.«

»Bist du aber nicht.«

Brett stemmte die Hände in die Hüften. »Dann lüge ich eben.«

Frankie war sich nicht sicher, ob sie ihm einen Stromschlag verpassen oder ihn küssen sollte. »Aber ...«

»Aber was?«, fragte er und stöberte in einem Ständer mit getupften Röcken. »Willst du mich wirklich daran hindern, etwas für unsere Schule zu tun?«

»Und was ist mit all den anderen, die nicht ins Komitee gewählt wurden? Das ist doch nicht fair.«

»Denen ist das egal«, behauptete Brett. »Die wollten vor den Sommerferien nur noch schnell was für ihre Collegebewerbungen tun.«

»Woher weißt du das?«, fragte Frankie, die diese Bemerkung ziemlich zynisch fand. Wollte denn niemand das Richtige tun, einfach weil es gut war? Nicht dass es eine Rolle spielte.

»Weil das der Grund war, aus dem ich mich gemeldet habe«, gestand er und faltete einen zerknüllten rosa Pulli ordentlich zusammen.

Frankie kicherte fassungslos. »Im Ernst?«

»Heath und ich habe es gewissermaßen als Mutprobe gemacht. So ähnlich wie russisches Roulette, allerdings mit öden Aktionen statt mit Kugeln. Und dann sind wir beide gewählt worden.« Er hielt sich die Finger an die Schläfe und schoss. »Peng.«

Frankie stand mitten zwischen den Sommerpullis und konnte es nicht glauben. »Und wann sollte ich davon erfahren?«

»Gar nicht.« Er schob die Hände in die Taschen. »Ich wollte dich überraschen.«

Wieder fühlte Frankie sich wie elektrisiert. Vielleicht hatte Brett recht. Vielleicht war es gar nicht so mies. Zumindest hatten sie so mehr Zeit, die sie gemeinsam verbringen konnten.

»Das wird lustig«, behauptete er und schob sie Richtung Ausgang.

»Sicher?« Frankie strahlte schon jetzt.

Brett zuckte mit den Schultern. »Alles ist besser als Tennis.«

6
Monster-Terminstress

Melody schloss die Augen. Sie fuhr mit den Zehen übers Gras und griff nach Jacksons Hand. Die Sonne und das Plätschern des Flusses wirkten auf sie so einschläfernd wie das weiße Rauschen auf der Entspannungs-CD ihrer Mutter. Jeder Muskel ihres Körpers fühlte sich an, als wäre er aus schmelzender Butter.

Im Halbschlaf hörte sie ein Klimpern, das die blecherne Musik des Karussells übertönte. Das Klimpern wurde lauter und schneller. Ihr drang ein etwas ranziger Geruch in die Nase. *Jackson? Bäh!*

Sie beschloss, den Mief zu ignorieren. Wenn Liebe blind machte, sollte man dann nicht auch unangenehme Gerüche aushalten?

Umpff! Etwas Schweres landete wie ein Amboss auf ihren entspannten Bauchmuskeln. Blind und ohne Geruchssinn vielleicht, aber ohne jedes Schmerzempfinden?

»Jackson!«

»Was?«, fragte er schläfrig.

»Aaaah!«, schrie Melody und fuhr hoch. Ein heller Labrador schleckte ihr gerade zum zweiten Mal übers Gesicht.

»Nein, Sadie!«, rief eine mollige Frau in einem weißen

Trainingsanzug. Mit einer angekauten Hundeleine in der Hand kam sie schnaufend auf sie zugerannt.

»Du dachtest, das wäre ich?«, fragte Jackson und schützte seine Augen vor der Nachmittagssonne.

»Na ja, Mundgeruch passt doch…«, alberte Melody.

Jackson zog den Hund an sich. »Wie eigenartig, denn wenn ich die Augen zumache, fühlt es sich an, als wären das deine haarigen Beine.«

Melody warf den Kopf zurück und lachte, während Sadie wie ein Staubsauger die Überreste ihres Picknicks verschlang.

»Es tut mir so leid! Sie gerät immer vollkommen außer sich, wenn sie ein Picknick sieht.« Die Frau zog an der Leine und Sadie trabte davon.

»Kein Problem!«, riefen sie ihr nach.

»Du siehst gut aus, Carver«, spottete Jackson und zeigte auf Melodys weißes Shirt mit V-Ausschnitt, das jetzt mit matschigen Pfotenabdrücken übersät war. Putenaufschnitt und zerbröselte Kekse klebten an ihrer Picknickdecke im Mexiko-Look.

»Ich fühl mich auch gut, Jekyll.« Sie grinste, machte einen Schmollmund und warf sich in Pose.

Sie kicherten. Jackson strich sich die Haare aus der Stirn. Er pflückte eine Löwenzahnblüte und steckte sie Melody hinters Ohr. Sie lächelte ihn an und ließ sich wieder auf den Rücken fallen. Eine Feder mit goldener Spitze segelte aus ihren Haaren und landete neben ihnen. Es war ein perfekter Tag. Aber so waren die meisten Tage, die sie mit Jackson verbrachte.

»Weißt du noch, wie wir uns kennengelernt haben?«, fragte sie und drehte sich auf die Seite, damit sie ihn ansehen konnte. »Du hast da drüben auf der Bank gesessen.«

Er sah mit haselnussbraunen Augen zum Himmel. »Nö, weiß ich nicht mehr.«

Sie schlug ihm mit einer halb abgenagten Hähnchenkeule aufs Bein.

»Klar erinnere ich mich.« Er setzte sich auf. Nicht das kleinste Speckröllchen zeigte sich über dem Bund seiner Jeans, als er sie an sich zog. »Candace hatte dieses verrückte silberne Overall-Ding an. Sie sah aus wie von einem anderen Stern und du warst so ... hübsch.«

»Deine Bauchmuskeln sind der Knaller«, sagte sie nur Zentimeter von seinen Lippen entfernt.

»Häh?«

»Die sind echt heiß und machen mich total an«, sagte sie und borgte sich damit einen der Anmachsprüche ihrer Schwester. Es fühlte sich an, als würde man den nassen Badeanzug einer Fremden anprobieren. »Aber im Ernst: Wie hast du die so perfekt hingekriegt?«

Jackson setzte sich auf und Melody fiel auf die Seite.

Er wurde rot. »Seit wann achtest du denn auf so was? Wirst du jetzt etwa so wie die anderen?«

»Wie wer?«, fragte Melody, obwohl sie es ganz genau wusste. Er meinte die oberflächlichen Mädels an ihrer Schule, die schwänzten, um einkaufen zu gehen, vor dem Spiegel ihre Körper verglichen und bei einem Latte macchiato über ihre Oberschenkel jammerten. Jackson konnte sie nicht ausstehen. Für ihn war Melody so bodenständig wie ein Flugzeug mit Triebwerksschaden. Sie war verlässlich und klug und scherte sich nicht darum, was gerade angesagt war, weil sie nach ihren eigenen Werten lebte. Das mochte Jackson an ihr. Und Melody mochte es, dass er das an ihr mochte.

Jackson griff nach seinem kleinen blau-weißen Handventilator und stellte ihn an. Seine Augen schlossen sich hinter der Streberbrille. Melody drückte den Ventilator dichter an sein leicht verschwitztes Gesicht. Wenn er stärker schwitzte, sorgte seine veränderte DNA dafür, dass er sich verwandelte: in D. J., seine total witzige, aber ebenso verantwortungslose zweite Persönlichkeit. Und Melody wollte nicht riskieren, dass irgendjemand oder irgendetwas ihren Ausflug verdarb.

»Liebst du mich, weil ich ... normal bin?«, fragte sie, obwohl sie nicht genau wusste, auf welche Antwort sie hoffen sollte.

Er öffnete die Augen und lächelte. »Also, ich würde dich kaum als *normal* bezeichnen.« Er zupfte ihr eine Feder aus den Haaren und pustete sie weg.

»Aber von dieser Sirenensache abgesehen, bin ich langweilig und berechenbar. Das bist du nicht. Wenn du schwitzt, verwandelst du dich in D. J. Vielleicht magst du mich, weil ich das genaue Gegenteil von dir bin. Ich bleibe immer gleich.«

»Moment mal. Du warst es doch, die auf eine Bühne gestiegen ist und für einen Haufen fremder Leute gesungen hat – und da soll ich der Unberechenbare von uns sein?« Jackson zog sie zu sich auf die Decke. Sein Karoshirt duftete wie sein Deo nach Kiefernholz. »Du gehst doch nicht heimlich mit D. J.?«

Sie kicherte, doch in gewisser Weise hatte er recht. Melody hielt sich für langweilig und berechenbar, weil sie das im Vergleich zu ihrer Schwester immer gewesen war. Aber ihr Auftritt war genau das Gegenteil von vorhersehbarem Verhalten. Tatsächlich war es sogar das Spontanste, was sie seit Jahren getan hatte.

»Es gibt eine Million Gründe, wieso wir das perfekte Paar sind.« Er griff nach ihrer Keksdose und ließ den Deckel aufspringen. »Einer davon sind deine Brownies.« Ein Schokokrümel landete auf dem obersten Knopf seines Shirts. Sie wischte ihn weg. Woran es auch immer liegen mochte – sie waren wirklich ein tolles Team.

Melody drehte sich auf den Rücken und nahm Jacksons Hand. In Gedanken war sie wieder in Corrigans Bar und der Geruch des sonnigen Nachmittags wich abgestandenem Kneipenmief, der Hitze der Strahler ... dem Energieschub, den sie auf der Bühne erlebt hatte, ihrer Stimme, der johlenden Menge ... Melody setzte sich auf und nahm einen Schluck aus ihrer Wasserflasche. »Was sollen wir in den Ferien machen? Das ist echt die Frage.«

Jackson strich sich den Pony aus dem Gesicht. »Also, genau genommen ...« Er wühlte in seinem Rucksack und Melody betrachtete eine Familie, die in einem gelben Kajak vorbeipaddelte. Diese Leute wirkten so glücklich und zufrieden – Gefühle, die sie nicht wirklich kannte. Es war nicht so, dass sie mit Jackson nicht glücklich war – das war sie. Und dennoch war da diese Unruhe in ihr, ein nervöses Summen, das sie keinen Frieden finden ließ. Bis zum vergangenen Abend. Bis zu dem Moment, als sie gesungen hatte.

Vor ihrer Nase tauchte ein Hochglanzprospekt auf. Auf der Titelseite waren Kinder auf einer hölzernen Bühne mitten im Wald zu sehen. »Camp Crescendo!«

»Häh?«

Jackson grinste. »Die suchen Betreuer fürs Ferienlager.«

»Aber das ist das beste Theater- und Kunst-Camp des Landes. Ich wette, die Bewerberliste der Helfer ist eine Meile lang.«

Jackson stützte sich auf die Ellbogen. »Ist sie. Aber meine Mom kennt den Veranstalter. Wir beide haben nächsten Donnerstag nach der Schule ein Vorstellungsgespräch – du für die Musicals und ich für Malerei. Stell dir das mal vor, zwei Monate Camp. Keine Schule, keine Eltern, kein ödes Burgerbraten in irgendeinem Fast-Food-Laden.«

Das konnte sie sich nur zu gut vorstellen … Morgendliche Wanderungen zu nebelverhangenen Gipfeln. Schwimmen um Mitternacht. Händchenhalten unter einer Decke beim Singen am Lagerfeuer. Wenn sie einen Sommerjob annahm – und sie brauchte einen –, war das eine mehr als verlockende Option. »Das wäre super!« Sie beugte sich für einen Dankeschön-Kuss zu ihm und – *ping!* Melody wich zurück, um auf ihr Handy zu sehen.

AN: Melody
4. Juni, 14:57
CANDACE: Bin bei Shane. Grunge Goddess sucht neue Leadsängerin. Hab dich angemeldet. Nächsten Do. 15:30. Sherwood-Wohnheim, Zimmer 503. Abgang beste Schwester aller Zeiten!

Melody hielt die Hand über den Bildschirm, um besser lesen zu können. Sie überflog die Nachricht ein zweites Mal. Und ein drittes … Dann sprang sie auf und hüpfte barfuß im Gras herum. »Jaaaa!«

»Was?«, fragte Jackson. Er stand auf und hüpfte mit ihr.

»GrungeGoddesssuchteineneueSängerinundCandacehatmichzumCasting angemeldet! Ich habe nächste Woche ein Vorsingen!«

Er gab ihr einen Highfive. »Vielleicht kannst du dann auch gleich was gegen den Namen unternehmen.«

Melody erstarrte. *Hatte er das gerade wirklich gesagt?*

»Tut mir leid ... das ist wirklich eine tolle Neuigkeit. Ehrlich«, versicherte er ihr grinsend.

In Melodys Herz wuchsen Eiszapfen, wo kurz zuvor noch warme, sirupartige Liebe geflossen war. Sie kippte die Brownies in den Mülleimer. »Überschlag dich bloß nicht vor Freude.«

»Nicht die Brownies!«, schrie Jackson.

»Pass auf, was du sagst, sonst bist du der Nächste«, drohte sie nur halb im Scherz.

»Ich komme nur nicht über den Namen dieser Band hinweg. Der ist so ... trottelig.«

»Du musst es ja wissen«, murrte sie mit einem bedeutsamen Blick auf sein schief zugeknöpftes Shirt.

»Das sollte ein Witz sein«, behauptete er kichernd. »Ich freue mich wirklich für dich. Vielleicht kann ich mal zu einem deiner Auftritte kommen.« Jackson stellte seinen Ventilator auf die höchste Stufe und hielt ihn sich dicht vors Gesicht.

Melody schob seine Hand ein wenig zur Seite, damit sie ihm in die Augen sehen konnte. »Soll das heißen, dass du mich zum Vorsingen begleitest?«

»Kommt drauf an.«

Melody wartete.

»Wenn ich dafür bis Sonnenuntergang eine neue Ladung Brownies bekomme.«

»Abgemacht«, sagte sie und hielt ihm die Hand hin.

»Abgemacht«, bestätigte er und schüttelte ihre Hand. »Wann ist das Vorsingen?«

Sie las die SMS noch einmal. »Donnerstag um halb vier.«

»Oh-oh. Unser Vorstellungsgespräch für den Ferienjob ist um fünf.«

Melody steckte Jackson ein Blatt hinters Ohr. »Uns bleiben anderthalb Stunden. Das schaffen wir locker.«

Er starrte auf den Rasen. Melody drückte seine Hand und setzte ihre ganze Willenskraft ein, ihn nicht mit ihrer Stimme zu beeinflussen. Das wäre zu einfach. *Jackson, hör mal. Du wirst mich bei allem, was mit Musik zu tun hat, vorbehaltlos unterstützen. Und du wirst es gern tun.*

Und er würde antworten: *Natürlich, Melly. Was immer du sagst, Melly. Darf ich dich auf die Bühne tragen, Melly?*

Und dann würde sie sagen: *So ein Stuss!*

Denn mal ehrlich – wenn sie einen Robo-Freund wollte, konnte Mr Stein ihr bestimmt spätestens bis Montag einen zusammenbasteln. Sie wollte, dass Jackson sie aus freien Stücken unterstützte. Andernfalls würde sie nie wissen, ob …

»Ich bin dabei!«

»Perfekt!« Melody stopfte ihr Handy wieder in die hintere Hosentasche ihrer Jeansshorts und schnappte sich ihre Jutetasche. »Los, komm. Ich muss anfangen zu üben.«

Jackson sammelte die restlichen Vorratsdosen in den Korb und warf sich den Rucksack über die Schulter. »Mir scheint, das Picknick ist beendet.«

7
Familienbande

Clawd spießte ein Stückchen Tofu-Truthahn auf, langte über den Teakholztisch und fütterte Lala.

»Mmmm ...« Sie leckte sich die Lippen und genoss den salzigen Geschmack. »Und jetzt du«, sagte sie und hielt Clawd ein Häppchen hin.

Er kaute. »Tollwütig gut! Viel besser als echtes Fleisch.«

Der Seegang ließ die Jacht schaukeln wie eine Babywiege. Mr D. entkorkte eine Flasche Wein und Lala streckte sich in ihrem Liegestuhl zum Sonnenbaden aus. Ihr schwarz-silberner Bikini war noch feucht vom Schwimmen mit den Delfinen. Clawd kniete vor ihr, hielt ihr eine hellblaue Schmuckschatulle hin und lächelte verliebt zu ihr auf. Ihr Vater filmte diesen bedeutsamen Augenblick. Dann nahm er seine Sonnenbrille ab und ließ seinen Freudentränen freien Lauf. Es war das erste Mal, dass er eine Kamera bediente – von Freudentränen ganz zu schweigen. Doch als Lala die Schmuckschachtel öffnen wollte, frischte der Wind auf. Wolken zogen herbei und verdeckten die Sonne. Die Segel knarrten, als aus dem sanften Wiegen ein ungeduldiges Rütteln wurde ...

»... ich sagte, Zeit zum Aufstehen. Du bist spät dran.« Onkel Vlad trug eine dunkelblaue Schürze über seinem blau-weiß karierten Hemd.

Lala setzte sich auf und streifte ihre schwarze Satinschlafmaske ab. »Häh?« Ihre Tiere waren schon alle wach.

Vlad hatte sich über ihr Sarg-Himmelbett gebeugt und daran gerüttelt.

Sie rieb sich die Augen und warf einen Blick auf die Uhr neben ihrem Bett. Auf dem Display blinkte 12:00. »Was ist passiert?«, stöhnte sie, während ihre nahezu haarlose Maus Smoked Buddha unter das Bett huschte. »Wie spät ist es? Wieso hat mein Wecker nicht geklingelt?«

»Die Sonnenbank deines Vaters hat einen Kurzschluss verursacht. Mal wieder. Der Strom ist ausgefallen. Mal wieder.«

Es war kaum zu glauben, dass er heute am Frühstückstisch sitzen würde wie ein normaler Vater. Kaum zu glauben, dass er die letzte Nacht in seinem eigenen Sarg gelegen hatte. Kaum zu glauben, dass sie sich tatsächlich in die Augen sehen würden, statt einander wie sonst auf einem hochauflösenden Bildschirm zu begrüßen… *Was, wenn ich seine Rückkehr auch nur geträumt habe?*

»Vite, vite!« Vlad öffnete die herzförmigen Fenster und ließ Count Fabulous herein. Die Fledermaus, die eine winzige Fliegerbrille und rosa glitzernde Flügeldeckchen aus Kunstfell trug, flatterte zu ihrem Schlafplatz und hängte sich dort mit dem Kopf nach unten auf. Lala nahm CF sein Nacht-Outfit ab, streifte ihm eine winzige Satinschlafmaske über die Augen, gab ihm ein Gutentagküsschen und ließ sich wieder in ihre Kissen fallen. »Ich hatte gerade den besten Traum aller Zeiten.«

»Und jetzt kannst du mit dem schnellsten Anziehen aller Zeiten weitermachen«, sagte Vlad auf dem Weg zur Tür.

Lala warf ihre schwarz-rosa gestreifte Satinbettdecke zur Seite. Ihr Vater war nun seit vier Tagen zu Hause und ihre Tiere benahmen sich immer noch so, als würde er sie zum Frühstück verspeisen. Erst gestern hatte sie Teeny Turner die Treppe runtertragen und zum Gassigehen zwingen müssen. Anscheinend zog ihr Hündchen es vor, eine Pfütze auf dem Teppich zu hinterlassen, um bloß nicht Mr D. zu begegnen... Als würde der sich herablassen, einem *Streuner* das Blut auszusaugen. Wenn die Tiere doch nur wüssten, mit wem sie es zu tun hatten. »Dein Vater ernährt sich nur von edelsten Kreaturen«, pflegte er zu sagen.

Darüber hinaus machte es ihm Freude, sie wegen ihrer Zukunftspläne auszuquetschen, aber bis jetzt hatte er kein Wort dazu gesagt. Was, wenn ihre Streuner recht hatten? Wenn er seine Ansprüche heruntergeschraubt hatte? Vielleicht machte er dasselbe wie ihre Fledermaus und hing einfach nur zu Hause ab?

Lala schlüpfte in einen roten Kaschmirpulli, schwarze Leggings und kniehohe Stiefel. Alle anderen Mädchen trugen Tops und Sommerkleider, aber als sie einmal mit einer pflaumenblauen Baumwolljacke losgegangen war, hatte sie den ganzen Tag gefroren. Sie putzte sich die Reißzähne und gönnte sich einen Spritzer ihres Lieblingsparfüms. Dann noch klaren Lipgloss und etwas Mascara und der Vampir war bereit für ein gutes altmodisches Familienfrühstück.

Im Untergeschoss roch es durchdringend nach Fleisch und der widerliche Geruch zog bereits die Treppe hoch. Aber mit der Nase am parfümierten Handgelenk schaffte Lala es nach unten. Wahrscheinlich war es irgendeine komische Blutwurst oder Nierenpastete, die ihr Vater aus Europa mitgebracht hatte. Bei dieser Vorstellung drehte sich ihr der leere Magen um. Aber ihn wieder zu Hause zu haben, war so schön, dass sie den Würgereiz gern in Kauf nahm.

»Morgen, Daddy!«, rief Lala beim Betreten der schwarzweißen Küche. Onkel Vlad hatte auf den karierten Fußboden und die Arbeitsplatten aus hellem Marmor bestanden, um sich nicht die Finger abzuhacken – was durchaus passieren konnte, wenn er gezwungen wäre, im Dunkeln zu kochen. Mr D. hatte irgendwann eingelenkt. Wenn es ums Kochen ging, hatte Vlad das Sagen. Ein angemessener Kompromiss für einen Gourmet, hatte ihr Vater gesagt. Lala atmete durch den Mund. Wie wäre es mit einem Riesenventilator, der den Gestank nach draußen beförderte?

»Ich will keine Ausreden, ich will Ergebnisse«, sagte ihr Vater und erhob sich von dem ledernen Schreibtischsessel, den er offenbar an den Esstisch mitgebracht hatte. Er sah immer aus wie ein Hugo-Boss-Model: dunkel, die Haare mit Gel geglättet und selbst dann in einem maßgeschneiderten Anzug, wenn andere Jogginghose und Sweatshirt trugen. »Wenn er das Geld bis Montag nicht auftreibt, werde ich…« Er warf einen Blick auf Lala und wechselte ins Rumänische.

»Hi, Daddy«, versuchte Lala es erneut. Als sie nach seiner kalten Hand griff, hob er abwehrend einen Finger, setzte sein lautstarkes Telefonat fort und hämmerte gleichzeitig auf die Tastatur seines Laptops ein. Verlegen lächelte Lala Musclava an, den Leibwächter ihres Vaters, der in seinem dunklen Anzug ganz in seiner Nähe stand. Muscles (wie Lala und Vlad ihn insgeheim nannten) nickte ihr zu.

»Was geht denn hier ab?«, fragte sie Vlad, der mit am Tisch saß. Auf den Frühstückswaffeln türmten sich Dokumente. Der Korb mit den Muffins war zur Seite geschoben worden, um Platz für ein tragbares Faxgerät zu schaffen. Und auf Lalas leerem Teller lagen drei ausländische Mobiltelefone.

»Was könntest du bloß damit meinen?«, fragte ihr Onkel mit gespielter Verblüffung, aber offensichtlich gereizt. »Wir garnieren unser Frühstück doch immer mit Büromaterialien.« Er strich so energisch Butter auf Lalas Zimt-Rosinen-Bagel, als wollte er Feuer machen.

»Nicht so schnell, sonst...«

Genau da rutschte ihm der Bagel aus der Hand und landete mit der beschmierten Seite nach unten auf einem schwarzen Marmor-Karo.

»Hey, moderne Kunst«, scherzte Lala in dem Versuch, die Stimmung aufzuheitern. »Jetzt ich.« Sie legte zwei Tofuwürstchen überkreuz auf eine weiße Bodenfliese.

Onkel Vlad hob beide Hände. »Fabulös! Einfach fabulös!«

Count Fabulous, der glaubte, man hätte ihn zum Essen gerufen, kam angesaust, schnappte sich den Bagel und flog wieder nach oben in Lalas Zimmer. Vlad stieß sich vor Schreck den Kopf am Entsafter und es kostete Lala ihre ganze Selbstbeherrschung, nicht loszuprusten.

»Schon okay«, sagte sie und griff an ihrem Onkel vorbei nach ihrer weißen Tasse. »Ich wollte ohnehin nur einen Sojalatte.«

»Ich hoffe, du magst ihn kalt«, murmelte Vlad verschwörerisch. »Da wir es ja meinem Bruder – dem Sonnenanbeter-Vampir – zu verdanken haben, dass jetzt ein hochmodernes

Solarium in meinem Meditationsraum steht, wegen dem im halben Haus die Sicherungen durchgebrannt sind.« Er drückte Lala einen Zwanzigdollarschein in die Hand. »Hol dir Frühstück beim Starbucks-Drive-in.«

Lala steckte sich das Geld in den Stiefel. Ihr Vater marschierte derweil in der Küche herum und sein knurriges Rumänisch wurde immer lauter und ärgerlicher. »Ist das nicht toll?«, fragte Lala.

Vlad versuchte, mit einem Finger sein zuckendes Augenlid zur Ruhe zu zwingen. »Was denn?«

»Wir sind wie eine richtige Familie.«

»Gresit!« Mr D. stürmte aus der Küche. Seine Stimme hallte durch den Flur. Muscles folgte ihm wie üblich.

Vlad verdrehte die Augen. »Würde es ihn umbringen, seinen Teller abzuräumen?« Er schob den Laptop ans hintere Ende des Tisches, hämmerte auf die Fernbedienung ein, um den Flatscreen zum Schweigen zu bringen, und riss die Plastikhülle von der brandneuen Ausgabe seiner Lieblings-Architekturzeitschrift. Nachdem er die ersten paar Seiten mit Möbelwerbung durchgeblättert hatte, schaute er auf. »Das Solarium. Die Luftbefeuchter. Das Personal. Das Gepäck. Die Wärmelampen ... Er hat einen Bademantel über den Whitmore gehängt!«

Lala schnappte entsetzt nach Luft. Sie wusste genau, was Vlad dieser antike Spiegel bedeutete. Laut dem Buch, das er geschrieben hatte – *Fang-Shui: Dekorationstipps für ein positives Qi im Vampirhaushalt* –, hing der Spiegel genau dort, wo die Herzecke und die Wohlstandsecke miteinander verschmolzen. Er sollte Onkel Vlad also dabei helfen, seine große Liebe zu finden und reich zu werden. Das konnte aber nur klappen, wenn er nicht verhängt war. Denn dann würde er arm und einsam sterben.

»Wahrscheinlich bleibt er nicht lange. Das tut er doch nie«, versuchte Lala ihn zu trösten. Diese Aussicht zauberte ein hoffnungsvolles Lächeln auf Vlads Gesicht. Sie ließ aber auch Lalas Blut gefrieren. Würde sie jemals gut genug sein, dass ihr Vater ihretwegen länger blieb?

»Ich sollte jetzt gehen«, sagte sie, weil sie vor der ersten Stunde unbedingt noch bei Starbucks haltmachen wollte.

Aus ihrer Schultasche ertönte ein Handy-Zwitschern. Lala und Vlad tauschten einen Blick. »Wahrscheinlich jemand, der eine Mitfahrgelegenheit sucht.« Sie zuckte mit den Schultern und sah auf das Display. Die Nummer war unterdrückt. Vlad seufzte und konzentrierte sich wieder auf seine Zeitschrift. Lala warf ihm ein Kusshändchen zu und ging ans Telefon. »Hallo?«

»Ahhhh. *Oui.* Ehhh, Lala?« Es war eine Frauenstimme mit einem starken Akzent. Vermutlich eine der zahllosen ausländischen Freundinnen ihres Vaters, die versuchte, sich bei seiner Tochter einzuschmeicheln – eine Praxis, die schon wesentlich älter war als sie selbst.

Lala stieß die Schwingtüren der Küche auf. »Ähh – ja?« Wer immer das war, würde auf dem Weg zur Schule mit ihr reden müssen.

»*Je m'appelle* Brigitte T'eau ...«

»Und hier ist Dickie Dally von Dally Sportswear«, hörte sie einen Mann sagen.

Clawd? Lala blieb stehen und fragte sich, wer sich wohl diesen Scherz mit ihr erlaubte. *Aber er weiß gar nichts von dieser T'eau-Dally-Sache ...*

Wieder sprach die Frau mit dem Akzent. *»Votre e-mail était rempli de passion et…«*

»Ein echter Volltreffer, muss ich dir sagen«, unterbrach sie der Mann. »Du bist eine von unseren drei Finalistinnen. Also genau genommen bist du unsere Favoritin, aber das dürfen wir nicht sagen, sonst kriegen unsere Anzugträger die Krise. Ha!«, tönte er und räusperte sich hustend. »Ich denke, Frenchie und ich schlagen erst mal bei dir auf und lernen dich kennen… Mal sehen… vielleicht… Donnerstag, den Dreiundzwanzigsten? Hey, B, ist Donnerstag *bueno* für *vous?«*

»Mais oui«, antwortete die Frau, deren weiche Kaschmirstimme wesentlich angenehmer klang als die des Mannes. »Bitte, Dickie, nennen Sie mich Brigitte.«

»Super! Also, alle mal die Ohren gespitzt. So sieht der Plan aus: Wir checken die Schule ab, vergewissern uns, dass es dort nicht spukt – ha! –, und lernen die Freaks kennen, die unsere neuen Schuhe promoten sollen. Je abgefahrener, desto besser. Am besten irgendwelche Gruseltypen. Das ist heute total angesagt. Schaurig ist der neue Chic.« Er hustete und man hörte ihn ausspucken. »Ich meine, wer hätte schon gedacht, dass sich Dickie Dally mal mit einer hochnäsigen europäischen Schnepfe verbündet? Ha!«

Okay, Clawd würde niemals »Schnepfe« sagen. Er hatte Lala einmal vor seinen Footballkumpels »Babe« genannt und da hatte sie die Reißzähne in seine Lederjacke geschlagen. Das hier war wirklich echt! Lala fühlte sich gleichzeitig schwer und leicht, wie ein Anker, der durch aufgewühltes Wasser geschleppt wird. Sie wedelte hektisch mit dem Arm, um Onkel Vlads Aufmerksamkeit zu erregen.

Er legte seine Zeitschrift zur Seite. *»Was?«*, flüsterte er. »Sag schon! Wer ist es?«

Lala wedelte wieder mit den Händen, diesmal aber, um ihn zum Schweigen zu bringen. Das führte jedoch nur dazu, dass er noch eindringlicher *»Was?«* fragte.

»Lala?« Jetzt war eine andere Männerstimme am Apparat.

»Äh, ja?«

»Ich bin Red, Mr Dallys Assistent. Er musste einen anderen Anruf entgegennehmen. Und anscheinend ist unsere Verbindung zu Ms T'eau ebenfalls abgebrochen. Aber trotzdem herzlichen Glückwunsch, dass ihr im Finale seid!« Er hatte einen ähnlichen Akzent wie Dickie, drückte sich aber gewählter aus.

Über Lalas Gesicht breitete sich ein Strahlen. »Danke.« Sie kicherte verlegen und hauchte Vlad *»T'eau Dally!«* entgegen.

Er begann, auf und ab zu hüpfen, die Hände zum Dank gefaltet. »Mein Fang-Shui hat gewirkt! Ich habe den Laptop in deine Erfolgsecke gestellt und es hat funktioniert.«

»Pssst«, zischte Lala immer noch lächelnd.

»Okay, notier dir bitte, was jetzt kommt«, sagte Red.

Lala schnappte sich ihren dunkelroten Lipliner und schob den Ärmel hoch. »Kann losgehen.«

1 von 3 Finalisten ... Do. gegen 12 ... ein Paar auswählen, das DD und BT repräsentiert ... landesweite Werbung, wenn wir gewinnen ... Schule wird umbenannt in Toh-Dally High, wenn wir gewinnen ... 1 Million Mäuse ☺ ♥ ☺ ♥ ☺

»Alles klar. Okay. Vielen Dank. Dann bis Donnerstag.« Lala beendete das Gespräch und warf ihr Handy auf den rissigen Lederbezug des Sofas. »Ich bin im Finale! Die finden mich am besten! Ich hab's geschafft!«

Sie brüllte laut genug, dass ihr Vater es hören musste. Aber der Einzige, der auf sie zustürzte, war Onkel Vlad. Er zog sie in eine nach Sandelholz duftende Umarmung und ließ sie auf seinem unsichtbaren Trampolin mithüpfen. Sie konnte es nicht erwarten, ihrem Vater davon zu erzählen. Wenn der Sieg bei einem Wettbewerb und der Gewinn von einer Millionenspende für ihre Schule nicht bewies, dass sie ihrer Zukunft gewachsen war, was sollte es sonst sein?

»Clawd und ich werden den T'eau-Dally-Zusammenschluss in einer landesweiten Werbekampagne verbreiten!«, verkündete sie beim Hüpfen.

»Jipppiiie!«, quietschte Onkel Vlad.

»Ich weiß!«, quietschte sie zurück, immer noch total hingerissen davon, wie perfekt alles lief.

Ein Werwolf und ein Vampir. Konnte man sich eine bessere Kombination von Gegensätzen vorstellen? Sie waren genauso verschieden wie T'eau und Dally. Er trug Pelz, sie fror. Er aß Fleisch, sie Gemüse. Er hatte sein Rudel und sie... Onkel Vlad. Sie stellte sich das Fotoshooting vor: *Die Limousine würde vor einem Studio in Manhattan halten, der Fahrer herausspringen, um ihr die Tür zu öffnen. Sie würde ihre blassen Beine aus dem Auto strecken und aussteigen, in einem lila Wickelkleid und Diamantschmuck. Mr D. würde auf dem Bürgersteig warten, bis auch Clawd ausgestiegen war, mit seinem Irokesenschnitt und der dunklen Sonnenbrille. Im Studio stellen die Stylisten fest, dass sie nicht ge-*

braucht werden – Lala ist auch so schon wunderschön. Außerdem entscheiden sie, dass ihr Outfit besser ist als alles, was sie für sie vorbereitet haben. Mr D. schaltet sein Handy aus und nimmt seinen Ohrstöpsel heraus, weil er keine Sekunde ihres Triumphes verpassen will. Er nippt Perrier, während er seine Tochter beobachtet, ganz hingerissen von ihrer Fabelhaftigkeit. Lala und Clawd posieren vor einem hellgrauen Hintergrund. Die Kamera klickt. Sie sind Naturtalente. Dann betrachtet der Fotograf die Aufnahmen… auf denen nur Clawd zu sehen ist…

Lala hörte auf zu hüpfen. Vampire erscheinen nicht auf Fotos – deswegen auch das leere Viereck über Lalas Namen im Jahrbuch der Merston High. Na gut, dann eben nicht. Ihr Vater würde sich von einer solchen Lappalie nicht aufhalten lassen und sie auch nicht. Sie musste nur jemand anderen finden.

Muscles kam zurück ins Esszimmer, gefolgt von Mr D., der ein paar letzte rumänische Worte in sein Handy brüllte und dann wütend auflegte.

»Dad! Du glaubst nicht, wer gerade angerufen hat!«, rief Lala sofort.

Er fing an, eine SMS zu schreiben. »Hmm?«

Sie versperrte ihm den Weg. »Rate!«

Er blieb gerade noch stehen, bevor er sie umrannte, und sah ihr jetzt endlich in die dunklen Augen. Lala hob die Brauen und schenkte ihm ihr schönstes Reißzahnlächeln.

»Draculaura, ich habe keine Zeit für Spielchen. Was ist los?«

Lalas Lächeln verblasste. Aber nur für eine Sekunde. Er würde so stolz auf sie sein… »Ich habe diesen Wettbewerb für Merston gewonnen und…«

Sein BlackBerry piepte. »Da kommt ein Anruf. Wir reden später, okay?«

Onkel Vlad schnaufte empört.

»Aber …«

Mr D. funkelte Muscles an, der vortrat, Lala hochhob und zur Seite stellte. Dann hasteten die beiden an ihr vorbei in die Küche. Lala rollte ihre Ärmel herunter und setzte die Sonnenbrille auf. Ihr Vater würde sie nicht weinen sehen – ganz gewiss nicht.

Ping.

AN: Lala
8. Juni, 8:11
FRANKIE: Wo bleibst du? Wir kommen zu spät!

Lala küsste Onkel Vlad auf die Wange, schnappte sich ihren Autoschlüssel und ließ die Haustür hinter sich zuschlagen. Lieber erzählte sie Frankie die gute Neuigkeit. Die würde vielleicht Funken sprühen. Aber sie ließ sie zumindest nicht abblitzen.

8

Auf die Plätze... Fertig... T'eau

Frankie hatte ihr Outfit mit voller Absicht gewählt. Das gelbe Tennisröckchen und die weiße Sportjacke sollten die Mitglieder des Komitees davon überzeugen, dass sie nach der Schule ein Match hatte. Und dass sie sich beeilen sollten, damit Frankie nicht zu spät kam (immerhin hatte das erste Treffen ewig gedauert – ganze zwei Stunden und neun Minuten). Aber bis jetzt schien ihre Methode nicht besonders gut zu funktionieren. Frankie hockte nun schon seit fünfzehn Minuten im miefenden Bio-Klassenzimmer – *als hätte ich zu Hause nicht genug von diesem Laborgeruch!* – und das Treffen hatte noch nicht einmal angefangen. So viel zum Wink mit dem Tennisoutfit. Die Einzige, der ihre Sportkleidung auffiel, war Ghoulia, und das auch nur, weil Frankie vergessen hatte, die Preisschilder zu entfernen.

»Ruhe! Hiermit eröffne ich unser Meeting!«, rief Haylee Barron-Mendelwitz und ließ ein vergoldetes Hämmerchen (das ihr Vater von seiner Anwaltskanzlei geschenkt bekommen hatte) auf den Tisch knallen.

Schon war Frankie der Freiheit eine Minute näher. Jetzt musste sie nur noch Lalas tolle Neuigkeit verkünden und dann...

»Bevor wir zu den wichtigen Themen kommen«, sagte Haylee und holte eine Frischhaltedose unter ihrer Blümchenjacke hervor, »sollten wir dafür sorgen, dass unser Blutzuckerspiegel hoch genug ist. Möchte jemand selbst gebackene Leinsamen-Cranberry-Haferriegel?« Mit dem Eifer einer Rotkreuzhelferin begann Haylee, die eckigen braunen Dinger zu verteilen.

Seit Bekka (Haylees ehemalige Diva-Freundin sowie Bretts rachsüchtige Ex) auf die Whitmore High gewechselt war, war Haylee aus sich herausgegangen wie eine Schnecke aus ihrem Haus. Seit sie nicht mehr zu einem Leben im Schatten gezwungen war, suchte sie das Rampenlicht. Allerdings nicht auf angenehme Weise, mit Klamottenberatung und Make-up und Haarstylisten. Sie machte eher auf sich aufmerksam, indem sie Kommandos gab. Diese Art von Rampenlicht war grell und nicht sehr schmeichelhaft.

Heath Burns, ihr Flammen rülpsender Freund, nahm gleich zwei Riegel und reichte den Teller an Jackson weiter, der diesen an Brett weitergab, der ihn Frankie hinhielt. Um nicht unhöflich zu erscheinen, nahm Frankie den kleinsten Riegel und übergab den Teller an Ghoulia. Der Zombie musterte die Auswahl. »Mmmmmmm ...«, seufzte sie, nahm aber keinen Riegel. Sie war offenbar zu klug dazu.

»Ich muss euch etwas erzählen«, sagte Frankie.

»Erst gehen wir die Tagesordnung durch.« Haylee ließ ihren grünen Aktenkoffer im Krokolook aufschnappen und holte einen gelben Block heraus. »Der erste Punkt ist das Protokoll der letzten Sitzung ...« Sie sah Heath über den Rand ihrer beigefarbenen Brille an. Er stand auf und drehte sich zu den anderen um. Die Ärmel seines blau-weißen Karoshirts waren zu kurz und seine blassen Handgelenke ragten knochig daraus hervor.

»Äh, Punkt eins: Wir haben uns darauf geeinigt, dass Haylee den Vorsitz übernimmt.«

Frankie kicherte.

Heath fuhr fort. »Ich bin der Reporter.«

»Das heißt Schriftführer«, verbesserte ihn Haylee.

»Aber das klingt ja wie Sekretärin. So was machen doch nur Mädchen«, widersprach er. »Ich finde Reporter besser.«

Brett grinste. Er zeigte mit einem Finger auf Heath wie mit einer Waffe. *Peng,* hauchte er.

Heath warf zur Strafe mit seiner Serviette nach Brett. Sie landete mit einem merkwürdig dumpfen Ton vor ihm auf dem Tisch. Brett entfaltete sie vorsichtig und entdeckte darin einen angebissenen Haferriegel. Brett warf das Geschoss zurück und die beiden lachten sich halb tot.

»Ruhe!«, befahl Haylee und schlug mit dem Hämmerchen auf den Tisch. »Fahr fort.«

Heath brauchte ein paar Sekunden, bis er sich wieder so weit im Griff hatte, dass er weitersprechen konnte. »Frankie ist die Sozial-Koordinatorin, Jackson der Kreativ-Koordinator und Brett unser Verbindungsmann zu den Obercoolen.« Die beiden tauschten zu Ehren von Bretts hart erkämpftem Titel einen Highfive. Frankie strahlte. Sie und ihr Freund hatten die besten Jobs.

»Uuunnnnd ichhhhh?«, stöhnte Ghoulia.

»Oh, Entschuldigung«, sagte Heath und blätterte um. »Du bist unsere Geschäftsführerin.«

»Mmmmmm«, stöhnte sie lächelnd.

Heath setzte seinen Bericht fort. »Punkt zwei: Haylee hat

angeregt, dass wir in der Bibliothek eine Beratungsstelle einrichten, damit Schüler über ihre Integrationsprobleme reden können. Frankies Vorschlag war, dass wir im Juni nur halbtags Schule haben, um die Sommersonnenwende zu feiern. Jackson möchte die Wände der Cafeteria mit riesigen Wandgemälden schmücken, die Klimaanlage voll aufdrehen und er befürwortet die Einrichtung eines Aufnahmestudios. Und dann sagte Frankie, dass sie sich dringend aufladen müsste, und wir haben die Sitzung vertagt, bis…« Heath hielt sich den Bauch. »Autsch«, stöhnte er.

»Was hast du?«, fragte Haylee und eilte an seine Seite.

Heath krümmte sich. »Ich glaube, ich hab zu viele Müsliriegel gegessen.«

Oh-oh!

»Volle Deckung!«, schrie Brett. »Gleich brennt's!«

Haylee griff nach ihrer Ausrüstung – einem feuerfesten Rucksack, der neben einem Feuerlöscher auch Sand und Brandsalbe enthielt.

Jackson rannte in Richtung Flur. Ghoulia gähnte. Frankie hechtete unter einen Tisch. Das Letzte, was sie jetzt brauchen konnte, war ein Feuerpups von Heath, der ihr neues Tennisoutfit in Brand steckte. Brett hockte neben ihr und zwinkerte ihr zu. Sie warf ihm ein Küsschen zu und drückte die Daumen.

Ein Strahl heißer Luft fuhr durch den Raum, gefolgt von einem Schuss Schaum aus dem Feuerlöscher. Die Spitzen von Frankies Haaren kräuselten sich, aber ihr Rock blieb unversehrt. *Glück gehabt!*

»Tut mir leid, Leute. Ihr könnt wieder rauskommen.«

Brett und Frankie krochen unter dem Tisch hervor und

fanden sich in einer Winterlandschaft wieder. Bretts Stoppelfrisur qualmte. Jackson kam zögernd wieder herein; sein Handventilator lief auf Hochtouren. Ghoulia war die ganze Zeit über ungerührt sitzen geblieben und las einen Dead-Soon-Comic.

»Reife Leistung«, sagte Heath und gab Haylee einen Highfive. »Diesmal hast du es schon vor dem Feueralarm gelöscht.«

Wie ein Revolverheld pustete Haylee die Schaumreste vom Rohr ihres Feuerlöschers und verstaute ihn wieder im Rucksack. »Ich hab meine Bestzeit um neun Sekunden unterboten.«

In die Tafel hinter Haylees Kopf war ein tiefer Krater eingebrannt. Sie streifte ihr geschmolzenes orangefarbenes Haarband ab und strich sich den mausbraunen Pony glatt. »Und jetzt zu einer aufregenden Neuigkeit...«, begann sie.

Frankie erhob sich und lächelte. »Es ist wohl eher eine megakrasse Neuigkeit.«

»Du bist noch nicht dran«, zischte Haylee und bedeutete Frankie, sich wieder zu setzen.

Ghoulia gab ein Geräusch von sich, das sich anhörte wie ein lang gezogenes Lachen.

»Direktor Weeks hat uns gebeten, die Abschlussparty der Oberstufe auszurichten«, verkündete Haylee. »Was eine große Ehre ist.«

Draußen vor dem Fenster kickten drei Mädchen aus der Unterstufe einen Footbag umher. Sie teilten sich eine Packung Orangensaft und kicherten jedes Mal, wenn eine von ihnen den Footbag verfehlte. Frankie hätte alles dafür gegeben, draußen bei ihnen zu sein...

»Frankie! Hörst du überhaupt zu?«, fuhr Haylee sie an.

»Häh?«

»Da du die Sozial-Koordinatorin bist, ist die Partyplanung deine Aufgabe.«

Frankie versprühte Funken. Eine Party zu organisieren, stand nicht auf ihrer Unbedingt-erledigen-oder-sterben-Liste. Auf Partys zu gehen schon. »Ich, äh ...«

»Schon gut, schon gut«, sagte Haylee. »Ich werde das übernehmen.«

»Ehrlich?«, fragte Frankie, die ihre Erleichterung kaum verbergen konnte.

»Wenn du dich dann besser fühlst«, sagte Haylee und nagte an ihrer Unterlippe.

»Das tue ich«, bestätigte Frankie.

Haylee schlug mit dem Hammer zu. »Abgemacht. Ich übernehme die Planung.« Sie schlug die Beine übereinander und wippte mit ihrem Fuß, der in einem orangefarbenen Croc steckte. Dann öffnete sie ihren Ordner auf der mit ABSCHLUSSFEIER markierten Seite. »Ich dachte, wir könnten als Thema ›Rund um die Welt‹ wählen. Dann hätten wir afrikanische Trommeln und Dudelsäcke und wir könnten Kostüme aus aller Welt tragen. Ich habe ja schon ein Dirndl und beim Kostümverleih gibt es ...«

Frankie fiel ihr ins Wort. »Tut mir echt leid, dich zu unterbrechen, Haylee, aber ich beantrage, dass ihr euch jetzt meine megakrasse Neuigkeit anhört.«

Haylee seufzte. »Also gut.«

Frankie strich ihren Rock glatt und stellte sich so hin, dass Brett die beste Aussicht auf ihre Wadenmuskeln hatte. »Lala hat für unsere Schule an einem Wettbewerb von T'eau-Schuhe und Dally Sportswear teilgenommen und ...«

Heath hob einen seiner Riesenfüße, die in weißen Basketballschuhen steckten. »Ich trage nur Dallys.«

»Und die Schuhe von T'eau liebt ja wohl jeder«, ergänzte Frankie.

Ghoulia warf einen Blick auf ihre Flipflops. »Iiiiiiichhhh nichhhhhht.«

Frankie reagierte mit einem höflichen Lächeln und berichtete in allen Einzelheiten vom Wettbewerb, bis hin zu dem Schaurig-ist-der-neue-Chic-Kommentar. »... und noch etwas: Wenn wir gewinnen, wird die Merston ab dem nächsten Jahr T'eau Dally High heißen.«

Ghoulia fing an zu lachen und schickte Frankie eine SMS:

AN: Frankie
8. Juni, 15:07
GHOULIA: Total-li High! Da steh ich total-li drauf!

Wieder lächelte Frankie Ghoulia höflich zu.

Jackson schüttelte den Kopf und strich sich die Locken aus der Stirn. »Das kapier ich nicht. ›Schaurig ist der neue Chic‹? Was soll denn das bedeuten? Wie kann etwas Schauriges chic sein?«

»Das ist so ähnlich, als würde man Jeans mit Löchern kaufen«, erklärte Frankie.

»Wer macht denn so was?«, wunderte sich Jackson.

Ghoulia verschickte eine weitere SMS.

AN: Das Komitee
8. Juni, 15:09
GHOULIA: Cleo, Clawdeen, Blue …

»Wir haben es kapiert«, fuhr Haylee sie an.

Heath kaute auf seinem Bleistift herum. »Und wer soll dieses Paar sein, nachdem Lala ja auf Fotos nicht zu sehen ist?«

Frankie griff nach Bretts Hand. »Lala findet, dass wir dafür wie gemacht sind.«

Haylee riss mit solchem Schwung die Hand hoch, dass sie sich selbst die Brille von der Nase schlug. Sie war zum Glück an einer Kette befestigt, an der sie nun baumelte wie eine kaputte Hollywoodschaukel. »Heath und ich sind auch schaurig.«

»Meinst du nicht eher chic?«, fragte Jackson.

Heath und Brett prusteten los.

Haylee ignorierte sie. »Ein Normalomädchen, das mit einem Feuer spuckenden JAN ausgeht, schreit doch förmlich ›Fusion‹. Das *Statesman Journal* hat sogar schon eine Bezeichnung für solche Beziehungen. Sie nennen sie JAmalos.«

»Brett und ich sind auch JAmalos«, konterte Frankie.

Haylee stampfte mit ihrem Croc auf. »Und wieso sollten es du und Brett sein? Wieso nicht ich und Heath?«

Heath seufzte. Brett lümmelte sich auf seinem Stuhl. Beide taten so, als würden sie sich mit dem Finger in die Schläfe schießen. Ghoulia holte ihr iPhone heraus und fing an, Moorhuhn zu spielen.

»Komm schon, Haylee. Wir sind total süß und haben Power. Äh, nicht, dass du das nicht … « Frankie sprühte Funken. »Es ist nur so ... wir waren gerade einkaufen und haben ein paar tolle neue Klamotten und ... wir könnten das Ganze für unsere Schule gewinnen!«

Haylee schüttelte energisch den Kopf. »Es gibt mehr im Leben, als nur süß zu sein und modische Klamotten zu tragen.«

»Bei einem Model?«, mischte sich Brett ein. Heath, sein bester Freund, konnte ein Kichern nicht unterdrücken.

Frankie blinzelte ihm zu. *Danke dir.*

Er blinzelte zurück. *Null Problemo.*

»Absssssss«, brachte Ghoulia hervor, die immer noch spielte.

»Gute Idee«, sagte Jackson. »Lasst uns abstimmen.«

»Einverstanden.« Haylee bekräftigte die Entscheidung mit einem Hammerschlag. »Jeder, der für mich und ...«

Ghoulia hob gewohnt langsam den Kopf und sah Jackson an. Ihr Starren war plötzlich etwas lebhafter als sonst, fast schienen ihre Augen zu funkeln. Sie schickte eine weitere SMS:

AN: Komitee
8. Juni, 15:12
GHOULIA: Cleo und Deuce

»Was?«, platzten Frankie und Haylee gleichzeitig heraus.

»Die sind doch nicht mal JAmalos!«, bemerkte Haylee empört.

Jackson stand auf und griff nach seinem blauen Rucksack. »Ich beantrage, dass wir alle mitmachen lassen. Jeder kann sich bewerben und nächste Woche kann dann die ganze Schule abstimmen.«

Frankie klatschte in die Hände. »Toll!«

Die anderen Mitglieder des Komitees waren einverstanden. Mit Ausnahme von Haylee, die hinausstürmte. Heath rannte ihr hinterher.

Frankie schnappte sich ihren Schläger und lächelte. »Noch jemand Lust auf Tennis?«

9
Vom College ins Ferienlager

Melody drückte auf den Knopf für den fünften Stock.

Nichts.

Sie drückte wieder. Und wieder und wieder und wieder. *Wieso dauert alles eine Ewigkeit, wenn man es eilig hat?!* Sie packte Jacksons Handgelenk und sah auf seine uralte Rolex – 15 Uhr 34. Vier Minuten zu spät.

»Geht das Ding richtig?«

Jackson wand sich aus ihrem Griff. »Das *Ding* hat meinem Vater gehört.«

»Okay, tut mir leid.« Nachdem sie noch einmal auf den Knopf gehämmert hatte, leuchtete die Fünf auf und die Fahrstuhltüren glitten endlich zu.

Die letzte Stunde hatte etwas von einer dieser Slapstick-Komödien gehabt, die es nie bis ins Fernsehen schafften, sondern gleich auf DVD herauskamen. Melody hatte die Schule rechtzeitig verlassen, um nach Hause zu düsen, sich umzuziehen und pünktlich um halb vier zu ihrem Casting zu erscheinen. Dafür hatte sie allerdings in der letzten Schulstunde »aufs Klo« gehen müssen, um danach nicht mehr in den Unterricht zurückzukehren.

Als Melody um 15:01 ihr Zimmer verließ und die Treppe

hinunterrannte, kam ihre Mutter aus der Küche, die Arme über ihrer Schürze verschränkt, deren Aufdruck lautete: MANCHE FRAUEN KOCHEN, ANDERE BESTELLEN EINEN TISCH. Ihr Gesicht war zwar Botox-glatt, aber ihre funkelnden Augen sprachen Bände.

Glory war noch bei ihrem Solltest-du-nicht-lieber-Hausaufgaben-machen-statt-dich-herumzutreiben-Vortrag (15:07), als Candace mit einem hautengen purpurroten Kleid zur Tür hereinstürmte, das sie gerade aus der Reinigung geholt hatte. »Zieh das an!« Als Nächstes zückte sie eine Haarbürste. »Versuch es damit.«

Melody kämpfte sich zur Haustür durch, während sie Candace erklärte, dass ihr unordentlicher Pferdeschwanz, das Mudhoney-T-Shirt und die verwaschenen Jeans total in Ordnung waren und dass es Grunge Goddess ohnehin egal war, was sie anhatte. Aber Candace akzeptierte »total in Ordnung« wie üblich nicht als Antwort und stürzte sich auf ihre Schwester.

Candace versuchte gerade, ihr den Chuck vom Fuß zu zerren (15:11), als Melody schrie, dass sie das Kleid nehmen würde (auch wenn es aussah wie eine Wurstpelle) und auch die nutzlose Haarbürste und dass sie sich im Auto umziehen würde. Außerdem bedankte sie sich bei ihrer Schwester für die zerkratzte linke Wange und ihre inzwischen zittrigen Stimmbänder.

Der Fahrstuhl hielt mit einem Ruck im dritten Stock (15:35).

Das konnte doch nicht wahr sein!

Die Türen gaben den Blick auf einen matt erleuchteten Flur frei, der nach einer Mischung aus verbrannter Vanille und Stinktier roch. Mitten in dem Mief wartete ein Pärchen – sie im Overall, er im Batik-T-Shirt. Die beiden stiegen ein und das Mädchen drückte mehrfach auf den Knopf für das Erdgeschoss

»Dieses Ding ist echt abgeranzt, Mann.«

»Abgeranzt?«, fragte ihr Freund.

»Totaler Schrott.«

Er kicherte, während sie immer genervter auf den Knopf drückte.

»Wir wollen nach oben«, knurrte Melody.

»Ups. Böse, böse, böse«, sagte sie zu ihrem Zeigefinger. Sie und ihr Freund mit den hängenden Lidern lachten sich halb tot.

Melody verdrehte die Augen, aber Jackson war so damit beschäftigt, die an den Fahrstuhlwänden klebenden Plakate zu studieren, dass er nicht mitbekam, wie gereizt sie war. Endlich kam der Fahrstuhl erneut zum Stehen. Melody zerrte Jackson an dem gackernden Pärchen vorbei und stieß sofort mit einem dürren Jungen in engen schwarzen Jeans und einer Lederweste zusammen.

»Tut mir leid.«

»Nicht so leid wie mein lausiges Vorsingen«, knurrte er und stürmte in den Fahrstuhl.

Sind die Leute auf dem College alle so bekloppt?

Melody hatte sich immer vorgestellt, dass Collegewohnheime von Studenten bevölkert waren, die Fünf-Minuten-Terrinen verschlangen, bequeme Klamotten zum Lernen trugen, sich über irgendwelche schriftlichen Arbeiten aufregten, die sie in unmöglich kurzer Zeit abliefern mussten, und deren leichenblasse Haut Zeugnis von der Dauerbestrahlung durch Computer-Bildschirme ablegte. Und die Zimmer waren vermutlich mit platzsparenden Möbeln aus dem aktuellen IKEA-Katalog eingerichtet.

Stattdessen sah es in dem überfüllten Flur eher so aus, als hätte man die Besucher eines Paramore-Konzerts mit den Teilnehmern eines Superstar-Castings gekreuzt. Hektische Möchtegerns – von denen einige nervös auf und ab liefen, die meisten aber an der Ziegelwand lehnten – knabberten entweder an ihren längst abgekauten Nägeln, warfen der Konkurrenz verstohlene Blicke zu oder versetzten sich selbst in Trance, indem sie die Lieder summten, die sie vorsingen wollten.

Melody nahm ihren Platz am Ende der Schlange ein, hinter einem Mann mit Filzhut, der Klarinette spielte. »Haben diese Leute die Worte *Mädchenband* und *Sängerin* nicht verstanden?«, flüsterte Jackson.

Melody schaffte es, ihm zuzulächeln, obwohl es schon so spät war (15:38).

Jackson drehte seinen Ventilator auf. »Mann, ist das voll hier.«

Er machte sich offensichtlich Sorgen, dass sie es nicht rechtzeitig zu ihrem Vorstellungsgespräch für den Ferienlagerjob schaffen würden, war aber zu lieb, es zu sagen. Wenn er wegen ihr zu spät dorthin kam, würde sie sich das nie verzeihen. »Bin gleich wieder da.«

Die Tür zu Raum 503 wurde von einer Rothaarigen bewacht, die auf einem umgestülpten Getränkekasten saß. Mit ihrem sauberen weißen Shirt, der hellgrünen Caprihose und den makellosen Sandalen war sie vermutlich eine Mitbewohnerin, die von den Rockerbräuten zwangsläufig toleriert wurde.

»Äh, entschuldige«, versuchte es Melody mit ihrer nettesten Stimme. Vielleicht würde das schon ausreichen.

»Kein Vordrängeln, aus welchem Grund auch immer«, sagte die Rothaarige und zeigte auf die Tür, wo diese Worte auch mit schwarzem Lippenstift geschrieben standen. Das Mädchen hatte einen so starken New Yorker Akzent, dass sein Vater bestimmt Polizist in Brooklyn war.

Melody beugte sich dicht über die Türwache, deren Haar nach Obstsalat roch. »Du wirst mich und meinen Freund als Nächstes reinlassen«, sagte Melody leise.

Wie erwartet fing die Rothaarige an zu blinzeln. »Füll einfach das Formular mit deinen Kontaktinformationen aus und dann kannst du als Nächste rein.«

In der Schlange fragte ein Mädchen mit einem purpurroten Irokesenschnitt: »He, was geht da vor?«

Melody drehte sich zu ihr um. »Ich bin als Nächste an der Reihe und du freust dich wirklich für mich.«

»Cool«, sagte das Irokesenmädchen mit einem freundlichen Lächeln. »Ich wünsch dir viel Glück.«

Melody winkte Jackson heran und platzte ins Zimmer, bevor jemand den Aufstand probte. Es war nicht gerade ein stilvoller Auftritt, aber verzweifelte Zeiten erforderten eben ...

»Cinderella!«, stieß das Mädchen aus, das sie in Corrigans Bar auf die Bühne geholt hatte.

Cinderella?

Sage saß auf dem fleckigen grauen Teppich, lehnte sich gegen einen schmuddelig gelben Futon und klimperte auf ihrer Gitarre herum. Sie hatte ihr schwarzblaues Haar in eine schlappe grüne Fleecemütze gestopft und das graue

Netzshirt hing ihr so weit von der Schulter, dass man den Träger ihres knallpinken BHs sehen konnte. Sie griff in den Minikühlschrank neben dem Sofa, auf dem eines der Mädchen saß. »Wir hätten dich auch persönlich zum Vorsingen eingeladen, aber nach der Nummer bei Corrigans warst du so schnell verschwunden, dass wir nicht mal deinen vollständigen Namen mitbekommen haben.«

»Oh, tut mir leid. Ich bin Melody Carver.« Sie winkte ungeschickt und schämte sich sofort für diese linkische Geste.

Das Wohnheimzimmer war offenbar ausgeräumt worden, um Platz für ein Schlagzeug, einen Verstärker und einen Mini-Air-Hockey-Tisch zu schaffen, auf dem sich Pizzaschachteln, Schokoriegelverpackungen und leere Getränkedosen türmten. Die abgestandene Luft im Zimmer roch wie angebranntes Mikrowellenpopcorn. Nur gut, dass Jackson beschlossen hatte, auf dem Flur zu warten. Hier drinnen wäre ein Riesenventilator seine einzige Rettung gewesen.

Ein blondes Mädchen, das ausgestreckt auf dem Futon lag, hatte seinen Arm bis zum Ellbogen in einer Tüte Chips vergraben. Melody erkannte in ihr die Schlagzeugerin und das nicht nur an den Sticks in der hinteren Hosentasche. Sie trug eine rote Hibiskusblüte hinter dem Ohr und hatte leuchtend blaue Augen. Ihr zu kurzes Shirt wäre bei einer schlankeren Person vermutlich lang genug gewesen.

»Ich bin Nine Point Five«, sagte das Mädchen, zog die Hand aus der Chipstüte und wackelte mit dem kleinen Finger. Der kurze Stummel war mit dünnen silbernen Ringen geschmückt. »Mir fehlt ein halber Finger«, verkündete sie stolz. »Deswegen bin ich keine Zehn.«

Melody kicherte.

»Ich bin Cici«, stellte sich die Bassistin vor, die auf der Sofalehne saß und einen Schoko-Milchshake trank. Neben ihr stand ein Weihnachtsbaum aus Plastik, der mit kaputten Sonnenbrillen, ausgefransten Schnürsenkeln und Halstüchern geschmückt war. Es kam Melody vor, als würde sie mit der coolen Version der angesagten Mädchen der Schule abhängen – und das war etwas, mit dem sie keinerlei Erfahrung hatte. Es hatte zwar immer jemanden gegeben, mit dem sie befreundet gewesen war, aber eine Gruppe? Wie diese? Noch nie.

Nine Point Five setzte sich auf. Die Speckrolle, die über den Bund ihrer Jeansshorts quoll, erweckte den Eindruck, als hätte sie dasselbe Recht, dort zu sein, wie alle anderen auch. Es war das erste Mal, dass Melody jemanden kennenlernte, der sich in seiner eigenen Haut so wohlfühlte.

»Diese Federn sind voll abgefahren«, sagte Nine. »Häng eine davon an unseren Baum, bevor du gehst, okay? All unsere Freunde hinterlassen dort irgendwas.«

Freunde?

Melody zupfte sich ein paar Federn aus den Haaren und legte sie auf die Zweige. »Ihr könnt so viele haben, wie ihr wollt.«

Sage riss eine Dose Traubenlimo auf. »Und, Melody? Was machst du so? Gehst du zur Schule? Zur Arbeit? Spielst du Gitarre?«

Melody erstarrte. Das Vorstellungsgespräch hatte begonnen. Sie überlegte kurz, ihre Begabung einzusetzen, um den Job als Leadsängerin zu bekommen und vielleicht auch die beste Freundin der Truppe zu werden. Aber wenn es um ihre Zukunft ging, war es eine Sache, ein kleines bisschen zu tricksen, aber eine ganz andere, die Mädchen zu betrügen. Wenn sie jetzt schummelte, würde sie nie das Gefühl haben, etwas aus eigener Kraft erreicht zu haben. Zumindest sagte das ihre Mutter immer über die Frauen, die sich lieber das Fett absaugen ließen, statt Sport zu treiben.

Melody wählte ihre nächsten Worte mit Bedacht. »Ich gehe noch zur Schule. Ich gehe auf die…« Sie zögerte. Was, wenn Jackson recht hatte und sie sie für zu jung hielten? Melody schluckte. Sie musste sich diesen Job verdienen. Und das verlangte absolute Ehrlichkeit. »Ich gehe auf die Merston High. Ich bin gerade sechzehn geworden.« Sie spannte die Bauchmuskeln an, um für den unvermeidlichen Schlag in die Magengrube gewappnet zu sein.

Cici zupfte ihren bananengelben BH-Träger zurecht. »Das ist cool. Nine Point Five ist gerade siebzehn geworden.«

»Du gehst auch auf die Highschool?«, fragte Melody.

»Nein, ich gehe hierher. Ich bin echt klug« – sie lachte – »oder total doof.«

Da lachten alle.

»Du stehst also auf Grunge?«, fragte Sage.

Das war alles? Kein Wir-hängen-nicht-mit-Highschool-Kids-ab-also-verzieh-dich? Melody ging die bisherige Unterhaltung im Geiste noch einmal durch. *Ich hab doch nichts mit Sirenenstimme gesagt, oder?*

»Ich steh total auf Grunge«, sagte sie. »Ich hab auf meiner alten Schule am liebsten Nirvana und Hole gehört. Die erste CD, die ich von meinem eigenen Geld gekauft habe, war *Pretty on the Inside.*« Sie zögerte, weil ihre Emotionen sie zu überwältigen drohten. »Ich bin damals auf die Beverly Hills High gegangen und hab dort nicht wirklich reingepasst. Ich hab eine Menge Mittagspausen nur mit meinem iPod verbracht.«

Nine sprang mit erhobener Hand auf Melody zu. »Darauf einen High-Vier-Komma-Fünf, Schwester!« Sie schlug in Melodys Hand ein.

Sage nickte. »Das kennen wir alle nur zu gut. Aber Davina, unsere letzte Sängerin, war total besessen.«

Häh?

»Bessessen davon dazuzugehören.«

»Nicht zu uns, wohlgemerkt«, erklärte Cici. »Sondern zu den vermeintlich beliebten Leuten.«

Melody hätte noch eine Ewigkeit mit diesen Mädchen plaudern können. Aber Jackson wartete und sie wollte ihn nicht enttäuschen. »Also, wollen wir jetzt abranzen?«

Das Trio tauschte verständnislose Blicke.

Oh, mein Gott, was habe ich mir dabei gedacht? Das war schon nicht clever, als die Tussi im Fahrstuhl es gesagt hat! Am liebsten wäre Melody zum Fenster gestürmt und hätte die Flugfähigkeit ihrer Federn auf die Probe gestellt.

»Warte, meinst du *rocken?«,* fragte Sage.

Melody nickte betreten. »Das war ein alter Roadie-Ausdruck aus den Siebzigern«, log sie.

»Gefällt mir!«, sagte Cici.

»Mir auch«, sagte Nine Point Five und ließ ihre Sticks wirbeln. »Lasst uns abranzen. Eins, zwei ... eins, zwei, drei, vier!«

Melody erkannte den Song sofort. Es war eine Cover-Version von *Everlong* von den Foo Fighters.

»Sing mit, wann immer du so weit bist«, übertönte Sage die Musik.

Anfangs sang Melody nur leise, begleitete die Musik und

wollte sich nicht in Szene setzen. Doch als der sonnige Beat abkühlte, fand Melody in den Song hinein. Die Musik strömte durch den Fußboden in ihre Sohlen, die Beine hoch und in den Bauch, fast wie Wasser aus einer heißen Quelle. Als sie schließlich sang, hatte sie das Gefühl, der Kreis würde sich schließen.

Die Rothaarige steckte den Kopf zur Tür herein und begann, im Rhythmus mitzuwippen. Hinter ihr verrenkten sich die wartenden Möchtegern-Sänger die Hälse, um einen Blick ins Zimmer zu erhaschen. Melody nahm sie so undeutlich wahr, als würde sie träumen. Irgendwie verschwommen und weit entfernt.

»If anything could ever feel this real forever, if anything could ever be this good again…«

Diese letzte Zeile blieb in der Luft hängen wie Candace' Black-Orchid-Parfüm. Der Bass und die Gitarre verklangen. Alles wurde still. Die Rothaarige zog die Tür mit einem leisen Klicken hinter sich zu.

»Wuuuu-huuuuu!«, johlte Nine Point Five und schwenkte ihre Sticks.

Cici warf ihre Tiara in die Luft und jubelte: »Das hat total gerockt!«

Melody fing an zu lachen.

»Was hast du in den Sommerferien vor?«, fragte Sage und stöpselte ihre Gitarre ab.

Melody vergewisserte sich mit einem kurzen Blick, dass die Zimmertür fest geschlossen war. »Äh, bisher noch nichts«, murmelte sie. »Wieso?«

»Wir versuchen, ein paar Auftritte klarzumachen, damit wir uns keine Jobs suchen müssen.«

Bei der Vorstellung, an warmen Sommerabenden von einer Bühne zur nächsten zu ziehen, bekam Melody Schmetterlinge im Bauch. *Was konnte schöner sein?*

Ein energisches Klopfen unterbrach ihre Träume. Jackson kam herein.

»Wer ist der Buchhalter?«, fragte Nine Cici im Flüsterton.

Die rosarote Brille der Verliebtheit, die Melody immer aufhatte, wenn sie Jackson ansah, verrutschte ein wenig und sie nahm Jackson so wahr, wie die anderen drei es tun mussten. Sein frisch gebügeltes Karoshirt steckte zu ordentlich in den Khakishorts mit den Bundfalten. Seine hellbraunen Locken waren mit Gel gebändigt und glatt gekämmt und seine Brille wirkte eher bieder als chic. Es war das erste Mal, dass sie ihn so sah.

»Äh, sorry, Carl, die Steuerberater treffen sich immer samstags«, sagte Sage boshaft.

Jackson funkelte Melody an.

»Äh... Leute, das ist mein, äh, Jackson.«

Sage, Nici und Nine Point Five starrten sie an. Nine sah erst Jackson und dann wieder Melody an, als wollte sie fragen: *Ist das dein Ernst?*

Jackson schaute zu Melody. Seine Verletztheit schuf eine unsichtbare Kluft zwischen ihnen. War sie wirklich so unsicher?

»Tut mir leid, wenn ich störe, aber es ist Viertel nach vier und...«

Melody sah ihn mit großen Augen an. *Noch fünf Minuten?*

Er schaute mit großen Augen zurück. *Du hast es versprochen.*

Nine Point Five durchbrach das unangenehme Schweigen. »Hey, dich kenne ich doch! Du bist der Typ von dieser Monstersendung im Fernsehen!« Sie tippte Sage mit ihren Sticks auf die Schulter. »Erinnerst du dich an ihn?«

Sage nickte und ihr Gesicht hellte sich auf. »Ich fand dich super in dieser Sendung! Kannst du dich wirklich in diesen witzigen Typen verwandeln oder war das nur gestellt?«

Melody atmete aus.

Jackson lächelte dankbar. Es kam nicht oft vor, dass seine zweite Persönlichkeit so angehimmelt wurde. »Das war alles echt«, sagte er und zeigte seinen Handventilator vor.

»Das ist total cool!«, sagte Nine Point Five. »Wir haben dich Brad Pitsch genannt, weil du so durchgeschwitzt warst.«

Jackson lächelte etwas gequält. Melody errötete.

»Hat mich gefreut, euch kennenzulernen. Eure Band ist echt gut.« Jackson zeigte ihnen den hochgereckten Daumen. Und zu Melody: »Komm jetzt, wir müssen los.«

Sie drehte sich um und sah die Mädchen an. Sage verzog enttäuscht das Gesicht. »Hey, wenn du was Besseres zu tun hast ...«

Melody schüttelte den Kopf. »Nein, gar nicht. Es ist nur ...«

»Wir haben gleich ein Bewerbungsgespräch für ein Kunst-Ferienlager«, erklärte Jackson stolz.

Im Zimmer herrschte Stille. Cici und Nine fingen an zu lachen.

»Also hast du diesen Sommer doch schon was vor«, stellte Sage verwirrt fest.

»Eigentlich nicht«, widersprach Melody und wich Jacksons Blick aus. »Ich meine ...«

»Kein Problem«, sagte Sage und wendete den Blick ab.

Melody schluckte. »Okay, dann danke für alles. Es war wirklich toll. Wir reden später weiter.«

Jackson führte sie in den Fahrstuhl wie ein bockiges Kleinkind.

Vielleicht war es ein Fehler gewesen, ihnen nicht zu sagen, dass sie eine Sirene war. Vielleicht war es ihr Schicksal, ihre Stimme zu benutzen, und nicht, sie zu verbergen. Vielleicht...

Bing.

Die Fahrstuhltür glitt zu.

»Abwärts?«, fragte ein Mädchen mit einem zu aufdringlichen Lächeln eifrig.

Jackson nickte.

Melody seufzte. Abwärts traf es ganz genau.

10
Lalas Geheimnis

In der Cafeteria, in der es nach nassen Wollmützen und Thunfischauflauf roch, tobte ein erbitterter Konkurrenzkampf. Es war das erste Mal in Lalas Leben, dass sie für etwas so Spannendes verantwortlich war, und es fühlte sich erstaunlich gut an, warm und prickelnd. War sie etwa stolz? Jedenfalls trug sie den Kopf hoch erhoben und schenkte jedem, der vorbeikam, ein breites Reißzahnlächeln.

JANs und Normalos fanden die Vorstellung, dass sie möglicherweise bald von den größten Schuhherstellern des Planeten gesponsert werden würden, total aufregend. Und aufgeregt würde auch Lalas Dad sein, falls er sein Headset irgendwann einmal lange genug abnahm, um von dem Wettbewerb zu erfahren.

Ein rotes Plastiktablett mit Cheeseburgern schwebte vorbei, dicht gefolgt von einem lavendelfarbenen Regenmantel mit einer feinen Silberkette als Gürtel.

»Hey, Spectra!«

Das Geistermädchen hatte Lala wegen der üblichen Mittagspausenmusik offenbar nicht gehört, denn die Cheeseburger schwebten weiter.

»Spectra!«

Ein Mädchen in einer Jeansjacke baute sich vor Lala auf. »Für wen stimmst du? Cleo oder Frankie? Sag uns wenigstens einen Anfangsbuchstaben, wenn du nicht für die eine oder die andere Partei ergreifen willst.«

Lala wollte gerade antworten, als ihr eine kühle, nach Lilien duftende Brise ins Ohr wehte und sie schaudern ließ.

»Du hast gerufen?«

Lala drehte sich zu Spectras lieblicher geisterhafter Stimme um – und hatte plötzlich ein altes Pac-Man-T-Shirt und khakifarbene Cargoshorts vor sich. »Billy? Spectra ist gerade an mir vorbeigelaufen. Ist sie okay?«

»Ich bin es. Spectra.«

Lala verstummte verwirrt.

»Billy und ich haben beschlossen, für heute die Klamotten zu tauschen. Auf diese Weise kann ich seine Englischarbeit schreiben und er meinen Bio-Test.«

»Wie praktisch«, murmelte Lala.

Das Mädchen in der Jeansjacke mischte sich wieder ein. »Ich finde, dass Cleo besser gekleidet ist, aber dafür kommt Frankie so natürlich rüber.«

Lala behauptete, sich noch nicht entschieden zu haben, und steuerte ihren gewohnten Tisch an.

Haylee und Heath saßen in einer Ecke und blätterte in ihrem Komitee-Ordner immer wieder von ABSCHLUSSPARTY zu T'EAU DALLY. Haylees mausbraune Haare sahen fettig aus und sie hatte dunkle Ringe unter den Augen. Sich für die T'eau-Dally-Kampagne zu bewerben und gleichzeitig die Abschlussfeier zu organisieren, war offensichtlich mehr, als ihr Äußeres verkraften konnte.

Frankie, Blue und Clawdeen hingen über einer Zeitschrift

und suchten nach passenden Outfits für den Tag der Wahl. Lala grinste und rutschte neben Clawd auf die Bank. Der war jedoch so in Deuce' Bericht über das gestrige Basketballspiel vertieft, dass er sie nicht bemerkte.

Cleo nutzte eine seiner Atempausen, um mit verschiedenen Papyrusmustern vor Deuce' Nase herumzuwedeln. Planten die eine Kampagne oder ihre Hochzeit? Er zuckte mit den Schultern und zeigte auf das mittlere Muster. Durch die verspiegelte Sonnenbrille war jedoch unmöglich zu erkennen, ob er überhaupt hingesehen hatte. Lala fragte sich, ob er seine Brille wirklich brauchte oder sie nur benutzte, um sich dahinter zu verstecken. Zugegeben, alles, was Deuce ohne diese Brille ansah, verwandelte sich in Stein. Aber Kontaktlinsen konnten doch sicher mit demselben Zeug beschichtet werden wie seine Brille. Allerdings würde er dann nicht länger verbergen können, wie sehr ihn der Mädchenkram nervte.

»Na, wie läuft's mit Daddy?« Blue schnappte sich mit ihren Essstäbchen einen Happen Thunfisch.

Lala grinste gequält und hoffte, dass das Aufblitzen ihrer Reißzähne mehr Selbstsicherheit ausstrahlte, als sie tatsächlich empfand. Es war typisch für Blue, dass sie nach der »fantastischen« Vater-Tochter-Beziehung fragen musste, über die Lala ihr die ganze Woche Fantasiegeschichten erzählt hatte. Wie sie stundenlang am Kaminfeuer hockten, frühmorgens zu gemeinsamen Wanderungen aufbrachen, zusammen vegane Mahlzeiten kochten ... Hätte sie etwa zugeben sollen, dass ihr Vater schon zwei Wochen zu Hause war und kaum ein Wort mit ihr gewechselt hatte? Dass ihre Haustiere panische Angst vor ihm hatten? Dass er keine Ahnung von dem T'eau-Dally-Wettbewerb hatte?

Zum Glück musste sie das nicht erwähnen, denn *Wake Up* von Arcade Fire endete genau im richtigen Augenblick, dass alle am Tisch hören konnten, wie Jackson sich beschwerte: »Nun hör aber auf, Melly, du redest schon den ganzen Tag von nichts anderem!«

»Ich habe Sage versprochen, ihr den Link zu einem Konzertmitschnitt zu schicken.«

Jackson biss von seinem Roggenbrot mit Putenwurst ab. Melody verschickte ihre SMS.

»Habt ihr die neue Mother Jeans schon gesehen?«, fragte Cleo. »Die perfekte Mischung aus hauteng und ausgestellt. Ich schicke Hasina nach der Schule los, mir eine zu kaufen – falls also noch jemand eine will ...«

Clawdeen hob die Hand.

»Apropos perfekte Mischung«, sagte Spectra. »Ich finde, Billy und ich sollten uns auch für diese T'eau-Dally-Sache bewerben. Wir sehen nicht nur spitze aus, sondern sind auch total fantastisch.«

Alle prusteten los.

Cleo schnippte ihr auf den Arm. »Dumm und dümmer trifft es wohl eher.«

Billy schraubte heimlich den Deckel von Cleos Chilipulverstreuer ab. Sie griff wie gewöhnlich danach und schüttelte den Streuer kräftig. Aber diesmal landete eine dicke rote Pulverschicht auf ihrem Taboulé.

»Ka, Billy!« Sie griff nach dem Amulett mit dem Auge des Horus, das sie um den Hals trug, und wedelte damit herum. Dann ließ sie den Deckel des Glasbehälters mit ihrem jetzt

ungenießbaren Mittagessen zuschnappen und verstaute ihn in ihrer Leinentasche. »Komm mit, D.«

Deuce zuckte mit den Schultern und stopfte sich den letzten Bissen seiner Peperonipizza in den Mund. Dann stand er auf, streckte sich, nahm sein leeres Tablett und folgte Cleo in Richtung Ausgang.

»Allmählich nervt es mich echt, dass sie dauernd so tut, als wäre sie was Besseres«, sagte Billy.

»Sei nicht so hart zu ihr«, sagte Frankie. »Sie ist gefrustet, weil ihre Zwillingsschwester Nefera Salem verlässt, um in Alexandria zu leben.«

»Zwillinge?«, fragte Lala. »Die sind keine Zwillinge.«

»Stimmt, Nefera ist älter als Cleo«, mischte sich Spectra ein. »Und woher weißt du, dass sie umzieht? Sie lebt doch in Kairo.«

»Das hast du mir erzählt«, bemerkte Frankie spitz.

»Ich?«, japste Spectra.

Ping.

Ping. Ping. Ping. Ping. Ping.

Ping. Ping.

Wie Maiskörner in der Mikrowelle poppten SMS-Nachrichten durch die Cafeteria. Clawdeen, Blue, Melody, Jackson, Frankie, Heath, Lala, Clawd, Billy und Spectra griffen gleichzeitig nach ihren Handys. Haylee schaute von ihrem Ordner auf.

Brett lachte. »Was ist das denn? Ein geheimer JAN-Rundruf?«

Niemand antwortete, denn die JANs waren damit beschäftigt, die SMS zu lesen, die sie alle bekommen hatten.

AN: Alle
14. Juni, 12:34
Mr D.: Pflichttreffen Fr. 19 Uhr auf der Lichtung. Nur für JANs.

Jackson war der Erste, der fragte. »Was geht hier vor, Lala?«

»Wozu diese Heimlichtuerei?«, wollte Heath wissen.

Billys Handy schwebte in der Luft. »Was soll das bedeuten?«

Brett und Haylee tauschten einen Das-ist-nicht-fair-Blick.

»Wieso auf der Lichtung?«, wunderte sich Clawd.

»Wieso muss das unbedingt Freitag sein?«, beschwerte sich Melody.

Lalas Wangen glühten. Sie hatte keine Ahnung, aber das würde sie auf keinen Fall zugeben. Nicht, nachdem sie die ganze Woche damit geprahlt hatte, wie nah sie und ihr Vater sich standen.

Sie fuhr sich über die Lippen, als würde sie einen Reißverschluss zuziehen, damit die anderen glaubten, sie wüsste ganz genau, was Sache war, dürfte es aber nicht verraten.

Clawdeen stöhnte auf. »Ach, komm schon! Du musst es uns sagen! Du kannst uns doch nicht bis Freitag schmoren lassen.«

Lalas Blick fiel versehentlich auf Melody. Na, super. Gleich wird Melody mich zwingen zuzugeben, dass ich keine Ahnung habe, was Sache ist. Lala schaute hastig weg.

Blue beugte sich über den Tisch und schnappte sich einen Apfelschnitz von Lalas Tablett. »Es muss um diese T'eau-Dally-Sache gehen. Richtig, La?«

Lala gab sich alle Mühe, bescheiden zu wirken. Auch wenn sie im Grunde keine Ahnung hatte, wie man das machte.

»Ich wette, der alte Herr schmeißt eine wombatmäßige Gratulationsparty für Lala«, vermutete Blue.

Lala biss sich mit den Reißzähnen auf die Unterlippe. Der Schmerz lenkte sie zumindest etwas von dieser Folter ab.

»Ich weiß es«, flüsterte Spectra und ließ eine kühle, nach Lilien duftende Brise über den Tisch wehen. Alle beugten sich zum Pac-Man-Shirt hinüber. »Ich habe gehört, dass Mr D. als unser Oberhaupt zurücktritt. Er hat das Meeting einberufen, um den neuen Anführer vorzustellen. Sobald das erledigt ist, wird er mit einem Hubschrauber abgeholt und nach Mallorca geflogen.«

»Und wer wird der neue Anführer?«, fragte Heath.

»Ihr habt einen *Anführer?«*, mischte sich Haylee ein.

Frankie runzelte die Stirn. »Und wo ist Mallorca?«

Lalas Beine begannen zu jucken. Am liebsten wäre sie sofort nach Hause gerannt und hätte ihren Vater angefleht, ihr die Wahrheit zu sagen. Was, wenn ihr Dad wirklich eine Überraschung für sie geplant hatte? Und was, wenn nicht?

Die Schulglocke beendete die Mittagspause und damit auch Spectras Story. »Ups!« Sie schob ihren Stuhl zurück und stand auf, schnappte sich Billys alte Messenger-Tasche und machte Kussgeräusche. »Ich muss los! Ich will nicht zu spät zu meiner Englischarbeit kommen.«

Wieder ruhten alle Augen auf Lala. Sie spürte, wie die Tofuwürstchen in ihrem Magen rumorten. »Ich darf euch nichts verraten«, brachte sie heraus. »Er will, dass ich sein Geheimnis bewahre.«

»Komm schon«, bettelten die anderen.

Lala wand sich vor Verlegenheit.

Clawd stieß sie mit dem Ellbogen an. Seine gelbbraunen

Augen musterten sie eindringlich. »Du brauchst niemandem was zu verraten. Du bist wirklich gut darin, Geheimnisse zu bewahren. Das ist eins der Dinge, die ich…« Er brach ab, für den Fall, dass sie jemand belauschte, drückte aber unter dem Tisch ihre Hand.

Clawd hatte recht. Sie war gut darin, Geheimnisse zu bewahren. Wenn sie doch nur eines zum Bewahren gehabt hätte.

11
Horror-Wahlkampf

Dienstag, 14. Juni

Schulschluss… Zeit für T'eau!

Frankie gab ihren Flugblättern ein glückbringendes Küsschen und zwang sich ein Megawatt-Strahlen ins Gesicht. Sie hatte gelesen, dass Lächeln die Produktion von Serotonin anregte, das als Glückshormon galt. Und es war von entscheidender Bedeutung, dass sie Freude und Zuversicht ausstrahlte, vor allem an diesem wolkenverhangenen Tag. Sie musste die Herzen (und Stimmen) ihrer Mitschüler erobern. Wenn sie das nicht tat, würde es jemand anders machen. (Cleo! Haylee!)

Die Doppeltüren der Merston High wurden aufgestoßen und die übliche Schülerflut strömte heraus. Frankie lächelte noch etwas breiter und rief: »Leute, seid nett – wählt Frankie und Brett!« Sie drückte einem Unterstufenschüler mit Brille ihr erstes grünes Flugblatt in die Hand. Er wurde rot und schluckte verlegen. Sein mickriger Adamsapfel wippte dabei auf und ab wie ein Angelköder. Frankie hielt das nächste Flugblatt einem Mädchen aus der Oberstufe hin. Sie trug einen falschen schwarzen Pony zum Anklemmen und wedelte Frankie zur Seite wie einen üblen Geruch. »Ich bin pro Cleo«, verkündete sie und zeigte auf ihre Halskette mit dem Amulett.

Die magischen Amulette, die Cleo verschenkte, sollten angeblich Glück bringen – natürlich nur, wenn die Trägerinnen auch für sie und Deuce stimmten. Alle Mädchen, die vorbeikamen, schien eines zu haben. Die Schmuckstücke stellten alles Mögliche dar: Sterne für Berühmtheit, Münzen für Wohlstand, Herzen für Liebe... Schon jetzt bewirkten Cleos Amulette, dass Frankie sich fühlte, als wäre sie unsichtbar. Sie konnte nur hoffen, dass Brett am Footballplatz mehr Glück hatte.

»REDDING UND STEIN – DIE MÜSSEN ES SEIN!«, rief Frankie in die gleichgültige Menge. Ihre Mitschüler hasteten an ihr vorbei und wichen ihrem Blick aus. *Ob sich die Parfümproben-Verteiler bei Saks auch so fühlen? Es ist doch nur ein Blatt Papier, Leute!*

In ihrer Verzweiflung drückte Frankie versehentlich auch Haylee ein Flugblatt in die Hand, die es sofort zusammenknüllte und in den Mülleimer warf.

»Danke, dass du die Umwelt nicht verschmutzt«, sagte Frankie in ihrer freundlichsten Stimme. Schließlich würde das angesagte Paar nicht nur Werbung machen, es hatte auch eine Vorbildfunktion.

»Danke, dass du Bäume umgebracht hast!«, tönte Haylee.

Ihre Anhänger applaudierten, als hätte sie gerade eine Rede zur Lage der Nation gehalten.

Was sollte sie bloß tun?

Vielleicht... ein neues Outfit?

Mittwoch, 15. Juni

Wenn Frankie Botschafterin der Verbindung zweier Extreme sein wollte, musste sie sich auch so kleiden. Keine schwarzen Jeggings und von der Schulter hängende Shirts mehr. Das war so vorhersehbar wie der 9-Uhr-07-Zug nach Schnarchville. Von jetzt an würde sie zwei verschiedene Stilrichtungen kombinieren. Und zwar sportlich und chic, genau wie bei T'eau und Dally.

Frankie betrachtete sich auf der Toilette im ersten Stock im Spiegel: pinkfarbene, superhohe Chucks, bunt gestreifte Socken, die bis zum Oberschenkel reichten, ein von *Black Swan* inspiriertes schwarzes Ballettröckchen, ein figurbetontes Merston-Footballshirt (das hatte sie Clawdeens Nähkünsten und Clawds großzügiger Spende zu verdanken) und darüber ein Jeansblazer. Ihre Haare hatte sie mit bunten Schnürsenkeln zu einem Dutzend faustgroßer Knoten zusammengebunden und ihr Make-up war laufstegwürdig.

Arme Lala, dachte sie mit einem Mal mitfühlend. Anders als ihre Freundin konnte Frankie sich ein Leben ohne Spiegel nicht vorstellen. Farbenblindheit wäre ja schon schlimm genug. Aber Modeblindheit? Frankie küsste den Spiegel und ließ neben einem rosa Lippenabdruck auch die ganze Unsicherheit des vergangenen Tages zurück. Sie und Brett hatten einen Wettbewerb zu gewinnen.

Brett lehnte an einer mit Plakaten beklebten Wand im Schulflur und wartete auf Frankie. Er trug den neuen hellblauen Pulli, den sie ihm gekauft hatte. Den hätte bestimmt niemand sonst mit der abgewetzten schwarzen

Motorradlederjacke und den Wanderstiefeln kombiniert. Aber auch er musste den Stilmix repräsentieren.

»Da ist ja mein Model«, scherzte er.

Frankie strahlte. Haylee warb mit Vernunft, Cleo mit alten Beschwörungen. Aber Stein und Redding hatten das perfekte Outfit. Schließlich ging es um Werbeaufnahmen und da zählte nur das Äußere. Ein Trupp Mädchen kam vorbei und wurde langsamer, um sich den neuen Look genau anzusehen.

»T'eau und Dally lieben den Merston-Mix!«, erklärte Frankie ihnen.

Als die Mädchen weg waren, flüsterte Brett: »Du glaubst doch nicht, dass wir gewinnen, nur weil wir aussehen wie Elton John, oder?«

»Brett, das Image ist alles. Sieh dir doch mal an, wer alles berühmt ist, nur wegen megastarker Klamotten und einem protzigen Haus.«

Brett verdrehte die Augen. »Und weil sie die Leute mit Skandalen unterhalten.«

Frankie stöhnte frustriert auf. »Ich will damit doch nur sagen, dass das hier so was wie ein Spiel ist.«

»Äh, sieh mal.« Brett zeigte auf ein handgemaltes Papyrus-Banner, das sich von der einen Seite der Schließfachwand zur anderen erstreckte wie ein beigefarbener Öko-Regenbogen.

Lernt von den

Mix-Meistern

Kostenlose Basketballtipps von Deuce

Nilwasser-schlammpackungen von Cleo

Mittwoch 15:45

Frankie war total genervt. »Anscheinend haben sich gerade die Spielregeln geändert.«

Donnerstag, 16. Juni

Frankie taten alle Gelenke weh. Ihre Fingerspitzen waren voller Blasen. Ihre tragbare Ladestation roch wie zu heiß gebügelte Barbiehaare. Sie ließ sich auf ihren metallenen OP-Tisch fallen und zog sich die fleecegefütterte elektromagnetische Decke über die Schultern. Sie war total erledigt. Fix und fertig. Vollkommen erschöpft. Voller Freude. Und endlich auf dem Weg aufs Siegertreppchen.

Sie drehte sich auf die Seite und sah in das Terrarium neben ihrem Bett. »Ihr Jungs hattet so recht«, berichtete sie den Glitteratis. »Es war ein megastarker Erfolg.« Fünf weiße Ratten, die mit orange-rosa Glitter bestäubt waren, erwiderten ihren Blick und ihre Schnurrhaare zuckten auf eine Haben-wir-ja-gleich-gesagt-Weise.

»Heute habe ich bestimmt zweihundert Handys aufgeladen. Die Akkus der Dinger werden jetzt mindestens eine Woche halten. Das müsste uns richtig viele Stimmen einbringen.« Sie gähnte. Ghostface Killah stellte sich auf die Hinterbeine und kratzte mit seinen rosa Pfötchen am Glas. *Ich wünschte, ich hätte dir helfen können,* schien er damit sagen zu wollen.

»Len Walshs Autobatterie hatte auch den Geist aufgegeben. Da habe ich ihm Starthilfe gegeben. Das allein dürfte zwanzig Stimmen wert sein.«

Es klopfte leise an der Tür.

»Komm rein«, rief Frankie.

Ein schmaler Lichtstreifen fiel ins Zimmer. »Ich dachte, ich hätte Stimmen gehört. Wieso bist du noch wach?«, fragte ihre Mutter. Sie setzte sich auf die Tischkante und streichelte ihrer Tochter die Haare. Frankie atmete den Rosenduft ihrer Nachtcreme ein.

»Ich habe den Glitteratis vom Wettbewerb erzählt«, sagte sie und nutzte den letzten Rest ihrer Energie, um sich auf den Rücken zu drehen.

»Wie läuft es?«

Frankie gähnte. »Ich bin total erledigt.«

»Erklär mir doch noch einmal, wieso es so wichtig ist, dieses ›angesagte Paar‹ zu werden«, bat ihre Mutter.

»Man macht dann Anzeigenwerbung und so was«, antwortete Frankie. »Wie richtige Models.«

»Und ...?«, fragte ihre Mutter, als wäre das nicht genug.

»Und was?«

»Was ist so toll daran?« Vivekas violette Augen schauten erwartungsvoll. Sie war bereit, sich Frankies Antwort ohne jedes Vorurteil anzuhören.

»Jeder will doch Fotomodell sein«, versuchte Frankie, ihr zu erklären. Aber die Worte hörten sich auch in ihren Ohren seltsam an.

»Warum?«, fragte ihre Mutter, die es wirklich verstehen wollte.

»Weil ...«

Viveka wartete.

»Weil ein Model zu sein, bedeutet, dass man hübsch ist und ...« Sie verstummte. Das konnte doch nicht der Grund sein, oder? Sie überlegte weiter. »Brett und ich würden die Schule repräsentieren.«

»Also ist es mehr eine politische Sache?«

»Genau«, bestätigte Frankie. Das hörte sich richtig an.

Viveka dachte einen Moment lang darüber nach. »Ich dachte, du hättest genug von Politik und wolltest lieber Spaß haben.«

»Wollte ich auch«, sagte Frankie und zog sich die Decke bis ans Kinn. »Ich hätte eben nie gedacht, dass das Ganze so anstrengend sein würde.«

Die Glitteratis hatten sich zusammengerollt und schliefen schon. Der Glitter in ihrem Fell schimmerte im Licht der Flurlampe.

»Du hast dich doch schon öfter für irgendwelche Dinge eingesetzt und weißt, wie viel Arbeit das machen kann.«

»Jaaa.« Frankie wandte sich ab. »Aber da hat es sich nicht wie Arbeit angefühlt.«

»Das tut es nie, wenn es um etwas geht, das einem wichtig ist«, sagte ihre Mutter und drückte ihr ein Küsschen auf die Stirn. Sie hatte Frankie ihren Standpunkt klargemacht.

Frankie wollte ihr sagen, dass ihr tatsächlich wichtig war,

was sie tat. Dass nur das Gewinnen der schwierige Teil war. Dass der Spaß erst danach anfing. Dass sie mit Brett zu Fotoaufnahmen fahren würde, wenn sie erst T'eau-Dally-Models waren. Dass sie Designerklamotten und -schuhe bekommen würden. Preisnachlässe im Einkaufszentrum. Mehr Fans auf Twitter. Unbegrenzte Beliebtheit... Aber wie sollte man das alles einer Wissenschaftlerin erklären? Also gab Frankie ihrer Mutter nur ein Küsschen zurück und rollte sich unter ihrer Decke zusammen.

Bevor sie einschlief, dachte sie ein letztes Mal daran, wie Cleo auf ihre Ladeaktion reagiert hatte. Sie und ihre Anhängerinnen hatten so empört aufgeschnauft, dass der dabei entstehende Sog jedem Staubsauger Konkurrenz gemacht hätte. Hätte Cleo noch energischer nach Luft geschnappt, wären ihre Pita-Chips vom Teller gesogen worden und an ihren geglossten Lippen kleben geblieben. Haylee dagegen hatte gar nichts gesagt. Sie hatte Frankie nur angestarrt und den Korb mit den einzeln verpackten Müsliriegeln für ihre Fans fallen lassen. Wer sagte, dass Gewinnen Spaß machte, irrte sich. Es war megakrass.

Freitag, 17. Juni

»Aaaaaaaaaaaahhhhhhhhhh!«, kreischte Grace Collard.

Marc Beane stieß das Messer immer wieder in ihre Brust. Es gab Zeugen, aber das war ihm egal, er wollte Blut sehen.

»Helft mir!«, schrie Grace verzweifelt.

»Und... Schnitt!«, rief Brett hinter der Kamera. Die Zuschauer klatschten Beifall.

»Das war total krass!«, keuchte Marc und bewunderte die Spukschloss-Kulissen, die jetzt mit Kirschsirup bespritzt waren.

»Wisst ihr, was, Leute, ihr könnt in meiner Horrorfilm-Hütte abhängen, so oft ihr wollt. Ich habe alle Folgen von *Scream.*« Brett beugte sich zu Marc und zwinkerte ihm zu. »Bei den gruseligen Szenen lässt es sich prima kuscheln.«

Frankie kicherte und schenkte Grace zum Abschied ein paar echte Kontakt-Ohrringe.

»Die sind ja Megawatt!«, kreischte Grace wieder los. Diesmal aber vor Begeisterung.

Megawatt? Wie megakrass!

Frankie sortierte ihre Kontakte und warf einen Blick durch die Cafeteria, um die Konkurrenz einzuschätzen. Cleo war schwer damit beschäftigt, alle möglichen Gegenstände in Leinen einzuwickeln. Deuce stand bei ihr und unterhielt die Scherzkekse damit, dass er immer wieder die Sonnenbrille abnahm und die Hausaufgaben nichts ahnender Schüler in Stein verwandelte. Haylee hatte Stellung am Tisch der Cheerleader bezogen und bot kostenlose Nachhilfe und Aufsatzkorrektur an, während Heath Cola trank und auf Befehl Feuer rülpste.

Jemand tippte Frankie auf die Schulter. »Mach mir ein megascharfes Bauchnabel-Piercing«, verlangte Blue grinsend. Der Anblick der leinenbezogenen Handcremedose, die aus ihrer Baumwolltasche ragte, tat Frankie in der Seele weh. *Auf wessen Seite ist sie eigentlich?*

»Ach, komm schon, Sheila, sei nicht sauer«, sagte Blue und sah Frankie ernst an. »Wir sitzen doch alle im selben Boot. Ich kann unmöglich mitwählen.«

Frankie dachte kurz darüber nach. »Na gut«, sagte sie schließlich und überreichte ihr einen Kontakt.

»Voll verschärft!«, freute sich Blue und steckte sich ihr neues Schmuckstück in den Bauchnabel.

»Die Nächste!«

»Ich nehm dasselbe, was Blue hat«, sagte Irish Emmy.

In den nächsten dreiundvierzig Minuten befestigte Frankie die Ersatzkontakte ihres Vaters an Fingernägeln, Ohrläppchen, Hälsen, Nasen, Handgelenken und einer unsichtbaren Stirn (der von Billy). Die Schlange vor ihrem Tisch war deutlich länger als die von Cleo und Haylee zusammen. Und Brett drehte die Filme schneller als Jennifer Aniston. Sie waren ungefähr so beliebt wie Obama nach seiner Wahl. Das war total megakrass! Aber dann waren keine Kontakte mehr übrig.

»Schnell«, sagte Brett und hielt Frankie seine Kamera hin. »Die Akkus müssen neu geladen werden.«

Frankie war noch vom Vortag so erschöpft, dass ihr Strom zäh wie Sirup floss und das Aufladen der Kamera eine Ewigkeit dauerte.

»Kontakte sind für Beknackte!«, rief Cleo. »Kommt her und entwerft euren eigenen Schmuck!«

Deuce stand hinter einem Tisch voller Scheren, Papierfetzen und Nagellackfläschchen. Die Wählerinnen durften aus dem Papier etwas ausschneiden, das Deuce dann in steinerne Schmuckstücke verwandelte. Und wer etwas Bunteres wollte als den grauen Stein, konnte sich sein Werk mit Nagellack aus der Chanel-Sommerkollektion verschönern. Deuce und Cleo wurden umlagert. Alles, was am Stand von Stein und Redding zurückblieb, waren mit Kirschsirup bespritzte Masken, eine halb aufgeladene Kamera und eine leere Kontakte-

Schachtel. Ein Gefühl des Versagens machte sich breit. Die Wähler waren weitergezogen.

Brett begann einzupacken und Frankie zupfte an ihren Nähten. Was machte es schon, wenn sich ihr Körper in seine Bestandteile auflöste? Ihr Herz – wenn sie denn eines gehabt hätte – war ohnehin schon gebrochen.

»Hör auf damit«, sagte ein schwebender Stirnkontakt – Billy.

»Womit?«, fragte Frankie deprimiert.

»Hör auf damit, dir einzureden, dass das Ganze eine Riesen-Zeitverschwendung war. Oder dass du keine Chance hast. Oder dass du jetzt aufgibst und shoppen gehst – schon wieder!«

Frankie konnte das Grinsen nicht unterdrücken. Er kannte sie wirklich gut.

»Ich wollte so gern gewinnen.« *Ich habe das Verlieren so satt.*

»Es ist noch nicht vorbei«, sagte er.

Frankie betrachtete den Andrang bei Cleo und Deuce. »Sieht aber ganz so aus.«

»Der Eindruck kann täuschen«, sagte er. Und dann – *zischhhhhh* – besprühte Billy sein Gesicht mit Spectras duftendem Sichtbarkeitsspray. Der Kontakt klebte auf seiner Nasenspitze, nicht auf der Stirn. »Siehst du?«

Frankie kicherte.

»Cleo mag den anderen ja ihren Kram einwickeln, aber du hast diese Sache in trockenen Tüchern.«

»Wie kannst du dir so sicher sein?«

»Das verrät mir meine Nase«, sagte Billy und begann, wieder zu verblassen. Die Hoffnung blieb Frankie für den Rest des Tages erhalten.

AN: Jackson
16. Juni, 18:07
Melody: Rate mal.

AN: Melody
16. Juni, 18:07
Jackson: Brownies?

AN: Jackson
16. Juni, 18:08
Melody: Du bist doof!

AN: Melody
16. Juni, 18:09
Jackson: Und das liebst du so an mir. Was ist los?

AN: Jackson
16. Juni, 18:10
Melody: Sage hat angerufen. Du simst gerade mit der offiziellen Leadsängerin von Grunge Goddess!!!!!!!!!!!!!

AN: Melody
16. Juni, 18:12
Jackson: Ich wusste, du schaffst es!!!

AN: Jackson
16. Juni, 18:12
Melody: Erster Auftritt morgen Abend.

AN: Melody
16. Juni, 18:13
Jackson: Nach dem JAN-Treffen?

AN: Jackson
16. Juni, 18:14
Melody: Mist. Total vergessen. Um welche Zeit ist das?

AN: Melody
16. Juni, 18:14
Jackson: Um sieben.

AN: Jackson
16. Juni, 18:15
Melody: Soundcheck ist um halb sieben. Werde versuchen, danach zu kommen.

AN: Melody
16. Juni, 18:16
Jackson: Versuchen zu kommen? Du musst da sein. Mr D. hat es angeordnet.

AN: Jackson
16. Juni, 18:17
Melody: O.K.

AN: Melody
16. Juni, 18:17
Jackson: Versprochen?

AN: Jackson
16. Juni, 18:18
Melody: Klar. Danach zu meinem Auftritt?

AN: Melody
16. Juni, 18:18
Jackson: Versprochen.

12
Streit am Freitagabend

Die letzten Sonnenstrahlen verschwanden hinter den Ahornbäumen und die Lichtung versank in der Dunkelheit – genau wie die JANs, die darauf warteten, dass Mr D. ihnen den Grund für diese Versammlung verriet. Hoch aufgerichtet und schweigend standen sie da wie die Bäume, die sie umgaben, vereint in ihrem Entschluss, jedem Sturm zu trotzen, der in ihre Richtung...

Klatsch!

Lala erlegte auf Clawds Wange eine Mücke. »Niemand außer mir saugt meinem Freund das Blut aus«, sagte sie und zeigte neckisch ihre Reißzähne. Grinsend schnippte sie den Miniblutsauger auf den Boden.

»Danke«, murmelte Clawd. »Aber die Mücken sind meine geringste Sorge.«

»Ich weiß.« Lala atmete die kühle Abendluft ein und seufzte. Ihre gute Laune war lediglich vorgetäuscht. In Wahrheit konnte sie es kaum ertragen, wie angespannt alle waren. Schlimm, dass sie das ihrem Vater zu verdanken hatten. Und noch schlimmer, dass sie ebenso wenig wie alle anderen wusste, worum es ging. Lala schauderte. Hätte es ihren Vater umgebracht, sich mit ihnen in ihrem unterirdischen

Versteck zu treffen? Oder war ihm noch gar nicht aufgefallen, dass seine Tochter temperaturempfindlich war? Wusste er überhaupt, dass er eine Tochter hatte?

Clawdeen hakte sich bei Lala ein. Sie duftete nach Brombeeren. »Kannst du es immer noch nicht verraten?«

Lala kniff ihre blau gefrorenen Lippen zusammen und wandte sich ab. Es war total stressig, so tun zu müssen, als wäre sie eingeweiht. Aber hatte sie denn eine andere Wahl? Schließlich war ihr Vater ständig in seinem Büro und redete in sein Headset. Oder er lag auf der Sonnenbank.

»Böööörp.«

Heath rülpste einen Feuerball und alle drängten sich um ihn. Nicht nur wegen der Wärme, sondern vor allem wegen des Unterhaltungswerts. Eltern und Schüler warfen Lala immer wieder neugierige Blick zu, als hofften sie auf irgendeinen Hinweis. Sie reagierte darauf mit geschürzten Lippen und einem Schulterzucken... *Ich würde, wenn ich könnte.* Blue hielt sich am Rand der Gruppe auf und versuchte krampfhaft, ihre von Cleo eingewickelte Feuchtigkeitscreme zu öffnen. Ihre Schuppen wurden schon rissig. Lala konnte gut nachempfinden, wie sie sich fühlen musste.

Wo bleibt er nur?

Jackson tippte Lala auf die Schulter. Seine Augen waren hinter den Flammen verborgen, die sich in seinen Brillengläsern spiegelten. »Weißt du vielleicht...?«

»Ich kann nicht darüber reden, okay!«

Jackson wich erschrocken einen Schritt zurück. »Gut, dann frage ich eben jemand anders.«

»Frag mich«, bot Spectra von irgendwo in der Nähe an. »Ich weiß alles.«

Er zögerte kurz, doch dann seufzte er wie jemand, der nichts mehr zu verlieren hat. »Weißt du, wo Melody ist?«

Ups.

»Klar weiß ich das«, sagte die nach Lilien duftende Stimme. »Ich habe gehört, dass sie Hausarrest hat, weil sie das Motorrad ihres Vaters zu Schrott gefahren hat.«

Jackson schnaubte angewidert. »Ihr Vater hat kein Motorrad.«

»Jetzt nicht mehr«, bestätigte Spectra. »Deswegen ist er so sauer. Er hat das Ding mehr geliebt als seinen eigenen Sohn.«

»Er hat keinen...« Jackson unterbrach sich. »Vergiss es.«

Eine plötzliche Brise ließ das Feuer aufflackern. Maddy Gorgon verwandelte es hastig zu Stein, bevor es sich ausbreiten konnte. Sofort wurde es wieder kalt. Auch die Dunkelheit war zurück. Es herrschte Schweigen. Dann näherte sich das Geräusch von Schritten auf raschelndem Laub – langsamen und gemessenen Schritten. Ihr Oberhaupt war eingetroffen.

Lalas Herz begann zu rasen. Clawd, der ihre Angst (oder vielleicht seine eigene) spürte, griff in aller Öffentlichkeit nach ihrem Arm. Eine Eule schrie. Ghoulia stöhnte.

»Die Zeit ist gekommen...« – Mr D.s Stimme kam irgendwo aus dem Dunkel. Sie klang tief und kontrolliert und sein osteuropäischer Akzent verstärkte diesen Effekt noch – »... den letzten Schritt zu gehen, der uns bestimmt ist.« Würdevoll trat er hinaus ins Mondlicht und blickte vom einen zum Nächsten. Er hatte das Auftreten eines Königs, und wenn Lala nicht so deprimiert gewesen wäre, hätte sie bestimmt so etwas wie Stolz empfunden.

»Wie viele der Älteren wissen dürften, stehen wir hier auf heiligem Boden ...«

Lala und ihre Freunde tauschten verständnislose Blicke.

»Auf dieser Lichtung haben wir uns vor siebzig Normalojahren versammelt, um Schutz vor unseren Feinden zu suchen. Aus Angst, uns zu zeigen, haben wir Höhlen gegraben und uns buchstäblich unter der Erde verkrochen. Unsere ersten Grabstätten, Särge, Labore und Höhlen befinden sich direkt unter uns, aber dank der Veränderungen der letzten Zeit sind sie inzwischen überflüssig geworden.«

»Aaaarrrruuuuuu!«, heulten die Wolfs. Andere klatschten Beifall. Clawdeen machte einen Knicks.

Mr D. hob eine bleiche Hand. Auf der Lichtung wurde es still. »Normalos und JANs leben jetzt harmonisch zusammen. Einige gehen sogar miteinander aus.«

Mehr Applaus. Frankie und Heath lächelten stolz. Wieder brachte Mr D.s Hand sie zum Schweigen.

»Toleranz ist eine gute Sache. Aber Integration kann auch Gift für uns sein. Erlaubt ihnen nicht, die Besonderheiten auslöschen, die uns zu JANs ... die uns überlegen machen.«

Überlegen?

Ghoulia stöhnte noch einmal.

»Jetzt, da wir frei sind, können wir unsere eigenen Pläne machen! Unsere Lebensweise verbreiten! Unsere Kraft vereinen!«

»Mir scheint, diese ganze Gratulationsnummer war nur die Einleitung«, wisperte Blue.

Wenn sie damit meinte, dass der tatsächliche Grund für das Meeting wohl erst noch kam, konnte Lala ihr nur zustimmen.

Mr D. schnippte mit den Fingern. Sofort tauchte Muscles mit einer vergoldeten Schaufel an seiner Seite auf. Das Oberhaupt der JANs entließ seinen Leibwächter mit einem knappen Nicken und hob die Schaufel. »Und genau aus diesem Grund habe ich mit der Hilfe von Ram de Nile und dem Bauunternehmen Wolf dieses Land gekauft, um euch und allen zukünftigen Generationen die Radcliffe High zu schenken!« Er stieß die Schaufel in den lehmigen Boden und hob eine Ladung Erde aus. »Hiermit haben die Bauarbeiten offiziell begonnen!«

Viele der Eltern jubelten. Die meisten Schüler aber nicht. Sie sahen Lala an, als könnte sie der merkwürdigen Ankündigung ihres Vaters einen Sinn verleihen.

»Warum hat mein Dad mir nichts davon erzählt?«, murmelte Clawd.

Blue hob die Brauen, als wollte sie fragen: *Das ist doch ein Witz, oder?*

Ich kann echt nicht glauben, dass du mir das verschwiegen hast, sagte Cleo mit einem einzigen stechenden Blick.

Dein Vater wusste Bescheid. Er hat das Land gekauft. Gib ihm doch die Schuld!, dachte Lala und starrte Ram de Nile an.

Wie konntest du nur?, schien Clawdeens gesträubtes Nackenfell anklagend zu sagen.

Dein Vater wusste Bescheid. Er ist für den Bau verantwortlich. Gib ihm doch die Schuld!, dachte Lala und starrte Clawrk Wolf an.

Berührt Clawd wirklich in aller Öffentlichkeit deinen Arm? Ghoulia schaffte es, diese Frage mit einem einzigen bedeutsamen Grinsen zu stellen.

Ja, er berührt meinen Arm in aller Öffentlichkeit. Und das ist so ziemlich alles, was ich mit Sicherheit weiß, bestätigte Lala mit einem Nicken.

»Verabschiedet euch von der Merston High«, sagte Mr D. »Denn ab September werdet ihr die einzige Privatschule besuchen, auf der nur JANs zugelassen sind.«

Frankie zupfte an ihren Nähten.

Heath warf eine Magentablette ein.

Jackson hielt sich den Ventilator vors Gesicht und schien die Lichtung nach jemandem abzusuchen – vermutlich Melody.

»Mir scheint, da hat jemand seine Mallorca-Pläne über den Haufen geworfen«, sagte Spectra zu Billy.

Clawd seufzte. »Und mir scheint, dass ich den ganzen Sommer auf der Baustelle schuften werde.«

Mr D. fuhr fort und versicherte ihnen, dass die Schule top ausgestattet sein würde. Der Unterricht und das Sportangebot würden genau auf die Fähigkeiten und Bedürfnisse der JANs zugeschnitten sein. Außerdem würde diese Schule JANs aus der ganzen Welt anziehen – es hatten sich schon mehrere angemeldet und einige von ihnen waren bereits in Salem eingetroffen.

Doch Lala konnte an nichts anderes mehr denken als an den T'eau-Dally-Wettbewerb. Was sollte sie jetzt tun? Aufgeben?

»Irgendwelche Fragen?«, wollte Mr D. wissen.

Hände schossen hoch.

»Was ist mit den JAmalos?«, fragte Frankie. »Diese Trennung könnte die Beziehungen stark belasten.«

Heath nickte zustimmend.

»Ihr verlasst doch nicht die Stadt. Ihr wechselt nur die Schule.«

»Was, wenn ich weiter Football für Merston spielen will?« (Clawd.)

»Radcliffe braucht dich, mein Sohn. Du spielst jetzt für uns.«

»Und Basketball?« (Deuce.)

»Wir werden unser eigenes Basketballteam gründen.«

»Können wir trotzdem weiter gegen Normaloschulen antreten?« (Clawdeen.)

»Wenn die mutig genug sind, unsere überlegene Mannschaft in ihre Liga aufzunehmen.«

»Was wird aus meinem Schwimm-Stipendium?« (Blue.)

»Und meinem Leichtathletik-Stipendium?« (Rocks.)

»Stipendien sind nicht mehr nötig. Wir arbeiten bereits an einem JAN-College. Es wird höchste Standards haben – und das bei niedrigen Studiengebühren.«

Mehrere Eltern applaudierten.

»Wir haben so hart daran gearbeitet, uns den Normalos anzupassen. Mir kommt das Ganze vor wie ein Schritt zurück.« (Clawdeen.)

Mr D. zwang sich zu einem geduldigen Lächeln. »Euch wird noch genügend Zeit bleiben, etwas mit... den anderen zu unternehmen. Nur nicht an Schultagen oder den Wochenenden, an denen unsere Sportveranstaltungen stattfinden.«

Frankie versprühte Funken. »Haben wir eine Wahl?«

»Ich würde lieber auf der Merston bleiben.«

»Ich auch.«

»Ich auch.«

Mr D.s Miene wurde finsterer. Ein kalter Wind wehte. Seine Haare wehten nicht. »Der Besuch der Radcliffe High ist Pflicht für alle JANs.«

Ein Raunen ging durch die Reihen.

»Das Meeting ist beendet.«

»Was wird aus all den Normalos, die mich anbeten?«, wisperte Cleo Lala zu. »Die sind doch dann völlig verloren. Und was wird aus dem Wettbewerb? Ich und Deuce stehen so kurz davor zu gewinnen. Du musst was tun!«

Lala war klar, dass Cleo recht hatte. Aber welche Möglichkeiten hatte sie denn? Mit ihrem Vater zu reden, war wohl ausgeschlossen. *Dad, kannst du mich hören? Und jetzt? Jetzt?* Die Verbindung zwischen ihnen war gestört, seit sie denken konnte.

»Was ist mit dem Wettbewerb?«, rief Frankie.

»Welcher Wettbewerb?«

Dutzende Augen richteten sich auf Lala. *Er weiß nichts von dem Wettbewerb?*

Lala wurde ganz anders. Sie stand kurz vor einer Panikattacke.

»Wir haben es Lala zu verdanken, dass Merston im Finale des T'eau-Dally-Highschool-Wettbewerbs ist«, erklärte Frankie. »Wenn wir gewinnen, wird die ganze Schule modernisiert. Und Brett und ich werden ...«

»Brett und du?«, kreischte Cleo. »Wohl eher Deuce und ich.«

»Was ist mit mir und Haylee?«, fragte Heath. »Wir nehmen auch teil, falls ihr das vergessen haben solltet. Und wir haben bessere Chancen als ihr, weil wir JAmalos sind.«

Cleo stemmte die Hände in die Hüften. »Dieser Ausdruck ist so ...«

»Das reicht!«, fauchte Mr D. »Worum es bei diesem lächerlichen Wettbewerb auch gehen mag – am besten überlasst ihr das den Normalos. Es wird Zeit, dass ihr euch nur noch um eure eigene Gemeinschaft kümmert.«

Lächerlicher Wettbewerb? LÄCHERLICHER WETTBEWERB?

Zittrig und völlig aufgelöst trat Lala vor. »Merston *ist* unsere Gemeinschaft«, platzte sie heraus.

Mr D. drehte sich langsam zu seiner Tochter um. Frankie sprühte Funken, blieb aber tapfer an Lalas Seite stehen.

»Jetzt nicht mehr«, sagte er mit gruseliger Gelassenheit. »Und ihr bekommt auch ohne diesen lächerlichen Wettbewerb eine neue, moderne Schule.« Seine dunklen Augen schienen sie mit ihrem Blick zu durchbohren. »Zieh deine Teilnahme zurück.«

Lala schüttelte den Kopf. »Du hast mich das ganze Jahr dazu gedrängt, etwas für meine Schule zu tun. Und jetzt, wo es mir gelungen ist, soll ich einen Rückzieher machen?«

»Lala!«, zischte Clawd eindringlich. »Pass auf, was du ...«

»Du wirst tun, was ich dir sage.«

»Wieso?« Lala verschränkte die Arme vor der Brust. »Du änderst doch ohnehin wieder deine Meinung.«

In der Menge wurde erschrocken nach Luft geschnappt.

Mr D. rammte die Schaufel in den Boden. »Draculaura, warte zu Hause im Wohnzimmer auf mich. Alle anderen: Das Meeting ist beendet.«

Die Flammen zuckten hinter dem Glas des Kamins. Lala saß auf der Vorderkante der Couch und versuchte, ihre Schultern zu lockern. Sie strich den rosa Schopf von Count Fabulous glatt, hob das Kinn und verschränkte die Hände, um sie warm zu halten. Sie sah aus wie damals, als ihre Gruseleltern Densilav Blega angeheuert hatten, um ihr Porträt zu malen. Der einzige Unterschied war, dass sie dabei vor Langeweile gezittert hatte und nicht vor Panik.

Vor dem Verlassen der Lichtung hatte Clawd sie gedrängt, sich bei ihrem Vater zu entschuldigen. Blue und Clawdeen hatten ihr Glück gewünscht und sie angefleht anzurufen, sobald es möglich war. Frankie hatte angeboten, sie im Fab, ihrem fabelhaften Labor, zu verstecken. Doch Lala hatte abgelehnt. Was sollte er ihr schon antun? Sie umbringen? Da kam er eintausendfünfhundertneunundneunzig Jahre zu spät.

Onkel Vlad tauchte neben ihr auf. Er roch nach Eukalyptus. »Noch eine Portion?«, fragte er, den Löffel einsatzbereit in der Hand.

Lala rieb sich den Bauch und schüttelte den Kopf. Sie wollte zwar die Aufmerksamkeit ihres Vaters, aber Sojaeiscreme auf seine neue Jeans zu kotzen, war vielleicht nicht der richtige Weg. »Mach mir lieber einen Pfefferminztee«, sagte sie und reichte Vlad ihren Teller.

»Ein bisschen zu viel Trost-Futter?«

»Ein bisschen zu viel Futter«, sagte Lala und spähte aus dem Fenster, »und nicht genug Trost.«

»Ich wünschte, ich wäre dabei gewesen, um – haa... haa...« – Onkel Vlad setzte hastig das Tablett ab, griff in die Tasche seines Seidenkimonos und presste sich ein seidenes Taschentuch an die Nase – »...tschiii!«

»Gesundheit.«

Er fuhr mit dem Tuch unter seine Brillengläser und betupfte sich die Augenwinkel. »Ich habe ihm gesagt – nein, ich habe ihn angefleht –, diesen Vitamin C verschlingenden Aktenvernichter nicht in meine Gesundheitsecke zu stellen, aber hat er auf mich gehört?« Vlad verstummte kurz, um sich die Nase zu putzen. »Natürlich nicht.« Er schnaubte noch einmal in sein Taschentuch. »Was weiß ich schon von Fang Shui? Ich habe ja nur das Buch darüber geschrieben und die App entworfen. Ganz zu schweigen von…«

Scheinwerferlicht glitt über die Wohnzimmerwand. Die Limousine rollte knirschend über den Kies der Einfahrt.

»Ich bin gleich wieder da und bringe den Tee«, sagte Vlad und eilte davon.

Die Vordertür öffnete sich knarrend. Oben in Lalas Zimmer flitzten die Tiere in ihre Verstecke. Count Fabulous, der immer noch auf ihrem Handgelenk hockte, begann zu zittern. Sie legte einen Finger auf sein pochendes Herz. Zu schade, dass es keine Sprachlern-DVD für Tiersprache gab, denn dann hätte sie ihren Lieblingen sagen können, dass sie sich entspannen sollten. Der Biss ihres Vaters war schlimm, aber sein Bellen war viel schlimmer. Außerdem hatte er nicht das geringste Interesse an ihnen. Ihn interessierte überhaupt nichts außer seiner Arbeit. Und dennoch versuchte sie schon seit Jahrhunderten, ihn zu beeindrucken.

Seine Schuhe klackten über den Marmorboden. Und Lala wurde plötzlich etwas klar. Ein weiser alter Mann hatte einmal gesagt: »Vielleicht steht er einfach nicht auf dich.« Möglicherweise hatte dieser Typ recht. Wieso sollte sie also nicht einfach sagen, was sie auf dem Herzen hatte? So wie die Dinge standen, hatte sie ohnehin nichts mehr zu verlieren – natürlich abgesehen vom Sieg.

CF flatterte davon und seine pinkfarbene Haarverlängerung segelte auf den Teppich. Lala beugte sich vor, um sie aufzuheben, und starrte stattdessen auf die glänzende Schuhspitze ihres Vaters. Er zertrat die pinkfarbenen Haare wie eine Zigarettenkippe. *Wie fies ist das denn?*

»Wie kannst du es wagen, dich mir zu widersetzen?«, sagte er und funkelte sie böse an.

Wenigstens war er ausnahmsweise nicht in HD, sondern in 3-D anwesend. Er atmete dieselbe nach Feuerholz riechende Luft wie sie. Es war das erste Mal, dass sie im Wohnzimmer ohne Flachbildschirm miteinander redeten. Bei diesem Gedanken musste Lala grinsen. Und das machte ihn richtig sauer.

»Ich bin das Oberhaupt!«, empörte er sich und ließ seine Reißzähne aufblitzen. »Wenn ich dir sage, dass du etwas tun sollst, erwarte ich, dass du es tust. Außerdem bin ich dein Vater ...«

Ha!

»Aber nur durch Biss«, murmelte sie, »nicht durch Blut.«

Vom Flur ertönte ein Japsen. Gefolgt von einem Niesen.

Vlad lauschte an der Tür. Aber das störte weder Mr D. noch Lala. Die beiden standen wie erstarrt da und ihre letzte Bemerkung hing in der Luft wie eisiger Nebel.

Die Erinnerung an beißenden Hunger. Feuchte Kälte. Wie sie durch eine Schneelandschaft getragen wurde ... rote Tropfen fielen und hinterließen eine Spur. Schmerzhafte Hustenanfälle schüttelten ihren Körper ... sie hustete Blut ... eine Treppe ... Es wurde wärmer. Das silberne Licht des Mondes war nicht mehr zu sehen. Warme orangefarbene Lichter wiesen ihnen den Weg. Sie wurde auf ein Bett gelegt. Es roch nach Metall und salziger Haut. Das Laken, ursprünglich seidig und glatt, war schweißdurchtränkt. Neben ihr stöhnte ihre Mutter und verlangte, Laura zu sehen. *Ich bin hier, Mama,* wollte sie sagen, aber das Sprechen fiel ihr zu schwer. Mr D. versicherte ihr, dass Laura da war. Unendliche Erschöpfung ... der letzte keuchende Atemzug ihrer Mutter, obwohl Lala sie wortlos anflehte, nicht fortzugehen. Mr D., der ins Zimmer gestürmt kam, den Namen ihrer Mutter rufend. *Alina ... Alina ... Alina ...* Er zog sie an sich, als wäre sie mehr gewesen als nur seine Haushälterin und er weniger als ein rumänischer Adliger. Ein Doktor, der ihm sagte, dass es zu spät wäre ... die bebenden Schultern von Mr D. Er wünschte, er hätte sie retten können, wünschte, der Schnee hätte ihn nicht von ihr ferngehalten. Der Doktor sagte, dass das Mädchen nicht mehr lange überleben würde. Mr D. beugte sich über sie, strich ihr schweißnasses Haar zurück. Ein stechender Schmerz im Hals ... lähmender Druck ... Dunkelheit ... und dann ein neuer Tag. Sie hatte ihre Kraft wieder. Ihre Mutter war fort. Und aus irgendeinem Grund wollte sie nichts lieber, als ihre merkwürdig geformten Zähne in ein rohes Steak zu schlagen.

Lala blinzelte gegen die Tränen an. »Du hättest mich nicht retten sollen.«

Er schenkte sich einen fünfhundert Jahre alten Scotch ein.

»Schließlich ist nicht zu übersehen, dass du nie eine Tochter haben wolltest.«

»Falsch!«, sagte er und knallte sein Glas auf die glänzend polierte schwarze Platte des Beistelltischs.

»Untersetzer!«, rief Vlad.

Mr D. ignorierte ihn.

»Du hättest Mr Stein bitten sollen, dir einen Roboter zu bauen. Jemanden, der genau das tut, was du willst, und genau so, wie du es willst. Weil ich ...«

»Ich will keinen Roboter«, unterbrach er sie. »Aber ich will auch keine unmotivierte, respektlose ...«

Lala stampfte mit dem Fuß auf. »Unmotiviert?! Wegen mir ist Merston High eine von drei Finalisten-Schulen in einem bundesweiten Wettbewerb! Dafür habe ich gesorgt, Dad, ich!« Lala hämmerte sich auf die Brust wie ein Gorilla, damit er sie endlich wahrnahm.

Mr D. hob sein Glas und nippte an der bernsteinfarbenen Flüssigkeit. »Die Radcliffe High wird dir guttun.«

Lala wickelte sich eine Haarsträhne um den Finger und zog daran. »Woher willst du wissen, was gut für mich ist? Du bist doch nie hier! Und wenn du mal hier bist, ist es genauso, als wärst du weg – nur schlimmer, weil du hier bist und mich ignorierst.« Diese Worte laut auszusprechen, versetzte Lala einen Stich ins Herz. »Ich hatte keine Ahnung, dass du überhaupt an dieser Schulsache arbeitest. Nicht die geringste Ahnung. Ist dir klar, wie peinlich das für mich war?«

»Nun, ich hatte ja auch keine Ahnung von deinem kleinen Wettbewerb«, konterte er.

»Er ist nicht klein!«, ereiferte sich Lala. »Und ich habe versucht, dir davon zu erzählen, aber du hörst ja nie zu und ...« Ihre Kehle war wie zugeschnürt. »Ich dachte, du würdest stolz auf mich sein. Nur deswegen habe ich überhaupt mitgemacht.«

»Ich werde stolz auf dich sein, wenn du aufhörst, deine

Zeit mit deinen Freunden zu verschwenden, und anfängst, dich ernsthaft …«

»Meine Freunde sind jetzt meine Familie. Und wir haben im letzten Jahr hart daran gearbeitet, Mitglieder dieser Gemeinschaft zu werden …« Lala konnte sich nicht länger beherrschen und verbarg ihr Gesicht. In all ihren eintausendfünfhundertneunundneunzig Jahren hatte er sie noch nie weinen gesehen.

Mr D. machte keine Anstalten, sie zu trösten. Stattdessen trat er einen Schritt zurück und sah zu, wie sie schluchzte. »Deine Freunde werden dich niemals retten, wie ich dich gerettet habe.«

»Das haben sie schon.«

Er seufzte und sah auf seine Taschenuhr. »Der Punkt ist, dass du Rettung nicht nötig haben solltest, Laura«, sagte er. Das war das erste Mal, dass er ihren richtigen Namen benutzte, seit … »Du musst stark sein. Stark genug, um dich nicht länger ablenken zu lassen und dich auf das zu konzentrieren, was wirklich wichtig ist.«

Lala wischte sich mit dem Handrücken über die Augen. Die kühle Haut beruhigte ihre geschwollenen Lider. »Stark zu sein, bedeutet nicht, die Menschen von sich fernzuhalten.« Sie schniefte. »Sondern, sie an sich heranzulassen.«

Mr D. zeigte mit dem Finger auf sie. »Das sagst du heute. Und was wirst du morgen predigen? Oder übermorgen? Eine Minute lang sind es gesunde Ernährung und Haustiere und in der nächsten ist es der Weltfrieden!«

Er kannte ihre Interessen!

»Du bringst nie etwas zu Ende. Das ist auch der Grund, wieso dich deine Cousins Gräfin Schlappula nennen!«

Tun sie das?

Vlad schnaubte amüsiert.

»Das ist nicht witzig!«, rief sie.

Mr D.s Handy klingelte. Er warf einen Blick aufs Display und antwortete.

»Einen Moment bitte«, sagte er dem Anrufer und betrachtete seine Tochter. »Ich biete dir einen Deal an.«

Lala hob eine Braue.

»Ich habe dich nicht zum Aufgeben erzogen. Also beende deinen kleinen Wettbewerb. Aber wenn du verlierst, verlässt du die Merston und gehst auf die Radcliffe.«

»Und wenn ich gewinne?«

Jetzt hob Mr D. eine Braue.

»Wenn ich gewinne?«

Er hielt das Mikro seines Telefons zu. »Dann kannst du bleiben.«

Hmmm. Nicht schlecht für Gräfin Schlappula.

Lies jetzt das Kapitel
mit der Unglückszahl hinten im Buch
(Bonusmaterial ab S. 278)

14
Melody muss Federn lassen

Die alte Fabrik, in der schon lange kein Papier mehr produziert wurde, hatte sich wie von Zauberhand in eine ausverkaufte Partylocation verwandelt. Melody folgte ihren Bandkolleginnen durch rotes Scheinwerferlicht und eine pfeifende, applaudierende Menschenmenge auf eine Bühne, die schon bessere Zeiten gesehen hatte.

Cici streifte sich den Riemen ihres silbernen Basses über. Sage hob ihre mit Kritzeleien verzierte Gitarre. Nine Point Five streckte ihre mit Nagellack bemalten Drumsticks Richtung Decke. Dabei rutschte ihr Tanktop hoch und die Speckrolle hatte ihren Auftritt. Die Zuschauer applaudierten erneut.

Melody trat ans Mikrofon. Sie umklammerte den kalten Stahl. Starrte auf ihre rosa Chucks. Leckte sich die trockenen Lippen. Suchte nach dem nächsten Ausgang. Es war zu spät, um sich zu verdrücken. Sie musste sich unbedingt beruhigen. Aber wie? Es fühlte sich an, als hätte man sie an Sages Verstärker angestöpselt. Die anderen hatten sich abwechselnd um sie gekümmert. Ihr gesagt, dass so etwas normal war. Und dass es keine Rolle spielte, wie es lief, denn sie hatten immer noch einander. Aber das änderte nichts daran, dass der Soundcheck am frühen Abend eine Ewigkeit gedauert hatte. Dass sie die Band über das JAN-Treffen gestellt hatte. Dass sie das Versprechen gebrochen hatte, das sie Jackson gegeben hatte. Dass sie wünschte, es würde ihr leidtun – was es nicht tat. Dass …

»Eins, zwei, drei, vier!« Nine Point Five spielte die ersten Takte von Fiona Apples *Sleep to Dream.* Die anderen stimmten ein. Melody schloss die Augen. Sie begann zu singen. Sofort fiel alles von ihr ab.

Sie spielten Luscious Jackson, Soundgarden und sogar Britney (natürlich in einer viel cooleren, ironischen Version). Melody nahm nur noch flüchtig wahr, was um sie herum geschah. Verschwitzte Mädchen, die ihre Arme schwenkten … Studenten, die sie anstarrten … wieder andere, die mitsangen … Handy-Blitzlichter … Candace und Spectra, die ihr Kusshände zuwarfen … Candace auf Billys Schultern … Leute, die ausflippten, weil es aussah, als würde sie schweben … Jackson ganz am Rand mit seinem Ventilator … Freude, dass er gekommen war.

Aber was Melody während des fünfundfünfzigminütigen Auftritts am stärksten empfand, war schwer zu definieren. Ein Gefühl, als würde sie schweben? Oder fliegen? Nein, es war eher ein schwereloses Gleiten. Als wäre sie – wie die alte Fabrik – von Zauberhand verwandelt worden.

Dann war die Show vorbei und der Zauber auch. DJ Gold Chedda legte Pitbull auf und Melody war wieder ein ganz normales Mädchen, das sich bei seinem Freund entschuldigen musste. Die überfüllte Tanzfläche zu überqueren, hatte etwas von einem Hindernislauf. Doch schließlich entdeckte sie Jackson an der Monsterenergydrink-Bar.

»Jackson!«

»Hey!« Ein seltsam gestylter Typ packte Melody an den Schultern und wirbelte sie zu sich herum. »Ruinier dir mit dem Geschrei bloß nicht die Stimme, Mädchen.« Seine Schwitzhände durchweichten ihr hauchdünnes schwarzes T-Shirt. Candace hatte einhundertfünfundsiebzig Dollar für den durchlöcherten Fetzen ausgegeben. Aber da es aussah, als hätte man es einem Landstreicher ausgezogen, war Melody einverstanden gewesen, es zu tragen. Und dank der Schwitzhände dieses Typen roch es jetzt auch nach Landstreicher. »Deine Stimme ist nuklear!«

Melody wich zurück.

»Du weißt schon, bombig!«

»Danke«, sagte sie höflich. »Jetzt muss ich aber weiter, sonst…«

»Kein Problem«, sagte er und klatschte Beifall, während sie in der Menge verschwand.

»Deine Stimme ist voll krass!«, schrie ein Mädchen, das eng umschlungen mit seinem Freund tanzte.

»Ich steh total auf die Federn!«, rief eine andere, die wild herumwirbelte.

»Bin dein größter Fan!«, grölte ein Typ, auf dessen nacktem Oberkörper ein Tattoo von Gwen Stefani prangte.

»Komm zu uns.« Ein Mädchen mit weißblonden Haaren zog Melody am Handgelenk in eine tanzende Mädchenclique. Melody reckte die Arme in die Luft und überließ sich für ein paar Minuten der Musik, den blitzenden Lichtern und der Menge auf der Tanzfläche, bevor sie sich losriss. *Jackson zuerst, abfeiern danach.*

Melody geriet zwischen zwei nicht gerade schlanke Mädchen mit Netzstrümpfen und knappen Shorts und wurde zwischen ihnen hin und her gestoßen wie eine Kugel im Flipperautomat. Sie krachte gegen einen Typen im weißen T-Shirt, der Hundemarken um den Hals hängen hatte. Er zog sie an seine salzig riechende Brust und schwang die Hüften, als befände er sich an Bord eines schlingernden Schiffs.

»Eyyy, lass das!« Melody versuchte, ihn wegzustoßen, aber er ließ sie nicht los.

»Komm, sing für mich.«

»Nein!«, sagte sie und versuchte, ihr Handgelenk zu befreien. Er hielt sie scheinbar so vorsichtig fest wie einen Luftballon an der Schnur, doch tatsächlich war sein Griff eisern.

Melody geriet in Panik und suchte die Menge nach einem vertrauten Gesicht ab. Endlich entdeckte sie Jackson. Er stand am Rand der Tanzfläche, trat von einem Bein aufs andere und ballte frustriert die Fäuste, während sie von diesem Typen belästigt wurde. Sie schickte ihm einen Hilf-mir-Blick. Er hob seinen Ventilator. Das sollte wohl Ich-würde-ja-gern-aber-dann-schwitze-ich-also-lasse-ich-es-lieber bedeuten. Stattdessen signalisierte er ihr, dass sie ihre Zauberstimme einsetzen sollte.

Super Idee!

Gerade als Melody dem Typen einreden wollte, dass er sich in die Hose machen und dann weinend nach Hause gehen sollte, hob sie jemand hoch und trug sie von der Tanzfläche. Sein Körper war kalt wie Stein und ebenso hart. Wenn Jackson eine Glasnudel war, war dieser Kerl Vollkornpasta – und zwar al dente. An der Monsterenergydrink-Bar setzte er sie behutsam ab.

»Hi, ich bin G…«

»Danke, Mann«, sagte Jackson und legte besitzergreifend den Arm um Melody. »Ab hier übernehme ich.«

Bevor Melody die Chance bekam, dem Fremden zu danken oder ihn sich wenigstens anzusehen, hatte Jackson sie schon in eine dunkle Ecke geführt. »Bist du okay?«

Melody nickte und griff nach seiner Wasserflasche.

»Was war vorhin los mit dir?«, fragte er. Seine haselnussbraunen Augen blickten besorgt. »Du hast versprochen, zum Treffen zu kommen, und…«

»Der Soundcheck hat länger gedauert«, sagte Melody und versuchte, ihren geheimnisvollen Retter inmitten der zuckenden Körper und blitzenden Lichteffekte zu entdecken. »Tut mir leid. Ich hätte dich anrufen sollen, aber…«

»Dein Auftritt war der Hammer«, sagte er mit aufrichtigem Lächeln. »Du warst super.«

»Findest du?«, fragte Melody verblüfft. *Er ist nicht sauer?*

»Mehr als super. Du hättest hören sollen, was die Leute über dich gesagt haben.« Die Besorgnis in seinem Blick verwandelte sich in Stolz. *Er ist nicht sauer!*

Melody stellte sich auf die Zehenspitzen und küsste seine weichen Lippen. Als kleine Entschuldigung, dass sie seine Coolness unterschätzt hatte. Und als Dankeschön, dass er in ihrer Lieblings-Jeansjacke gekommen war, obwohl er darin schwitzen musste.

»Ich hab aufregende Neuigkeiten«, sagte Jackson und trat hastig einen Schritt zurück.

»Was denn?«, fragte Melody, die immer noch die Arme um ihn gelegt hatte.

»Ich wollte es dir ja beim Treffen sagen, aber …«

»Melly!«, rief Sage.

Melody kicherte, als die Gitarristin auf sie zugetanzt kam. Wie üblich sah sie aus wie der Inbegriff einer Rocksängerin – in der *Teen Vogue*-Version: dichte schwarze Haare, dunkelroter Lippenstift, T-Shirt mit ironischem Aufdruck, ironisches Ballettröckchen und Motorradstiefel. Ihre dunklen Augen und die gebräunte Haut erinnerten Melody an eine mit Schokolade überzogene Mandel: glänzend und unwiderstehlich. Zu hübsch für Rock, zu cool für Pop. Und sie rief Melodys Namen! Melody wandte sich von Jackson ab und winkte Sage zu sich heran. Jackson befreite sich aus Melodys Umarmung.

»Was?«

»Ich wollte es dir gerade sagen.«

Melody kicherte über ihre Gedankenlosigkeit. »Oh, mein Gott, das tut mir leid. Du hast recht. Also, was ist es?«

Jackson strahlte. »Wir haben sie!«

Sie? »Du meinst die Lederarmbänder, die wir bestellt haben?«

Jackson schüttelte den Kopf. »Die Jobs.«

Jobs?

»Im Camp Crescendo. Wir haben sie!«

Melodys Gedanken überschlugen sich, bis es ihr endlich einfiel. *Ach ja, das Ferienlager.* »Das ist toll!«, sagte sie.

Er beugte sich zu ihr herab und küsste sie liebevoll. »Stell dir vor, zwei Monate, nur du und ich. Zelten, singen, malen …«

Sage schlang die Arme um Melody und drückte sie.

»Du bist so schnell verschwunden, dass wir gar keine Zeit hatten, dir zu sagen, was für ein Superauftritt das war«, schrie Sage ihr ins Ohr. Dann begrüßte sie Jackson mit einem Fäusteknuffen. »Cici und Nine warten hinter der Bühne auf dich.«

»Tut mir leid, aber ich wollte zu Jackson, bevor ...«

»Das ist Granit«, verkündete Sage.

Ein Typ – der Typ – in der Lederjacke beugte sich vor und winkte kurz. Melody fühlte sich, als hätte ihr etwas einen Schlag versetzt – fast so, als wäre sie gegen einen elektrischen Weidezaun gelaufen.

»Er ist unser Roadie«, flötete Sage. »Und außerdem sieht er auch noch gut aus«, neckte sie ihn und verwuschelte seinen schwarzen Pferdeschwanz. Aber es war unübersehbar, dass sie nicht scherzte. Neben seinem Al-dente-Körper waren es Granits schmale Augen – in einem ungewöhnlich hellen Grau –, die Melody anzogen wie Magnete.

»Danke, dass du mich vor diesem Freak gerettet hast«, brachte sie mühsam hervor.

Er zuckte mit den Schultern, als wäre das nichts Besonderes. »Du hast ausgesehen, als wärst du in Schwierigkeiten.«

Jackson räusperte sich. »Mel, es ist ziemlich heiß hier drinnen. Wir sollten jetzt gehen.«

Sie nickte. »Klar.« Und zu Granit: »Ach und danke, dass du unser ganzes Zeug einpackst und so.«

»Mel, wir sollten jetzt wirklich gehen.«

»Gehen?«, unterbrach Sage sie. »Der DJ hat doch gerade erst angefangen.«

»Es ist ein anderer D.J., der mir Sorgen macht«, sagte

Jackson und griff nach Melodys Hand. Sie wollte mit ihm gehen. Das Letzte, was sie jetzt brauchte, war D. J. Hyde, der allen erzählte, wie sehr er Mädchenbands hasste, und ihr den perfekten Abend verdarb. Aber aus irgendeinem Grund konnte sie sich nicht rühren.

Plötzlich tauchten Cici und Nine auf, ganz aufgeregt und außer Atem.

»Ich habe mir gerade was von Björk gewünscht«, berichtete Cici.

»Human Behaviour?«, fragte Melody hoffnungsvoll.

Nine nickte. »Den Club-Remix.«

In diesem Moment erklang auch schon ein schwerer Beat. Die roten Lichter wurden stahlblau. Unechter Nebel zischte von der Decke. Cici und Nine zerrten Melody, Sage und Granit auf die Tanzfläche. Melody schaute wie ein hilfloses Entführungsopfer zu Jackson. »Geh ohne mich«, rief sie ihm durch den Nebel zu. »Ich fahre dann später mit Candace.«

Er zeigte ihr den hochgereckten Daumen und rannte Richtung Ausgang.

Ups. Sirenenalarm! Hab ich gerade meine Zauberstimme bei Jackson eingesetzt? Melody wandte sich wieder ihren neuen Freunden zu und begann, im Takt der Musik mit dem Kopf zu wippen. Mit jeder Bewegung schüttelte sie mehr von ihren Schuldgefühlen ab. Unfälle passierten eben.

Als schließlich die Deckenbeleuchtung ansprang, fühlten sich die Partygänger, als hätte ihnen jemand eine Ohrfeige verpasst. *Aufwachen! Die Party ist vorbei! Schafft eure schwitzigen Hintern ins Bett,* schien die grelle Beleuchtung ihnen entgegenzuschreien.

»Jetzt schon?«, jammerte Nine.

Cici sah auf ihren Arm, an dem sie mehrere Swatch-Uhren trug. »Es ist ein Uhr.«

Die Mädchen staunten kichernd. Es waren nur noch wenige Leute da, unter ihnen viele Angestellte. Candace war nirgends zu sehen.

»Der Bus ist fertig beladen«, sagte Granit und ließ Sage die Autoschlüssel in die Hand fallen.

»Würdet ihr mich mitnehmen?«, fragte Melody.

»Wenn es dich nicht stört, auf Nines Schoß zu sitzen«, sagte Sage.

Nine griff in ihre Speckröllchen. »Den Airbag gibt's gratis.«

»Oder stehst du mehr auf Reithosen?«, fragte Cici und klatschte sich auf ihre fleischigen Oberschenkel.

»Ich mag beides«, beteuerte Melody und fragte sich, was ihre Eltern wohl sagen würden, wenn sie nach Mitternacht in einem überfüllten Kleinbus nach Hause gebracht wurde.

»Was hältst du davon, wenn ich dich fahre?«, bot Granit an.

»Ich schätze, das wäre sicherer«, überlegte sie und ignorierte den verkratzten Motorradhelm, den er unter dem Arm trug, den strömenden Regen, der auf das Blechdach der Fabrik prasselte, und die Tatsache, dass sie während der Fahrt die Arme um seinen kalten Körper würde schlingen müssen – was die Sicherheit erhöhte, wenn auch auf eine gefährliche Weise.

Sie traten hinaus in die eisige Nacht. Abgesehen vom gelegentlichen *Wusch* eines vorbeifahrenden Autos herrschte Stille in dem heruntergekommenen Industriegebiet. Der Regen kam von der Seite und fiel auf Melodys nackte Arme.

»Du hast nicht zufällig einen Regenschirm?«, fragte Granit.

Melody kicherte. »Hast du Angst vor ein bisschen Wasser?«, neckte sie ihn.

»Nee«, sagte er und hielt sich die Handfläche über den Kopf. Das Wasser rann über seine Finger, als wären es Regenrohre. »Ich mache mir nur Sorgen um deine Federn.«

»Oh«, sagte Melody und musterte seine trockenen Sachen. »Die sind ... das macht nichts. Vögel werden ja auch nass. Also ... wie machst du das?«

Er stülpte ihr den Helm auf den Kopf und hob die andere Hand. Auch über Melody hörte es auf zu regnen.

»Bist du schon mal auf einem Motorrad mitgefahren?«, fragte er beim Aufsteigen auf die schwarz-silberne Maschine. Er zog seine Lederjacke aus und legte sie ihr um die schmalen Schultern.

Melody nickte, obwohl es nicht stimmte. Er sollte sie für richtig cool halten. Aber wieso? Es schien ihm vollkommen egal zu sein, ob sie cool war oder nicht.

Granit trat auf den Kickstarter und der Motor sprang an.

»Trägst du gar keinen Helm?«, fragte sie.

»Nö. Mein Kopf ist hart wie Stein«, sagte er. »Halt dich gut fest.«

Melody legte die Arme um sein abgetragenes weißes T-Shirt. Es fühlte sich an, als würde man eine Statue umarmen. Sie sausten die nasse Straße entlang. Die Straßenlaternen schimmerten im Regen und Melody kam es vor, als führen sie durch ein Schwarz-Weiß-Foto, das plötzlich zum Leben erwacht war.

»Wie war das?«, fragte Granit, als er vor Melodys Haus anhielt.

Viel zu schnell vorbei.

»Toll«, sagte sie, nahm den Helm ab und gab ihn zurück. Es nieselte inzwischen nur noch. »Noch mal danke für…«

Ping! Ping! Ihre Handys meldeten genau gleichzeitig eine neue SMS.

»Bestimmt dein Freund«, sagte er.

Und deine Freundin?, hätte sie fragen können. Wenn es sie interessiert hätte. Was es nicht tat.

Sie starrten auf ihre Displays und Melody las ihre Nachricht.

AN: Melody
18. Juni, 1:22
Mr D.: JAN-Meetings sind Pflichttermine, Rockkonzerte nicht.

»Mir doch egal«, murmelte Granit halblaut.

Melody erstarrte. Hand-Regenschirm, ein Körper kalt wie Stein, klare graue Augen… »Was bist du?«

»Wie?« Er steckte sein Handy zurück in die hintere Hosentasche.

»Diese SMS. Das war dieselbe wie bei mir, stimmt's?«

»Kann schon sein«, sagte er und musterte sie mit seinen grauen Augen. »Was stand denn in deiner?«

»Etwas über Rockkonzerte.«

»Ist nicht wahr«, sagte Granit gelassen. Offenbar konnte er sich gar nicht aufregen.

»Ist wohl wahr!«, widersprach Melody energisch. »Wir sind beide JANs!«

»Ich wusste gleich, dass du irgendwie anders bist«, sagte er. »Was bist du? So was wie eine Sirene?«

Melody nickte. »Ich bin beeindruckt. Und was bist du? Eine Art Regenschirm?«

»Fast«, kicherte er. »Ich bin ein Gargoyle. Wir sorgen an alten Gebäuden dafür, dass der Regen nicht am Mauerwerk runterläuft. Manche Leute nennen uns auch Wasserspeier, weil uns das Regenwasser aus dem Mund läuft.«

»Und ihr macht den Leuten Angst, weil ihr so gruselig ausseht«, bemerkte Melody frech.

Er kicherte wieder. »Das auch.«

»Und wo ... wohnst du?«

»Ich habe in Portland gelebt. Direkt über dem Venue, der ältesten Rockbar des Landes. Da ist so ziemlich jede coole Band schon mal aufgetreten. Es war großartig, bis sie es letzten Monat abgerissen haben.«

»Und jetzt steht da ein Starbucks?«

»Coffee Bean.«

»Schöner Mist«, seufzte Melody.

»Kann man wohl sagen. Meine Eltern haben mich hergeschickt, weil die Schule hier« – er machte Anführungszeichen in der Luft – »›JAN-freundlich‹ ist. Aber ich glaube, ich arbeite lieber als Roadie. Echte Erfahrungen zu sammeln, bringt mir mehr, als in irgendeinem Klassenraum zu sitzen.«

Das Licht auf der Veranda ging an. Schon wieder erwischt.

»Ich sollte lieber gehen«, sagte Melody und rührte sich nicht.

Er holte sein Handy heraus und schickte ihr seine Nummer. »Für den Fall, dass ich noch irgendwelche Sachen einpacken soll.«

»Danke.« Sie lächelte. Es sprach schließlich nichts dagegen, eine neue Freundschaft zu schließen, oder?

Sie wandte sich erst ab, als Granits Rücklicht am Ende der Straße verschwand, und erhaschte dann einen Blick auf Jackson, der aus seinem Schlafzimmerfenster sah. Sie warf ihm ein Küsschen zu, aber seine Vorhänge schlossen sich, bevor er es auffangen konnte. Ihr Kuss wurde vom Winde verweht wie die Rauchfahne eines erloschenen Feuers.

15
Grün vor Neid

Schulleiter Weeks beugte sich auf dem Podium nach vorn und sein Kopf ruckte zum Mikro wie der einer Schildkröte. »Test ... Test.« Normalerweise musste er mehrmals um Ruhe bitten, doch heute verstummte das Geplauder sofort. Diesmal wollte niemand ein einziges Wort verpassen.

Frankie saß in der ersten Reihe und drehte sich höflich lächelnd zu ihren Mitbewerbern um.

Aber Cleo und Haylee waren zu sehr damit beschäftigt, miteinander zu flüstern, um sie zu bemerken. Dass die beiden offenbar Geheimnisse hatten, wunderte Frankie, denn die Prinzessin und die graue Maus hatten sich normalerweise nicht das Geringste zu sagen. Vielleicht hatten ihre Väter ihnen ebenfalls einen Vortrag über Fairness gehalten.

»Nervös?«, flüsterte Brett ihr ins Ohr.

»Nein«, sagte Frankie und strich sich über das schwarzweiß gefärbte Haar. Wie sollte man mit einem glitzernden Minikleid, neuen Karostiefeletten und Viva-Glam-Lipgloss nervös sein? Wenn gutes Aussehen töten könnte, würde sie lebenslänglich im Gefängnis sitzen. »Wieso? Sehe ich nervös aus?«

»Du siehst wie eine Siegerin aus«, sagte Brett und küsste zart ihren Halskontakt.

Frankie sprühte Funken. »Bist du sicher, dass du nicht an meiner Präsentation teilnehmen willst?«

»Ich hab Lampenfieber«, erinnerte er sie.

Sie kicherte. Dass Brett als Horrorfilm-Fan Lampenfieber hatte, fand sie irgendwie süß. Da gab es doch ganz andere Dinge, vor denen man sich fürchten konnte!

»Hallo, Merston!«, rief Schulleiter Weeks ins Mikrofon. »Wir sind hier, um ein Paar zu wählen, das im nächsten Jahr unsere Schule – und mit Glück auch die Marken T'eau und Dally – vertreten wird.« Hinter den Ehrenplätzen der Kandidaten brandete Applaus auf. Frankie und Brett drückten einander die Hand. Haylee nagte an ihrer Unterlippe. Cleo und Deuce tauschten einen Highfive.

»Frankie, Frankie!«, feuerte ein Mädchen aus den hinteren Reihen ihre Favoritin an.

Frankie drehte sich um, lächelte hoheitsvoll und schlug ihre grünen Beine übereinander. Cleo und Haylee tauschten einen angewiderten Blick. Frankie hätte sich am liebsten zu ihnen gebeugt und ihnen geraten, nicht neidisch zu sein. Und dass der Sieg von der Rede abhing, die sie gleich halten würden. Dass sie immer noch eine Chance hatten. Aber Schulleiter Weeks hatte die Hand gehoben, um sie zur Ruhe zu mahnen, und sie wagte nicht, sich dagegen aufzulehnen. Schließlich wollte sie seine Stimme.

»Wie ihr wisst«, fuhr er fort, »würde es Merston High landesweite Anerkennung bringen, wenn wir diesen Wettbewerb gewinnen. Ganz zu schweigen von dem Geld für Renovierungen und Neuanschaffungen ...«

Wieder wurde im Hörsaal nach Kräften applaudiert.

»... was hoffentlich ausreichen wird, um die JANs an unserer Schule zu halten. Wie ihr wisst, haben sie sonst bald die Möglichkeit, an die Radcliffe High zu wechseln.«

Clawd hielt sich die Hände wie ein Sprachrohr vor den Mund. »Buuuuhhh!«

Lala vergrub das Gesicht in den Händen. *Sie kann einem leidtun,* dachte Frankie. Diesen Sponsorenvertrag zu gewinnen, bedeutete plötzlich viel mehr, als nur das Preisgeld und landesweiten Ruhm einzuheimsen. Es ging jetzt darum, ob JANs und Normalos weiter zusammen zur Schule gehen würden. Wenn nicht, wäre alles verloren, wofür sie gekämpft hatten. Frankie begann, an ihrer Handgelenksnaht zu zupfen, denn plötzlich spürte auch sie den Druck, unter dem sie alle standen. Waren sie und Brett wirklich das beste Paar für den Job? Cleo und Deuce waren das Königspaar der Schule. Haylee und Heath waren die Musterschüler. Zum angesagtesten Paar gewählt zu werden, war nur ein Teilerfolg. Wirklich gesiegt hätten Frankie und Brett erst, wenn sie auch die Sponsoren überzeugen konnten. Was, wenn sie von ihren Mitschülern gewählt wurden und die T'eau-Dally-Leute sie nicht mochten? Wessen Schuld wäre es dann, wenn die JANs die Schule wechseln mussten? Frankie sprühte Funken.

»Ohne JANs könnten unsere Sportteams nicht mehr mithalten, staatliche Zuwendungen würden gekürzt.« Noch mehr Buhrufe.

Von Mitgefühl überwältigt, beugte Frankie sich zu Lala und legte den Arm auf die Metalllehne ihres Stuhl. »Niemand gibt dir die Schuld«, flüsterte sie.

Lala nickte dankbar, bis ihre schwarzen Haare zu schweben begannen. Strähne um Strähne erhob sich in die Luft, bis Lalas Frisur Clawds Irokesenschnitt ähnelte. »Frankie!«, zischte sie.

Der Schulleiter starrte sie böse an.

»Ups!« Frankie nahm ihren Arm von der Lehne, über die sich Lalas Frisur elektrisch aufgeladen hatte, und Lalas Haare kehrten wieder in ihren normalen Zustand zurück.

»Aber bevor wir den Mut verlieren, möchte ich euch die Schülerin vorstellen, die T'eau und Dally im Alleingang an unsere Schule geholt hat. Das Mädchen, auf dem jetzt all unsere Hoffnungen ruhen: Lala!« Der Schulleiter deutete mit großer Geste auf sie und alle Schüler jubelten.

Mit völlig selbstverständlich entblößten Reißzähnen trat Lala aufs Podium. »Hey«, sagte sie dann schüchtern. Ihre Stimme war ein wenig zittrig, aber sie stand hoch aufgerichtet da und erwiderte die Blicke ihrer Mitschüler. »In drei Tagen werden Brigitte T'eau und Dickie Dally ...«

»Wie ›Dickie‹ wohl aussieht?«, flüsterte jemand und blies die Backen auf.

Lala lachte mit allen anderen.

Schulleiter Weeks ließ den Blick strafend durch die Reihen wandern. »Fahr bitte fort«, sagte er.

»Unsere Aufgabe ist es, das Paar auszuwählen, das den Vertretern von T'eau und Dally am besten gefallen wird – nicht das, welches wir am liebsten mögen. Also wählt bitte mit dem Verstand und nicht mit dem Herzen. Die Zukunft der JANs an dieser Schule hängt davon ab. Und nun lasst uns mit Frankie Stein und Brett Redding beginnen!« Lala verließ die Bühne an der Seite wie eine Ansagerin bei der Oscar-Verleihung.

Frankie konzentrierte sich nur darauf, nicht zu stolpern oder Funken zu sprühen. Sie blendete die Zurufe ihrer Mitschüler aus und sagte beim Betreten der Bühne im Kopf das Alphabet auf – eine Entspannungsübung ihrer Mutter aus der Zeit, als sie noch unterrichtet hatte.

Als Frankie bei *T* angekommen war, stand sie auf dem Podium. Ohne zu stolpern und ohne einen einzigen Funken. Vor sich ein Hörsaal mit erwartungsvollen Gesichtern, begierig darauf, eine Wahl zu treffen. Gelbe Funken knisterten um ihre Fingerspitzen. »Ups, tut mir leid!« Sie kicherte. *Beginne zuversichtlich.*

»Hi. Also, ich, äh, bin Frankie. Und mein Freund Brett und ich sind das beste Paar, um Merston beim T'eau-Dally-Wettbewerb zu vertreten, weil wir genau wie die Schuhe total unterschiedlich sind und zusammen etwas ganz Neues ergeben. Er hat zum Beispiel Lampenfieber und ich nicht.« Sie kicherte wieder. Ihre Zuhörer verzogen keine Miene. »Aber, äh, viel wichtiger ist« – sie sprühte wieder Funken – »dass er ein Normalo ist. Und ich bin natürlich ein JAN, was ihr an den Funken erkennen könnt, die meinen Nagellack schmelzen lassen.« Noch mehr Schweigen. »Und da wir gerade von Elektrizität sprechen, äh, er ist die Steckdose und ich der Stecker…«

Gelächter. Brett sah zu Boden.

»Wartet, ich meine, ich habe die Kontakte und er den Stecker! Nein, wartet…« Gemurmel und Kichern breiteten sich aus. Sie hatte ihre Aufmerksamkeit verloren. Sogar Schulleiter Weeks beschäftigte sich mit seinem BlackBerry. »Und deswegen sind Brett und ich…« Frankies nicht vorhandenes Herz krampfte sich zusammen, ihr Magen tat dasselbe.

Innerlich flehte sie um eine weitere Chance. »Weil wir so verschieden sind, sind wir wie Stecker und Steckdose, wisst ihr? Wo eins ins andere passt.«

»Yeah, Baby!«, johlte Candace Carver.

»Wuuuhuuu!«, unterstützten sie ihre Freundinnen.

Blue und Clawdeen rauften sich die Haare.

Frankie gab es auf, ihren Notizen zu folgen. »Also, Leute, ihr kennt mich, stimmt's? Und ihr kennt Brett.« Vereinzelter Applaus. »Ihr wisst, dass wir witzig sind. Und total nett. Und supergestylt.« Sie wirbelte in ihrem Glitzerkleid herum. Ihre Fans johlten. *Megakrass!* Sie hatte ihre Aufmerksamkeit zurückgewonnen. »Und wenn ihr uns wählt, werden wir T'eau und Dally zeigen, dass wir genauso verschieden sind wie Turnschuhe und Pumps. Wären wir Essen, dann bestimmt ein Big Mac und eine Diätcola. Ein Modetrend? Wir wären Blümchenmuster und Karos. Ein Haarschnitt? Eine Seite kurz, die andere lang. Ein ...«

Trööööt.

Lala kam zurück aufs Podium und schob Frankie mit einem Hüftschubser zur Seite. »Die Zeit ist um. Vielen Dank, Frankie und Brett.«

»Wuuuhuuu!«, brüllten Billy und Spectra von irgendwo. Andere stimmten ein, bis der Applaus schließlich den ganzen Saal erfüllte. Frankie grinste und bedankte sich mit einem Knicks.

»Unsere nächsten Kandidaten sind Haylee und Heath«, verkündete Lala.

Cleo und Deuce gingen aufs Podium zu. Ihre sechs Zentimeter hohen T'eau-Absätze klackten über das Sperrholz.

Die Dally-Basketballschuhe von Deuce quietschten pflichtbewusst hinterher. *Keine schlechte Idee.*

Lala sah genauso verdutzt aus wie alle anderen, aber Haylee schob nur die Brille hoch, die auf ihrem fettigen Nasenrücken heruntergerutscht war, und ließ sich tiefer in ihren Sitz sinken.

Cleo nahm das Mikrofon so selbstverständlich vom Ständer, als wäre dies der letzte Auftritt ihrer Welttournee. »Leider haben sich Heath und Haylee aus dem Wettbewerb zurückgezogen. Sie danken euch, dass ihr sie in die engere Wahl gezogen habt, bitten euch aber, ihre Privatsphäre zu respektieren.«

Mehrere Schüler in der zweiten Reihe beugten sich vor, um die beiden zu fragen, ob es stimmte, was Cleo da sagte. Frankie warf einen Blick auf Haylee, die »Tut mir leid« hauchte. Was tat ihr leid? Heath sah Brett an und zuckte mit den Schultern, als hätte er keine Ahnung, was gerade passierte, und als wäre es ihm auch vollkommen egal.

»Welchen Teil von ›respektiert ihre Privatsphäre‹ habt ihr nicht verstanden?«, fauchte Cleo.

In den ersten beiden Reihen wurde sofort geradeaus geschaut und das Gemurmel verstummte. Wieso sollte Haylee aufgeben? Und wieso hatte sie mit Cleo geflüstert? Da musste doch was faul sein.

Cleo ordnete gelassen ihren Stapel gelber Karteikarten und lockerte ihre bronze getönten Schultern.

»Karteikarten?«, flüsterte Billy. Er setzte sich auf den Boden und lehnte sich an Frankies Bein.

»Ich habe gehört, dass sie Bill Clintons früheren Redenschreiber angeheuert hat«, fügte Spectra hinzu und setzte sich neben ihn.

»Mein Name ist Cleo de Nile und ich kandidiere mit meinem Freund Deuce Gorgon.« Ihre Stimme klang fest und sicher. Ihr Pony schimmerte. Ihr Kleid war überaus freizügig. »Und wenn ihr uns wählt, werden wir für euch gewinnen. So einfach ist das. T'eau und Dally suchen das Traumpaar, das Funktionalität und Stil verkörpert.« Sie deutete auf Deuce mit seiner schwarzen Wollmütze, der weißen Wayfarer-Sonnenbrille und der weiten Jeans. »Wie ihr sehen könnt, vertritt er die Funktionalität und ich ...« – sie zeigte auf ihr Haarband aus geflochtenen Goldfäden – »... den Stil.«

Applaus.

»Und wenn es um Leistung geht, ist D. der König des Basketballs ... und ich bin ganz einfach die Königin.« Sie warf einen Blick auf die Karten.

Applaus.

»Aber wir haben mehr zu bieten als hübsche Gesichter.« Sie verstummte kurz, um Frankie mit ihren falschen Wimpern zuzublinzeln. »Wir sind aktive Umweltschützer, was zur grünen Einstellung von T'eau und Dally passt ...»

Billy stieß Frankies Schienbein an. »Sieh dir das an«, wisperte er und beobachtete Haylee. *Bewegen sich ihre Lippen im selben Takt wie Cleos?*

»Wir führen Wahlkampf ohne Flugblätter und schwer recyclebare Kontakte!«, fuhr Cleo fort. Haylee murmelte lautlos mit. *Heiliger Starkstrom! Cleo liest Haylees Rede vor!*

»Und wenn wir gewinnen, werden wir noch mehr für die Umwelt tun. Wir werden Oberlichter in die Cafeteria einbauen lassen, eine solarbetriebene Heizung ...«

Lala klatschte Beifall. Frankie zupfte an ihren Nähten.

»Biogerichte, gekocht von Harriet Wolf…«

Clawdeen und ihre Brüder klatschten.

»Einen Wellnessbereich, weil Stress krank macht.« Haylee murmelte immer noch jedes Wort mit.

Deuce beugte sich zum Mikro. »Video-Spielkonsolen in den Umkleideräumen.«

Seine Teamkollegen sprangen auf und brüllten: »Deuce! Deuce! Deuce!«

Frankie zupfte an der nächsten Naht.

Cleo übernahm wieder das Mikrofon. »Schwimmbahnen entlang der Flure.«

»Spitze!«, jubelte Blue.

»Cool!«, rief Irish Emmy.

»Massive Neuerungen, auf die T'eau und Dally und die Merston High stolz sein könn…«

Trööööt.

Deuce beugte sich vor und machte das Peace-Zeichen. »Gorgon und de Nile – wir sind für euch da.« Er zog Cleo für einen Kuss an sich.

»Applaus für die beiden!«, übertönte Lala das Beifallsgebrüll.

Um ihre Fairness unter Beweis zu stellen, wollte Frankie ebenfalls klatschen. Doch die Nähte ihrer Hand waren nicht mehr vorhanden und die Hand fiel zu Boden, als wollte sie Selbstmord begehen. Brett bückte sich hastig, um sie aufzuheben.

Ein goldener Leinenstreifen segelte von der Bühne herab und landete auf Frankies Schulter. »Wickle sie darin ein, bis du nach Hause kommst.«

»Danke«, murmelte Frankie, ohne aufzusehen.

»Betrachte es als Trostpreis«, schnurrte Cleo, während sich mehr als dreihundert Schüler darum drängten, ihre Stimme abzugeben. »Danke fürs Mitmachen. Das war total golden.«

16
Ausflug mit Roadie

Melody rannte die Eingangsstufen zur Schule hoch und die Sohlen ihrer Chucks klatschten so laut auf den Beton, dass es ein Wunder war, dass sie nicht erwischt wurde. Sie hatte die Vollversammlung für einen schnellen Fototermin mit der Band sausen lassen, aber wenn sie sich beeilte, konnte sie unauffällig hineinschlüpfen, bevor die Wahl beendet war. Wenigstens war das der Plan gewesen, bevor sie in der Glastür einen Blick auf ihr Spiegelbild erhaschen konnte: die Haare voller Federn, Metallic-Lidschatten, verschmierte Wimperntusche, Cicis glänzende graue Jeggings, Sages schulterfreies neongelbes T-Shirt. Das war kein Montags-, sondern ein Samstagabend-Outfit. Schulleiter Weeks würde das selbst vom Weltall aus bemerken. Und dann war da natürlich noch Jackson...

Melody hatte das ganze Wochenende gebraucht, ihn zu überzeugen, dass Granit sie nur aus Höflichkeit mitgenommen hatte. Irgendwann hatten sie dann entschieden, dass die Band nicht zwischen sie kommen sollte. Alles war wieder wie vorher. Die Pläne fürs Ferienlager wurden immer konkreter...

... und dann hatte Sage angerufen.

Bevor sie sich »richtige« Jobs suchen mussten, wollten die Bandmitglieder mit neuen Plakaten einen letzten Versuch unternehmen, Auftritte für den Sommer an Land zu ziehen. Und für die neue Sängerin war die Anwesenheit beim Fotoshooting natürlich Pflicht. Was würde aus ihren Ferienlagerplänen werden, wenn die Band tatsächlich Auftritte bekam? Melody beschloss, diesen Gedanken zu verdrängen. Damit würde sie sich befassen, wenn es so weit war.

Der Fototermin war wie versprochen schnell erledigt. Doch die Diskussion über einen neuen Namen für die Band hatte ewig gedauert, denn da Davina nicht mehr dabei war, stand einer lange geplanten Umbenennung nichts mehr im Weg. Als Melody in die Schule hetzte, war das Problem immer noch ungelöst.

STYLE DOLLS? (Cici.)

SUPERSONIC SCANDAL? (Sage.)

SONIC DIVA? (Cici.)

FOOTLOOSE AND FINGER-FREE? (Nine Point Five.)

ROCK GLITZ? (Sage.)

Melodys Handy hörte bei all den SMS gar nicht mehr auf zu summen. Sie hätte es stumm schalten sollen. Hätte sich auf die Schule konzentrieren sollen. Hätte sich in die Aula schleichen sollen. Aber sie konnte sich nicht rühren. Sie fühlte sich wie ein Vogel im Käfig, der fliegen wollte, aber nicht konnte. LEADFEATHER, simste sie. Das war die genaue Beschreibung dessen, was sie gerade fühlte.

Ihre Bandkolleginnen antworteten sofort mit einem PERFEKT!

Problem gelöst. Keine Ausreden mehr. Die Wahlkabinen warteten. Was war es doch gleich, das heute gewählt wurde?

Ping!

Sie griff hektisch nach ihrem Handy. Bestimmt Jackson, der sich fragte, wo sie blieb ...

AN: Melody
20. Juni, 13:16
GRANIT: Bin vor deiner Schule. Komm raus. Muss dir was zeigen.

Eine Minute mehr oder weniger ist jetzt auch egal. Oder?

Granit, der die übliche Lederjacke, abgewetzte Jeans und verkratzte Stiefel trug, lehnte sich gegen sein Motorrad, als würde er für ein Filmplakat posieren. Das Sonnenlicht fiel ihm direkt in die hellgrauen Augen, aber die gleißende Helligkeit schien ihn nicht zu stören. Ihn störte gar nichts.

»Spring auf«, sagte er und hielt ihr seinen Helm hin.

Melody warf einen Blick zurück auf das senfgelbe Schulgebäude. Bis zur vierten Stunde blieben ihr noch dreißig Minuten. Sie setzte den Helm auf, der ihren Kopf umklammerte wie zwei starke Hände beim Knutschen und scheinbar alles von ihr fernhielt.

»Wohin fahren wir?«, fragte sie, als er auf die Schnellstraße Richtung Norden einbog. *Das wird definitiv länger dauern als eine Minute.*

Melody hätte eigentlich ärgerlich sein müssen, als er nicht antwortete. Aber die Sonne wärmte ihr den Rücken, der Wind wehte ihr ins Gesicht und Granits Bauchmuskeln waren straff wie Gitarrensaiten. Das waren Jacksons natürlich auch. Aber die waren irgendwie... dünner. Sie musste allmählich zurück in die Schule. Zurück zu Jackson. Zurück in die Realität. Dazu brauchte sie sich nur ein wenig dichter an Granits spitzes Ohr zu lehnen und ihm in ihrer besten Sirenenstimme zu befehlen, dass er kehrtmachte. Aber stattdessen hielt sie sich weiter an ihm fest und genoss die Fahrt.

Eine Stunde später fuhren sie über eine Brücke in die Innenstadt von Portland, vorbei an einem chinesischen Miniaturgarten, einem coolen Plattenladen und etlichen Secondhandläden, die Candace in Begeisterung versetzt hätten. Aber Granit bremste erst an einem abgesperrten Grundstück an der Third Avenue, das voller Bauschutt lag.

»Was ist das hier?«

»Der zukünftige Standort einer Coffee-Bean-Filiale«, knurrte er und kickte einen Ziegelstein weg.

»Hier hast du früher gewohnt?«, fragte Melody, für die der Schutthaufen plötzlich eine ganz neue Bedeutung bekam.

Granit nickte. »Das war das Venue.« Er duckte sich mit ihr unter dem Absperrband durch und führte sie zu dem, was einst die bierfleckige Bühne gewesen war. Unter ihren Füßen knirschten die mit Plakatfetzen beklebten Mauerreste wie übrig gebliebene Krümel. Granit bückte sich und hob ein Bruchstück in Form eines Diamanten auf, auf dem *JAM* stand.

»Ich weiß noch, wie Eddie Vedder das Plakat vorbeigebracht hat«, sagte er. »Da hatte noch niemand etwas von Pearl Jam gehört. Er ist mit seinem Kleinbus direkt vor die Tür gefahren und hat sein Demoband voll aufgedreht, während drinnen Betriebsversammlung war. Vic, der Besitzer, hat die Band noch in derselben Nacht auftreten lassen.«

»Ehrlich?«, fragte Melody und umklammerte den Betonbrocken, als wäre es der Hope-Diamant.

»Ich weiß nicht, ob es daran liegt, dass ich von hoch oben

zugesehen habe, aber dieser Vedder ist ein echter Zwerg«, sagte Granit. Er fuhr mit einem Finger über das rissige Holz der Bühne und der Staub, den er dabei aufwirbelte, tanzte im Sonnenlicht.

»Was ist aus den anderen Gargoyles geworden?«

»Der Architekt ist gekommen und hat sie abgebaut, bevor die Abrissbirne kam. Er wollte sie für die Bank haben, die er gerade entwirft.« Er verstummte. »Ich könnte das nicht.«

»Was könntest du nicht?«

»Die nächsten paar Hundert Jahre über einer Bank rumhängen.« Er verzog das Gesicht. »Kannst du dir das vorstellen?«

Der Gedanke ließ Melody schaudern.

»Wir haben gehört, was in Salem passiert ist, und sind lieber dorthin gezogen.«

Melody wäre beinahe herausgerutscht, wie sehr sie sich darüber freute.

Dreißig Minuten später standen sie vor einem schwarzen Gebäude ohne Fenster, aßen Frikadellen-Sandwiches und tranken Cola aus Riesenbechern.

»Was ist das hier für ein Ort?«, fragte sie.

»Dante's.«

»Du meinst, wo Stormy Knight gespielt hat?«

Granit nickte grinsend. »Ich bin nicht sofort nach Salem gezogen, als das Venue geschlossen hat. Ich hab vorher noch ein paar Wochen hier rumgehangen.« Er zwinkerte ihr zu und ließ sie damit wissen, dass dies ihr Geheimnis war. »So habe ich Grunge Goddess getroffen. Wir haben uns nach ihrem Auftritt unterhalten und sie haben mir den Job als Roadie angeboten.«

Melody warf ihr halb aufgegessenes Mittagessen in einen Mülleimer. »Ich finde es toll, wie frei du bist.«

»Frei wie ein Vogel.« Er blinzelte noch einmal.

Vogel?

»Komm, ich zeig dir, wie es drinnen aussieht.« Granit nahm ihre Hand, aber diesmal ließ er sie nicht gleich wieder los.

Ein Typ in einem schwarzen T-Shirt und Arbeitshosen räumte gerade die Stühle von den Holztischen. Als sie hereinkamen, schaute er auf. »Geschlossen, Mann.«

Die Bar roch nach Lufterfrischern und Chicken Wings.

»Ray. Ich bin's, Bruder.«

»Granit?« Er schüttelte den Kopf, kam auf sie zu und klopfte Granit auf die Schulter, als wären beide zu cool für eine Umarmung. »Hast du schon genug von Salem?«

Granit grinste. »Ich war nur gerade in der Gegend.«

Als er sie Ray vorstellte, konnte Melody den Blick kaum von den Band-Plakaten losreißen. Die würden in ihrem Zimmer genial aussehen.

»Was dagegen, wenn ich ihr alles zeige?«

»Kein Problem.«

Granit hielt Melody den staubigen schwarzen Vorhang auf. Als er hinter ihnen wieder zufiel, standen sie im Dunkeln. Sie folgten einem engen Flur, der sich hinter der Bühne entlangschlängelte. Melody hatte ein flaues Gefühl im Magen. *Freunde halten dauernd Händchen, richtig?* Melody zog die Hand aus seiner und kratzte sich den Arm.

»Das ist der grüne Salon«, sagte Granit. Es war allerdings nichts Grünes darin. Schon an der Tür wehte ihnen kalter Zigarettenrauch entgegen. »Das ist der Raum, in dem Jeffie

Nylons einen Kühlschrank in Brand gesteckt hat. Frag mich nicht, wie er das geschafft hat.«

Die Brandspuren an den weißen Wänden umrahmten ein abgewetztes dunkelrotes Sofa. Melody fuhr mit den Fingern über die verkohlten Flächen. »Ich hab mir Aufnahmen auf YouTube angeschaut. Warst du dabei?«

»Allerdings. So was hatte ich noch nie gesehen.« Granit ließ sich auf die Couch fallen und legte die Stiefel auf die schmierige Glasplatte des Kaffeetischs. Melody fragte sich, wessen berühmte Fingerabdrücke er da wohl verwischte.

Ein Mann in einem gestreiften Hemd und schwarzen Jeans mit Bügelfalte trat aus dem dunklen Flur. Mit den braunen Stiefeln und dem protzigen Goldschmuck wirkte er auf Melody wie irgend so ein Hollywoodtyp. »Kenne ich euch?«

Granit sprang auf. »Mr Snyder?«

Der Typ streckte ihm etwas zögerlich die Hand entgegen. Granit packte sie und schüttelte sie so begeistert wie eine Farbspraydose. »Ich bin Granit. Wir haben uns letzten Monat beim Auftritt von Heavens to Betsy kennengelernt.« Mr Snyder grinste und seine gebleichten Zähne erinnerten Melody an das Weiß eines MacBooks. »Wie könnte ich das vergessen? Du bist doch der Spinner, der mir einreden wollte, er hätte jedes Konzert im Venue seit den Sechzigerjahren gesehen, stimmt's?«

Granit nickte, stolz, dass man sich an ihn erinnerte. Zu Melody sagte er: »Mr Snyder ist der bedeutendste Band-Manager des amerikanischen Nordwestens.«

Melody witterte etwas. Und zwar eine riesige Chance.

»Hallo.« Melody lächelte und schüttelte seine parfümierte Hand. »Meine Band könnte übrigens diesen Sommer ein paar Auftritte brauchen. Ich kann Ihnen ein Demoband zukommen lassen oder Sie sehen sich die Videos an, die wir auf…«

Er musterte sie wohlwollend. »Federn sind total out, Mädchen.« Und zu Granit: »Du willst mich wohl auf den Arm nehmen, was?« Er kicherte. »Seit den Sechzigern, jedes Konzert?«

Granit nickte.

»Dann bist du also… wie alt? Ungefähr siebzig?«

»Ja, ungefähr«, sagte Granit und setzte auf seine unglaubliche Coolness. Aber Melody ging dieser eingebildete Typ mittlerweile ziemlich auf die Nerven.

»Melodys Band ist total bekannt«, behauptete Granit. »Sie haben doch bestimmt schon von Grunge Go…«

»Leadfeather«, unterbrach Melody ihn hastig.

Snyder starrte auf sein BlackBerry und wandte sich zum Gehen. »Ich sagte doch, Mädchen, Federn sind out.«

»Warten Sie«, rief Melody.

Mr Snyder blieb stehen.

»Sehen Sie mich an… äh…«

»Lew. Mein Vorname ist Lew.«

»Okay, Lew, sehen Sie mich an.«

Granit schlug sich ungläubig die Hand vor den Mund. »Melody! Was machst du?«

Melody brachte ihn mit einer Handbewegung zum Schweigen. Manche Leute irrten auf der Suche nach Erfolg ein Leben lang herum. Aber sie kannte die Abkürzung. Nur ein Dummkopf würde sie nicht benutzen.

»Sie finden Leadfeather großartig«, sagte sie zu Snyder.

»Sie sind begeistert von ihrem Bandnamen, ihrem Sound und ihrem Manager Granit.«

Lew fuhr sich durch das dichte graue Haar. »Darauf kannst du wetten.«

Melody holte tief Luft. Sie sah dem Mann direkt in seine blinzelnden blauen Augen und sagte: »Sie werden für Leadfeather eine Sommer-Tournee organisieren.«

Lew nickte.

»Ich denke dabei an einen top ausgestatteten Tourbus, Fünf-Sterne-Hotels und Geld für ausreichend Pizza.«

Lew tippte auf der Tastatur seines BlackBerry herum und drückte dann auf Senden. »Ist alles ins Rollen gebracht, Mädchen.« Er zog eine Visitenkarte aus Granits Ohr. »Ich bin ein begnadeter Magier«, prahlte er. »Hier steht auch meine Privatnummer. Sorg dafür, dass der Rest der Band Zeit hat, und ruf mich gleich morgen früh an. Ich will euch den Clubs vorschlagen, bevor alles ausgebucht ist.«

»Ganz meine Meinung«, sagte Granit. »Ich denke, wir sollten lokal anfangen, ein paar kleinere Konzerte geben und dann weiterziehen nach Seattle, San Francisco und vielleicht L.A.«

Lew nahm Granit in den Schwitzkasten und fuhr ihm mit den Fingerknöcheln über den Kopf. »Wie ich diesen Burschen liebe. Er weiß wenigstens, was er will.« Sein Handy klingelte. »Das ist der Promoter. Wir reden morgen weiter.«

Granit gab sich cool, bis die Tür hinter ihnen zufiel. Dann erst zog er Melody an sich und drückte sie. Melody fühlte sich, als wäre sie gegen eine Mauer gerannt. »Das war total irre!«

»Ich weiß!«, schrie sie. »Die Mädels werden ausflippen!«

Ping!

AN: Melody
20. Juni, 18:02
Jackson: Wo bist du?

Sie befreite sich aus Granits Armen und starrte auf ihr Handy. Ihr Mund wurde ganz trocken. Es war ja nicht so, als hätte sie etwas zu verheimlichen. Sie und Granit waren nur Freunde. Kollegen! Aber wie sollte sie die Konzerttour erklären? Dass sich ihre Ferienpläne geändert hatten? Dass sie ihre Sirenenstimme dazu benutzt hatte? Sie konnte es nicht. Also schaltete sie ihr Handy aus und setzte Granits Helm auf, damit er noch einmal alles von ihr fernhielt.

AN: Melody
20. Juni, 20:43
Mom: Wo bist du?

AN: Mom
20. Juni, 20:44
Melody: Oben. Mache Hausaufgaben. Und du?

AN: Melody
20. Juni, 20:44
Mom: Unten. Lese. Wie war die Schule?

AN: Mom
20. Juni, 20:45
Melody: Gut.

AN: Melody
20. Juni, 20:45
Mom: Ach? Ich war da und hab dich nicht gesehen.

AN: Mom
20. Juni, 20:46
Melody: Wie bitte? Wieso warst du da?

AN: Melody
20. Juni, 20:47
Mom: Weil dein Schulleiter mich hinbestellt hat.

AN: Mom
20. Juni, 20:47
Melody: Mal wieder wegen Candace?

AN: Melody
20. Juni, 20:48
Mom: Wegen dir.

AN: Mom
20. Juni, 20:48
Melody: Wegen mir???

AN: Melody
20. Juni, 20:48
Mom: Du hast heute geschwänzt. Letzte Woche hast du eine Arbeit verhauen, die du dank mir wiederholen darfst. Was ist los?

AN: Mom
20. Juni, 20:49
Melody: Ich kann das erklären. Ich komme runter.

AN: Melody
20. Juni, 20:49
Mom: Nein!!! Du bleibst, wo du bist! Nur SMS. Du setzt diese Stimme nicht noch mal bei mir ein. Und jetzt sag schon, was los ist. Aber die Wahrheit!

AN: Mom
20. Juni, 20:50
Melody: Bin jetzt in einer Band.

AN: Melody
20. Juni, 20:50
Mom: Warum erzählst du das nicht? Merston hat sehr gute Musikprojekte.

AN: Mom
20. Juni, 20:51
Melody: Nicht in der Schulband. In einer Collegeband. Die in Bars spielt.

AN: Melody
20. Juni, 20:52
Mom: Wie kommst du in Bars?

AN: Mom
20. Juni, 20:53
Melody: Dreimal darfst du raten.

AN: Melody
20. Juni, 20:53
Mom: Ach ja. Die Stimme. Vergiss, dass ich gefragt habe. Du trinkst da doch wohl nichts? Die Wahrheit!

AN: Mom
20. Juni, 20:54
Melody: Ich singe da nur, das schwöre ich.

AN: Melody
20. Juni, 20:54
Mom: Und die Schule??

AN: Mom
20. Juni, 20:55
Melody: Lebenserfahrung ist wichtiger.

AN: Melody
20. Juni, 20:55
Mom: Was? So warst du doch noch nie!

AN: Mom
20. Juni, 20:55
Melody: Wie? Glücklich?

AN: Melody
20. Juni, 20:56
Mom: Frech. Unehrlich. Verantwortungslos. So kenne ich dich gar nicht.

AN: Mom
20. Juni, 20:56
Melody: Ganz genau. Ich hatte bisher nie Ärger in der Schule. Kein einziges Mal. Kann ich mir da nicht mal ein paar Freiheiten nehmen?

AN: Melody
20. Juni, 20:57
Mom: Warum warst du nicht ehrlich mit mir?

AN: Mom
20. Juni, 20:57
Melody: Weil du Nein gesagt hättest.

AN: Melody
20. Juni, 20:58
Mom: Ich hätte gefragt, ob du deine Hausaufgaben schon gemacht hast.

AN: Mom
20. Juni, 20:58
Melody: Und wenn ich Ja gesagt hätte?

AN: Melody
20. Juni, 20:59
Mom: Dann hätte ich gefragt, um welche Uhrzeit wir da sein sollen, um dich zu sehen.

AN: Mom
20. Juni, 21:00
Melody: Morgen. 21 Uhr.

AN: Melody
20. Juni, 21:02
Mom: Schreib eine Eins in der Wiederholungsarbeit und wir sehen uns bei deinem Auftritt. Bei einer schlechteren Note wird jeder Bar im Nordwesten eine Kopie deiner Geburtsurkunde zugestellt. Alles klar?

AN: Mom
20. Juni, 21:02
Melody: Alles klar.

AN: Melody
20. Juni, 21:04
Mom: Und keine Lügen mehr! Kein Schuleschwänzen. Geh lernen. Ich habe Kopfhörer auf, also komm nicht auf dumme Gedanken.

AN: Mom
20. Juni, 21:04
Melody: Danke.

17
Ruhe in Frieden, Gräfin Schlappula

Das leise Quietschen des Hamsterrades war das einzige Geräusch in Lalas Zimmer. Count Fabulous würde noch bis zum Morgengrauen draußen auf der Jagd sein und die anderen Tiere schliefen schon seit Stunden. Normalerweise hätte Lala dasselbe getan. Aber ausnahmsweise hatte sie beschlossen, wach zu bleiben. Und das würde sie im Laufe des nächsten Jahrhunderts sicher nicht wiederholen, denn sie war jetzt schon so müde, dass ihr bei jedem Gähnen die Augen tränten.

Die Erschöpfung fühlte sich an wie Grippe. Die Versuchung, abzuschalten und am nächsten Morgen weiterzumachen, wurde mit jedem Tastendruck verlockender. Aber zu versagen, wäre deutlich schmerzhafter als das Pochen in ihren insgesamt zweihundertsechs Knochen. Sie musste jedes Detail ihrer T'eau-Dally-Präsentation so perfekt planen, dass sie absolut störungsfrei ablief. Die beiden Designer würden ihre Schule besichtigen und sie musste dafür sorgen, dass die beiden sich so wohlfühlten wie auf einer Modenschau.

Ping!

Lala warf einen Blick auf ihr iPhone, das in einer dunklen Ecke ihres schwarzen Lack-Schreibtischs lag.

AN: Lala
20. Juni, 23:42
Cleo: Hattest du versucht, eine SMS zu schicken? War unter der Dusche. Tut mir leid, falls ich dich verpasst habe. Bin aber noch wach!

Netter Versuch, Cleo. Lala schaltete ihr Handy auf Vibrationsalarm. Anscheinend war es vollkommen egal, wie oft sie ihr versicherte, dass der Schulleiter sie nicht mitten in der Nacht mit den Wahlergebnissen anrufen würde. Die Prinzessin ließ einfach nicht locker.

Seit Frankie sie unabsichtlich mit ihren Netzwerkfreunden übertrumpft hatte, legte es Cleo darauf an, ihre alte Position zurückzuerobern. Lala überlegte, welches Paar den Sponsoren wohl besser gefiel. Es war fast unmöglich, sich für eines der beiden zu entscheiden. Beide waren nett und sahen gut aus. Beide waren beliebt. Beide verkörperten auf ihre Art zwei Welten, die aufeinandertrafen. Aber wenn Cleo gewann, würde sie nicht mehr so ehrgeizig gegen Frankie kämpfen. Deshalb hatte Lala heimlich für sie und Deuce gestimmt.

Lala stöhnte und vergrub das Gesicht in den Händen. Was sagte Vlad immer, wenn sie nicht mehr weiterwusste? *Einen Biss nach dem anderen …*

Wenn sie sich doch nur auf das konzentrieren könnte, was getan werden musste, statt sich damit verrückt zu machen, was alles schiefgehen konnte! Konzentrieren. Konzentrieren. Konzentrieren …

Schnarch.

AN: Lala
20. Juni, 23:47
Cleo: Bist du wach?

Grrrrr! Lala warf ihr Telefon aufs Bett. Teeny Turner hob den Kopf und blinzelte. Tut mir leid, dachte Lala, aber sie war zu müde zum Sprechen. Stattdessen warf sie ihren nicht angerührten Sesamriegel in den Müll und wandte sich wieder ihrem Laptop zu. *Einen Biss nach dem anderen …*

»Tofu?«

»Aaaaah!« Lala zuckte zusammen. »Du hast mich erschreckt!«

Vlad stand mit einem silbernen Tablett neben ihr. »Ich habe geklopft, aber …«

»Ist okay.« Sie lächelte ihn an.

»Ich dachte, du hast vielleicht Hunger.« Er hielt ihr das Tablett unter die Nase. Der erdige Geruch seiner Tofu-Salat-Wraps drehte ihr beinahe den leeren Magen um.

»Ich bin satt«, log sie.

»Liebes, du bist blass wie Nicole Kidman«, sagte er. »Nimm wenigstens die hier.«

Lala schluckte ihre Eisentabletten mit den Überresten ihres lauwarmen Sojalatte herunter.

Vlad setzte sich auf Lalas Bettkante und streichelte geistesabwesend Teeny über den Kopf. »Da arbeite ich an dem Entwurf für mein Kochbuch – du weißt schon, das, in dem ich nur rote Zutaten verwende –, und als ich gerade so richtig in Fahrt bin …«

Lala biss sich mit ihren Reißzähnen auf die Unterlippe. Ihr Onkel hatte offenbar die Absicht, so lange bei ihr herumzulungern und zu plaudern, bis sie ihm sagte, was ihr Problem war. Aber ihr einziges Problem war, dass Vlad in ihrem Zimmer war und redete, obwohl sie zu arbeiten hatte.

»... kommt dein Vater vorbei und wirft seinen schwarzen Mantel über die nach Westen ausgerichtete Couch. Als würde er versuchen, mir die Kreativität auszusaugen.« Vlad nahm seine Schildpattbrille ab und rieb sich die grauen Schläfen. »Dann legt er seinen Aktenkoffer auf das Romantik-Sofa – als wären Arbeit und Romantik irgendwie vereinbar – und stößt dann noch beim Herumlaufen mit dem Zeh gegen den Kaktus und schiebt das stachlige Ding direkt in meinen Harmoniepfad ...«

Lala pochte mit dem Stift auf ihr Notebook. Sie wollte ihm ja zuhören und alles, aber ...

»Es geht mir gut, ehrlich«, sagte sie schließlich. »Ich bin nur mit dem Wettbewerb beschäftigt.«

»Da bin ich aber erleichtert.« Vlad stand auf und küsste ihr auf den Kopf. »Oh, oh, sehe ich da etwa gespaltene Spitzen?«

»Das ist nicht dein Ernst, oder?«, fragte Lala mit einem Kichern.

»Es wird mal wieder Zeit«, sagte er und machte eine Scherenbewegung mit den Fingern.

»Sobald das hier vorbei ist«, versprach Lala, die es kaum erwarten konnte, sich mal wieder richtig verwöhnen zu lassen.

Die Tiere wurden unruhig. Nackenfell sträubte sich, Schwänze erstarrten. Quieken, Rascheln, Tapsen und Fiepen erfüllte das Zimmer mit einer nervösen Energie.

»Was ist denn hier los?«, fragte Mr D. vom düsteren Flur aus. Sein durchtrainierter Körper wirkte schattenhaft und bedrohlich.

»Nichts Besonderes«, versicherte Lala und versuchte, die panischen Tiere zu beruhigen. Und sich selbst.

»Glaub ihr kein Wort«, flüsterte Vlad und huschte an seinem Bruder vorbei, um Vater und Tochter allein zu lassen.

In dem roten Satinbademantel und den marineblauen Kaschmir-Hausschuhen hätte Mr D. ein normaler Vater sein können, der seiner Tochter süße Träume wünscht. Wenn es doch nur so gewesen wäre ...

Zögernd betrat er den Raum. Die Tiere stellten sich tot, als er den Blick über die Käfige und die Tüten mit Vogelfutter wandern ließ, als sähe er das alles zum ersten Mal. *Vielleicht tut er das ja.* Lala konnte sich nicht erinnern, dass er jemals zuvor in ihrem Zimmer gewesen war.

»Schön zu sehen, dass du wieder Fleisch isst«, sagte er schließlich, als hätte sie die Absicht, ihre Lieblinge zu verspeisen. »Vielleicht kriegst du dann endlich ein bisschen Farbe im Gesicht.« Lala überkam eine neue Welle der Übelkeit. »Wieso bist du noch wach?« Er sah verblüfft aus. Lala legte sonst großen Wert auf ihren Schönheitsschlaf.

»Ich beende noch den Plan für den T'eau-Dally-Besuch.«

Er runzelte verständnislos die Stirn. *Hat er es vergessen?* »Ach ja, das. Wann ist es denn so weit?«

»Morgen proben wir«, verkündete Lala stolz. »Und die Sponsoren kommen Donnerstag.«

»Dann solltest du wohl dein Bestes geben.«

Lala drehte sich wieder zum Bildschirm und griff nach der Maus, damit ihre Hände nicht anfingen zu zittern. Die

Worte, an denen sie so lange gefeilt hatte, verschwammen vor ihren Augen.

»Viel Glück«, sagte er in einem Tonfall, der unmöglich erkennen ließ, ob er es ernst meinte oder ironisch. Als Lala endlich genügend Mut beisammen hatte, um ihrem Vater in die Augen zu sehen und ihn danach zu fragen, war er jedoch längst verschwunden.

18
Fan-Treffen

Billy war froh über Spectras betörenden, nach Lilien duftenden Schweiß, Candace' typisches Black-Orchid-Parfüm und Jacksons surrenden Ventilator. Ohne diese vertrauten Elemente hätte der Teenager-Mief in der Underground Bar – eine Mischung aus Schnittlauch und fettigen Haaren – ausgereicht, um Kurt Cobain wieder zum Leben zu erwecken.

Die Bar war rappelvoll und die Stimmung auf dem Siedepunkt. Die Fans sprangen herum wie ein Haufen Grashüpfer. Leadfeather spielte vor ausverkauftem Haus *Come As You Are* und ihre Leidenschaft war ansteckend.

»Auuu!« Ein Muskelprotz mit steinerner Miene und Motorradstiefeln war Billy auf den Fuß getreten. »Pass doch auf, wo du hintrampelst«, fuhr er ihn an und hielt sich den schmerzenden Zeh.

Der Fremde sah sich nach dem Besitzer des Fußes (und der Stimme) um, gab es aber schnell wieder auf und drängte sich weiter nach vorn in Richtung Bühne.

»Den Typen lehr ich das Fürchten!«, schrie Spectra, während Melodys Gesang aus den Lautsprechern dröhnte.

»Es war doch nicht seine Schuld. Er konnte Billy nicht sehen«, verteidigte Candace den Muskelprotz. Es war typisch für sie, sich sofort auf die Seite des gut aussehenden Typen zu schlagen.

»Egal, er hat es verdient«, mischte sich Jackson ein.

Alle sahen ihn verblüfft an. Seit wann war er so kämpferisch veranlagt?

»Was?«, fragte Jackson verlegen. »Ich trau dem Typen halt nicht.«

»Ist der kleine Jack ein bisschen eifersüchtig?«, stichelte Candace.

»Wovon redest du?«, fauchte er, ohne seine Freundin mit der Sirenenstimme aus den Augen zu lassen.

»Das war Granit, Leadfeathers Roadie und Melodys neuer...« Sie unterbrach sich hastig.

»Neuer was?«, fragte Jackson, dessen Ventilator auf Hochtouren lief.

Doch bevor Candace antworten konnte, fasste ihr Collegefreund sie am Arm und zog sie davon.

»Hör nicht auf sie. So ist Candace eben«, sagte Billy. Er konnte sich noch gut daran erinnern, wie qualvoll es gewesen war, Frankie an Brett zu verlieren. Er wusste aber auch, dass man sich davon erholen konnte. Nicht dass Jackson Melody verlieren würde, die beiden waren unzertrennlich. Auch wenn sie beim Singen dauernd zu Granit hinübersah. Aber das lag sicher nur daran, dass sie Jackson ganz hinten nicht erkennen konnte, richtig?

»Lass uns näher an die Bühne gehen«, schlug Billy vor und zog energisch an Jacksons Arm.

Jackson versuchte, ihn abzuwehren, aber man konnte sich nur schlecht gegen einen Unsichtbaren wehren, ohne auszusehen wie ein Dorftrottel, der Fliegen wegwedelt. Also gab er nach und – »Umpff!« – wurde von Granit umgestoßen.

»Was machst du da?«, schrie Billy den zappelnden Roadie an, der auf seinen Freund gefallen war.

»Ich hab ihm einen Streich gespielt«, frohlockte Spectra mit ihrem Zwitscherstimmchen.

»Wie denn das?«, fragte Billy.

»Mit einer gerissenen Gitarrensaite«, erklärte sie stolz.

Billy gab ihr den Highfive versehentlich auf die Schulter. Sie revanchierte sich mit einem gegen sein Kinn. Beide mussten lachen. Um Jackson zu befreien, lösten sie den Draht von Granits Stiefeln und zogen ihn auf die Beine.

»Mein Ventilator!«, rief Jackson und suchte hektisch den klebrigen Fußboden ab. »Ich kann meinen …«

Knirsch.

Granit schüttelte blau-weiße Plastiksplitter von seinem Absatz. »Tut mir leid, Mann«, sagte er und schien es wirklich ernst zu meinen.

»Was hast du getan?«, schrie Jackson und schob die Ärmel seines karierten Hemds hoch.

Billy hastete an seine Seite für den Fall, dass es zu einer Prügelei kam. Nicht dass Jackson nicht stark gewesen wäre. Er war nur nicht so stark wie Granit.

»I heard you crying loud, all the way across town …« Melodys klare Stimme übertönte alles.

Granit drehte sich zur Bühne um. »Ich liebe Green Day.«

»Geht mir genauso«, rief Jackson. »Lasst uns tanzen.«

Viel besser.

19
Endstation

Als Melody sich durch die Menge vorarbeitete, zeigten ihre Fans ihr den hochgereckten Daumen. Viele Gesichter erkannte sie wieder: Das Mädchen, das den Text von *No Rain* auswendig wusste... der Typ, der »Ich liebe dich« gerufen hatte, als sie *Creep* sang... drei Mädchen in der ersten Reihe mit Federn im Haar... Aber wo war Jackson? Sie hatte ihn in der zweiten Hälfte ihrer Show tanzen sehen und konnte es nicht erwarten, ihm dafür zu danken. Er hatte akzeptiert, dass ihre Fahrt nach Portland mit Granit harmlos gewesen war. Er hatte versichert, dass er es total okay fand, wenn ein Junge und ein Mädchen Freunde waren. Und dass es nicht schlimm war, dass sie die T'eau-Dally-Abstimmung verpasst hatte. Aber erst jetzt konnte sie glauben, dass er all das auch wirklich ernst gemeint hatte.

»Melly-Belly! Hier drüben!« Melodys Mutter winkte wie ein Paparazzo. Und als wären ihr bauchfreies Jimi-Hendrix-Shirt, die hautengen türkisen Jeans und das Stirnband aus geflochtenen Lederstreifen nicht schon peinlich genug, trug sie auch noch eine Haarverlängerung mit eingewobenen Federn. Auch Beau in seinem dunklen Anzug winkte wie ein Wilder.

»Ich hab Ihnen ja gesagt, dass sie unsere Tochter ist«, sagte Glory zum Barkeeper. Er hob die Brauen und versuchte, beeindruckt auszusehen.

»Wie peinlich!« Melody kicherte. »Wann lernen Eltern eigentlich, dass es andere Leute nicht die Bohne interessiert, was ihre Kinder tun?«

»Und wann lernen Kinder eigentlich, dass ihre Eltern nur dazu da sind, sie zu blamieren?«, konterte ihr Vater schlagfertig.

Melody hätte ihren Kopf am liebsten in Nines Bass versteckt, als Beau ihre Mutter am Ende von *Ironic* herumgewirbelt hatte, aber die Peinlichkeit war der Preis, den sie für den Segen ihrer Eltern nur zu gern bezahlte. Und ihre schwitzigen Umarmungen verrieten ihr, dass sie die Band mochten.

»Lasst uns feiern!«, rief Glory. »Eisdiele?«

Melody suchte auf der überfüllten Tanzfläche nach Jackson. Wo steckte er?

»Nicht zu empfehlen«, sagte Beau und wackelte mit dem Zeigefinger. »Milchprodukte sind nicht gut für die Atemwege. Sie sind die Hauptursache für Verschleimung. Ich habe gehört, dass Barbra Streisand schon seit vierzig Jahren kein Eis mehr angerührt hat.«

Glory holte ihr iPad heraus, um diese Aussage zu überprüfen. »Lass mich kurz nachsehen. Ich glaube, das war Celine.«

»Schon okay«, sagte Melody.«Wir haben jetzt ohnehin eine Besprechung mit der Band. Ich bin in einer Stunde zu Hause.«

»Wie aufregend«, sagte Glory, an deren Lipgloss nun eine Feder klebte. »Eine Nachbesprechung der Songauswahl?«

»Nein, Granit hat eine Überraschung für uns. Eigentlich sollte ich mich jetzt mit den anderen treffen, also ...«

Nach einer weiteren schwitzigen Umarmung kämpfte sich Melody zum Seitenausgang durch. Auf dem Weg dorthin schickte sie Jackson eine SMS, um ihm zu sagen, dass sie nach draußen ging und er ihr folgen sollte, sobald er konnte.

Melody hatte kaum die Tür geöffnet, als ihr auch schon eine feuchte Dampfwolke aus einer Lüftungsklappe ins Gesicht blies. Sie fühlte sich an ihr Badezimmer erinnert, nachdem Candace geduscht hatte, nur dass es hier nicht nach Vanille roch, sondern so ähnlich wie in der Merston High am Lasagne-Tag.

»Hey!«, jubelte Melody, als sie Jackson entdeckte. Er saß neben Cici, Nine und Granit auf einer rostigen Farbdose. »Ich habe nach dir gesucht.«

»Das wundert mich nicht«, sagte Jackson mit einem selbstsicheren Grinsen. Sein Karohemd war bis zum Bauch aufgeknöpft und die dunklen Haare hingen ihm in die Stirn. Er sah jetzt viel entspannter aus.

»Willkommen in der Sauna«, stöhnte Cici. »Dürfen wir Ihnen eine kostenlose Kotztüte anbieten?« Sie kickte eine durchweichte KFC-Tüte in Richtung Müllcontainer. Nine Point Five lachte.

»Tut mir leid, dass wir ausgerechnet hier abhängen«, sagte Granit und warf Melody eine rosa Gatorade zu. »Ich fand nur, dass wir ein bisschen unter uns sein sollten.«

Hingen Jackson und Granit wirklich zusammen ab? »Ihr Jungs kennt euch?«

»Wir sind seit dem zweiten Song die besten Freunde«,

sagte Jackson und legte Granit den Arm um die Schultern. »Dieser Typ weiß noch mehr über Musik als ich.«

»Stimmt nicht. Er war es, der mir gesagt hat, dass Soundgarden nach dieser Statue in Seattle benannt wurde«, widersprach Granit.

»Aber du hast wirklich gesehen ...«

»Jetzt hört schon auf«, scherzte Cici, deren Tiara auf ihrer Stirn hing wie der Schiefe Turm von Pisa.

Nine gab ihr einen High-vier-Komma-fünf. »Warte mal, ist das die Sondermeldung?«, fragte sie Granit. »Wollt ihr zwei Typen heiraten?«

»Die Feier kann im Hard Rock Cafe stattfinden«, alberte Cici.

Melody lachte mit, aber aus einem ganz anderen Grund. Jackson bezeichnete ausgerechnet den Typen als seinen besten Kumpel, mit dem sie ihn angeblich betrogen hatte. *Hey, Alanis, ist* das *nicht ein Witz?*

Jackson streckte die Arme aus und zog sie an sich. »Ich steh total auf heiße Sängerinnen«, sagte er und fing an, sie so ungehemmt zu küssen, als wäre sie über Jahre vermisst gewesen.

Granit wandte sich ab.

Jackson roch nicht wie sonst nach seinen Pastellkreiden. Eher muffig. Und ein bisschen beißend. Aber er war ganz offensichtlich nicht sauer auf sie. Also ignorierte Melody seinen ungewöhnlichen Geruch – vermutlich roch sie selbst auch nicht gerade nach Rosen.

»Oh, mein Gott, mein Gott, mein Gott, mein Gott!« Sage kam mit dem Handy in der Hand durch die Tür gestürmt. Wie einst bei Marylin wehte auch ihr silbernes Bubblekleid im Dampf nach oben, allerdings steckten ihre Beine in schwarz-rot gestreiften Strümpfen. »Ich. Habe. Gerade. Eine. SMS. Bekommen. Von. LEW SNYDER! ErwillunsaufeineSommertourneeschickendamitwiraufallenFestivalsauftretenkönnen!«

Granit schlug sich auf die Oberschenkel. »Da geht sie hin, die Überraschung.«

Jackson stand auf. »Lew Snyder, der berühmte Band-Manager?«

Sage nickte heftig.

Cici sprang auf und die langen Fransen an ihren kniehohen Mokkassins erinnerten Melody an wirbelnde Hula-Röckchen. »Ist nicht wahr!«

Nine Point Five presste sich die Drumsticks gegen die limoverfärbten Lippen. »Er will uns? Leadfeather?«

Sage nickte wieder.

Sie hielten sich an den Händen und begannen, so ausgelassen herumzuspringen wie Zwölfjährige bei einem Konzert von Miley Cyrus. Jackson machte mit.

Melody sah Granit in die grauen Augen. *Stimmt das wirklich?*

Er nickte. *Ja.* Seine Mundwinkel verzogen sich zu einem Lächeln, aber er beherrschte sich schnell wieder. Die Unterhaltung mit Lew war ihr Geheimnis. Genau wie dieser Moment, als sie Händchen gehalten hatten.

»Ha!«, rief Melody und staunte wieder einmal, wozu ihre Stimme fähig war.

Sage rückte das blaue Haarband in ihren frisch gefärbten weißblonden Haaren zurecht. »Er sagt, dass er bereits alles mit unserem Manager besprochen hat, und …«

»Welcher Manager?«, fragte Nine.

Granit hob verlegen die Hand. »Überraschung Nummer zwei.«

Die Mädchen stürzten sich auf Granit und zwangen ihn, an ihrem Freudentanz teilzunehmen. Melody wollte auch mitmachen, doch sie nahm stattdessen Jacksons Hand. Wenn er noch nicht begriffen hatte, dass das ihre Sommerpläne über den Haufen werfen würde, konnte es nicht mehr lange dauern, bis es ihm dämmerte. *Wieso musste ich Lew Snyder sagen, dass wir eine ganze Tournee wollen? Ein paar Auftritte in der Umgebung hätten doch auch gereicht. Oder irgendwas anderes, das Jackson nicht das Herz bricht.*

Sage ergriff ihre Hand. »Bist du nicht aufgeregt?«

Melody deutete mit einer Kopfbewegung auf Jackson, um anzudeuten, dass es komplizierter war, als es aussah. Aber Jackson wirkte kein bisschen, als wäre sein Herz gebrochen. Stattdessen betrachtete er die ausgelassene Feier mit einem amüsierten Blick. Wahrscheinlich ging er davon aus, dass sie ablehnen würde. Denn genau das würde jede verantwortungsvolle, liebende und vernünftige Freundin tun. *Oder?*

»Was hat er denn damit zu tun?«, fragte Sage.

So viel zum Thema Taktgefühl.

»Na ja, wir haben doch Pläne für die Sommerferien und …«

»Was für Pläne?«, fragte Jackson, dessen Augen viel dunkler aussahen als sonst. Und zu Granit gewandt fügte er hinzu: »Mädchen stehen total auf Pläne.«

Granit nickte, als wüsste er ganz genau, wovon Jackson redete.

Wenigstens einer wusste es. Der Jackson, den Melody kannte, freute sich auf Camp Crescendo – auf Wanderungen und Fleecepullis im Partnerlook. Versuchte er vielleicht nur, vor der Band cool zu wirken?

»Vergiss die Pläne. Was kann denn besser sein, als auf Tournee zu gehen?«, fragte Jackson.

Melody konnte ihr Glück kaum fassen. »Ehrlich?«

»Wenn Lew Snyder ruft, sagt man Ja«, erklärte Jackson.

»Wuuhuuu!«, riefen die anderen Bandmitglieder ausgelassen.

»Und jetzt lass uns feiern!« Er schlang die Arme um Melodys Hals und küsste sie auf die Wange. »Wow, du bist ja glühend heiß!«

Sie kicherte.

»Union Tap spielt im Pigeon Hole«, verkündete er. »Kommt ihr mit, Leute?«

Aber die anderen fanden, dass Melody und Jackson etwas Zeit für sich brauchten. So stießen sie noch ein letztes Mal auf den bevorstehenden Rock-'n'-Roll-Sommer an, bevor sich ihre Wege trennten.

Jenseits der nebligen Gasse war die Nachtluft kühl und die Brise fühlte sich auf Melodys Stirn so angenehm an wie ein großes Eis bei Kopfweh. Der Halbmond leuchtete ihnen den Weg die Liberty Street hinunter.

»Bist du sicher, dass du wirklich kein Problem mit der Tournee hast?«, fragte sie noch einmal, jetzt, da sie allein waren.

Jackson schauderte und zog sie enger an sich.

»Hallo?« Sie schnippte vor seinem Gesicht mit den Fingern. »Jackson?«

Melody griff nach seiner kalten Hand. Sie wollte ihm begreiflich machen, wie wichtig ihr das war. Wie wichtig er ihr war. »Danke, dass du mich so unterstützt.«

»Klar.« Er lächelte höflich, als wären sie sich gerade erst begegnet. »Du warst heute Abend wirklich toll.«

»Bist du deswegen damit einverstanden? Weil du an mich glaubst?«, fragte sie und blieb vor dem Pigeon Hole stehen. Sie hatte eigentlich keine Lust mehr auf Livemusik. Schließlich war sie gerade selbst die Livemusik gewesen und fühlte sich so müde und schwer, als hätte sie geweint. Außerdem musste sie nach Hause. Aber wenn Jackson darauf brannte, ihre Interessen zu unterstützen, würde sie auch für ihn da sein. Er musste sich über ihre Lieblingsbands informiert haben, denn sonst hätte er das von Soundgarden sicher nicht gewusst. *Moment mal…*

Er schauderte wieder und knöpfte sein Hemd zu. »Ich sagte doch schon, Melly, ich hab nichts dagegen, dass du in der Band bist.«

Melody erstarrte. »Und was ist mit der Tournee?«

»Welche Tournee?«

Melodys Herz begann zu rasen. Ihr Mund wurde trocken. Sie griff mit beiden Händen nach Jacksons Hand. »Wohin gehen wir gerade?«

Er betrachtete die beschlagenen Fenster der Bar. Schaute zu dem hölzernen Schild hoch. »Ins Pigeon Hole?«, riet er.

Melodys wurde schwindelig. »Wo ist dein Ventilator?«

Jackson zuckte mit den Schultern. »Dieser Trampel Granit ist draufgetreten. Ich wusste gleich, dass es der Typ auf mich abgesehen hat.«

Er schloss seine haselnussbraunen Augen, als würde dann alles verschwinden. Wenn das doch nur ginge…

Er seufzte. »D. J. war hier, oder?«

Melody nickte. Ihre Augen brannten vor Enttäuschung. Wie hatte sie die Anzeichen übersehen können?

»Was ist passiert?«

Melody seufzte. »Leadfeather ist für eine Sommer-Tour gebucht worden. Du hast dich für mich gefreut. Und mir gesagt, dass ich mitfahren soll.«

Er befreite seine Hand und schüttelte den Kopf. »Du meinst, das hat D. J. gesagt.«

»Woher sollte ich das wissen?«, fauchte Melody zurück.

Jackson verdrehte die Augen. »Wie lange kennst du mich schon, Melody? Ist dir nie in den Sinn gekommen, dass es ein bisschen, nun ja, problematisch sein könnte, mir in einer superheißen Bar wichtige Fragen zu stellen?«

Melodys Wut war plötzlich stärker als die Tränen, die hinter ihren Augen brannten. »Falls du es nicht bemerkt haben solltest – ich war da drin ein bisschen beschäftigt.«

Jackson holte seine Autoschlüssel aus der Tasche und hielt sie fest umklammert. »Das ist mir sehr wohl aufgefallen. Du bist zu beschäftigt für alles, was nichts mit dieser Band zu tun hat.«

Aaahrg! »Mit dieser Band«, fuhr sie ihn an, »ist zufällig einer meiner größten Träume wahr geworden.«

»Nun, dann will ich mich bestimmt nicht zwischen dich und deine Träume stellen«, brüllte er. »Viel Glück auf deiner Tournee.« Er wandte sich ab und ging aufgebracht davon.

»Und was ist mit uns?«, rief sie ihm nach.

Er blieb stehen. Seine Wut war verraucht und er sah nur noch traurig aus. »Was soll mit uns sein?«

»War es das?«

»Willst du das?«

Ein Pärchen wankte Arm in Arm an ihnen vorbei. Die beiden kicherten miteinander, wie es nur Verliebte konnten. »Nein.«

»Dann beweise es«, sagte er und verschwand.

20
Schock und Ka!

Biep. Biep.

Als die Schulglocke zur ersten Stunde läutete, saß Frankie schon seit elf Minuten im Klassenraum. Sie wartete. Und sprühte Funken. Schulleiter Weeks würde gleich eine Ansage machen und die Sieger der T'eau-Dally-Wahl bekannt geben. Das wollte Frankie auf keinen Fall verpassen. Nicht dass sie sich noch irgendwelche Chancen auf den Sieg ausrechnete. Mit ihrer geklauten Rede hatte Cleo all ihre Hoffnungen zunichtegemacht. Aber Frankie wollte nicht wie eine schlechte Verliererin dastehen. Sich so zu fühlen, war schon schlimm genug.

»Viel Glück«, sagten Clawdeen und Blue, als sie hereinkamen. Andere lächelten, warfen ihr bedeutsame Blicke zu oder klopften ihr auf den Rücken. Es wirkte jedoch eher mitleidig, auf eine Tut-uns-echt-leid-dass-du-verloren-hast-Art.

»Nicht zupfen!«, befahl Brett und ließ sich auf dem Platz neben ihr nieder. »Noch haben wir nicht verloren.«

Noch nicht.

Ein orangefarbenes T-Shirt und Khakishorts glitten auf den Platz hinter ihr. »Na, Stein, aufgeregt?«, fragte Billy.

»Total«, brachte Frankie trotz Kloß im Hals hervor. Um Begeisterung vorzutäuschen, zwang sie sich zu einem matten Lächeln.

Sie würde Cleo und Deuce zu ihrem Sieg gratulieren und so tun, als wäre die Wahl zum T'eau-Dally-Paar nicht genau der Start in die Ferien, den sie sich selbst gewünscht hatte. Als hätte die Aussicht auf kostenlose Schuhe bis an ihr Lebensende sie nicht unter Strom gesetzt. Als hätte sie sich nicht schon vorgestellt, die Bilder ihres Fotoshootings später ihren Kindern zu zeigen. Sie würde den Rat ihrer Eltern befolgen und die Niederlage akzeptieren wie eine Siegerin … auch wenn sie niemals T'eau-Dally-Schuhe tragen würde … versagt hätte … niemals … »Stopp!«

»Stopp, was?«, fragte Brett und griff nach ihrem Arm, womit er sie in die Realität zurückholte.

»Äh …«, sagte Frankie zu seiner Hand. »Ich meinte, stopp, woher hast du diesen megakrassen blauen Nagellack?«

Er ließ sie los. »Den hast du mir gekauft.«

Ups. »Vergiss das bloß nie.«

»Du aber auch nicht«, neckte er sie.

»Und du«, neckte sie zurück.

»Oder du.«

»Oder …«

Die Tür des Klassenraums wurde mit Schwung aufgestoßen. Cleo stand im Eingang, eine Hand in die Hüfte gestemmt, die andere locker herabhängend. Wäre ihr Auftritt noch cooler gewesen, hätten sich an ihrem purpur- und goldfarbenen Maxikleid vermutlich Eiszapfen gebildet. Sogar Cleos Outfit war cool wie Eis.

Ein paar Mädchen begannen zu applaudieren, als sie sie

sahen, unter ihnen auch Blue und Clawdeen, die sich immer noch bemühten, beide Seiten zu unterstützen. Cleo hob hastig die Hand. »Noch nicht.« Wenigstens war sie nicht hundertprozentig sicher, dass sie gewonnen hatte. Aber dann fügte sie »Wartet auf Deuce« hinzu. Cleo strich ihren schwarzen Pony glatt, schürzte die geglossten Lippen und posierte für eine Kamera, die gar nicht da war.

Billy beugte sich vor und murmelte: »Sie gehört ins Fernsehen.«

»Wieso?«, fragte Frankie und merkte, wie eifersüchtig sie klang.

»Weil ich sie dann abschalten könnte.«

Brett kicherte. Frankie hätte es auch gern getan, beherrschte sich aber. Zu kichern hätte nur den Eindruck vermittelt, dass sie sich unterlegen fühlte. Also starrte sie stattdessen die Tintenflecke auf ihrem Tisch an und versuchte, nicht noch grüner auszusehen als sonst.

»Jetzt dürft ihr klatschen«, sagte Cleo, als Deuce an ihrer Seite auftauchte. Sie hakte sich bei ihm ein und schritt mit ihm ganz nach hinten zu ihren Plätzen. Ihr Gang – gemessen und königlich – wirkte einstudierter als Kate Middletons Weg zum Altar. Und Deuce' Outfit – schwarze Kaschmirmütze, goldene Carrera-Sonnenbrille und neue graue Diesel-Jeans – war sogar noch schärfer als das von Prinz William.

Frankie kratzte den lavendelfarbenen Nagellack von ihrem Daumennagel. Wieso auch nicht? Wie sie aussah, interessierte doch keinen mehr.

Mrs Simon kam herein, ihre Oberschenkel schwangen beim Gehen energisch hin und her. Sie klatschte in die Hände. »Setzen.« Cleo und Deuce beschleunigten ihre Schritte – aber nur ein bisschen.

Frankie ließ den Kopf auf den Tisch sinken. Billy rieb ihr den Rücken. Der weiße Lautsprecher über der Tafel erwachte knisternd zum Leben. Cleo griff nach ihrem Glücksbringer, dem Skarabäuskäfer aus Bronze, der an ihrer Kette hing.

»Guuuuuuten Moooorrrrgen, Merston High!«, dröhnte Schulleiter Weeks.

Zu verlieren war eine Sache, aber musste ihre Niederlage auch noch in alle Klassenzimmer übertragen werden? Konnte er keine E-Mail schicken?

»Einen fröhlichen Mittwoch«, fuhr Weeks fort. »Denkt dran, wir haben nur noch drei Tage Schule…«

Jemand stöhnte. Ghoulia?

»… also machen wir das Beste daraus! Und nun wollt ihr sicher wissen, welches der beiden Paare das beste ist.«

Frankie hob den Kopf. *Lächle. Wirk zuversichtlich.* Mit zusammengebissenen Zähnen reckte sie das Kinn und wappnete sich gegen die unvermeidliche Enttäuschung. Brett schenkte ihr ein aufmunterndes Grinsen. *Wir haben es versucht.*

Weeks räusperte sich in die Sprechanlage. »Dann wollen wir mal, ohne weitere Verzögerungen…«

»Bist du bereit? Jetzt kommt's«, sagte Billy und klopfte ihr auf den Rücken. »Und der Oscar geht an…«

»Hör auf«, zischte Frankie.

»Ich finde« – Weeks machte eine Kunstpause – »dass Lala verkünden sollte, wer gewonnen hat.«

Jetzt stöhnten alle.

»Hey.« Lala kicherte nervös. »Das Paar, das ihr gewählt habt, um Merston High zu vertreten, ist…«

Cleos Stuhl scharrte über den Boden. *Ist sie schon aufgestanden?*

»Brett Redding und Frankie Stein!«

Was?

Frankie starrte Brett an. Er starrte zurück. Seine Augen waren weit aufgerissen. Ihre Kontakte prickelten. Es schrillte in ihren Ohren. Klatschten die anderen oder buhten sie sie aus? Verlangte Cleo eine Wiederholung der Wahl? Unterstützten Blue und Clawdeen immer noch beide Seiten? Oder zeigten sie jetzt, was sie wirklich dachten? Frankie war zu geschockt, um diesen Fragen nachzugehen.

Das Einzige, woran sie sich erinnern konnte, bevor bei ihr die Lichter ausgingen, war Billy, der mit einem warmen Flüstern ihr Ohr kitzelte: »Ich hab dir doch gesagt, dass du gewinnen würdest, Stein. Ich hab's dir doch gesagt.«

21
Voller Einsatz

Pfump.

Ein Basketball landete nur ein paar Zentimeter neben Jacksons roter Farbdose. Darauf konnten sie nun wirklich verzichten – ein Turnhallenboden, der aussah wie ein Tatort.

»Könnt ihr nicht woanders spielen?«, schrie Lala Davis Dreyson an.

»Du meinst irgendwo anders als in unserer Sporthalle?«, fragte er und schnappte sich den Ball mit seinen langen Affenarmen. Sofort ging das Turnschuh-Gequietsche wieder los. Lalas Kopfschmerzen wurden immer schlimmer. BLÖDE BÄLLE VON FARBDOSEN FERNHALTEN stand eigentlich nicht auf ihrer To-do-Liste. Und DAS TEAM ZWINGEN, SCHNELLER ZU ARBEITEN auch nicht. Dennoch konnte sie nicht anders, als entgeistert die Leinwand anzustarren, auf der eigentlich das neue T'eau-Dally-Logo zu sehen sein sollte. Leider erinnerte es immer noch an einen Pavianhintern in einer Riesenwindel.

Lala hob den Schirm ihres Caps mit dem CHEFCHEN-Aufdruck (ein Geschenk von Clawdeen) und zwang sich, geduldig zu lächeln. »Jackson, wieso dauert das so lange? Die sind morgen hier. Bis jetzt hast du nur…« Lala legte den

Kopf schief. »Was soll das darstellen? Und was ist mit der Zeit, die zum Trocknen nötig ist? Hast du die einkalkuliert?«

Jackson tauchte den Pinsel in die Farbdose, streifte ihn am Rand ab und murmelte: »Ich werd schon rechtzeitig fertig. Keine Panik.«

Typisch Künstler.

Trotzdem machte Lala auf ihrem iPad ein Häkchen hinter den Punkt NEUES LOGO. Auch wenn es noch nicht ganz fertig war, hatte Jackson doch versprochen, dass er es schaffen würde. Und sie musste daran glauben, dass es voranging. Einen Biss nach dem anderen...

Der nächste Punkt auf ihrer Liste war der LAUFSTEG. Clawd stand in der hintersten Ecke der Sporthalle *(Danke, ihr egoistischen Basketballspieler!)* und hob eine Sperrholzplatte hoch. Entweder zitterten ihm dabei die Arme oder unter ihm bebte gerade die Erde. Jedenfalls schwankte er so hin und her, dass es aussah, als würde er die Platte jeden Moment fallen lassen. Lala rannte hin, um zu helfen.

Sie hatte mal von einer Frau gelesen, deren Kind unter einem Auto eingeklemmt war. Offenbar hatte die Liebe zu ihrem Kind dieser Frau genügend Kraft verliehen, um das Auto anzuheben und ihr Kind zu retten. Lalas Kind war in gewisser Weise der Wettbewerb, also konnte sie doch wohl die Ecke einer Sperrholzplatte hochheben?

»Was machst du da?«, schnaufte Clawd und begann zu schwanken.

»Ich rette dich«, schnaufte sie zurück. »Auaa!« Ein Splitter hatte sich in ihren iPad-Finger gebohrt. Das Abhaken der Punkte auf ihrer To-do-Liste konnte sie jetzt vergessen. Lala ließ die Platte los und bearbeitete den Splitter mit ihrem

Reißzahn. *Schon praktisch, wenn man gerade keine Pinzette zur Hand hat!*

Die plötzliche Bewegung brachte Clawd vollends aus dem Gleichgewicht und die Platte krachte zu Boden.

»Auuuu!«, heulte Clawd mit zusammengebissenen Zähnen. »Was sollte das denn?«, knurrte er und rieb sich die Schulter.

»Ist was kaputt?«, fragte Lala.

Clawd bewegte vorsichtig den Arm. »Vielleicht ein Haarriss. Oder eine Prellung. Ich sollte damit zur ...«

»Nicht du, die Platte!«, fuhr Lala ihn an. »Sieh doch, da ist ein Riss, genau durch die Mitte. Können wir das bis morgen ersetzen? So ist das nämlich zu gefährlich. Das Ding könnte durchbrechen, wenn die Models darauf laufen.«

»Wie umsichtig«, knurrte Clawd. »Vergiss meinen Football-Wurfarm. Ich bin tollwütig besorgt wegen dieser Platte. Die Platte ist mein ganzer Lebensinhalt.«

Ooooh. Lala stellte sich auf die Zehenspitzen und küsste ihn auf die Wange. Obwohl es alle sehen konnten. Auch wenn er so was hasste, wollte sie ihm doch zeigen, wie toll sie es fand, dass er ihren Wettbewerb über seine eigene Gesundheit stellte. »Mach dir nicht zu viele Sorgen. Geh deine Schulter kühlen. Ich finde jemand anderen, der die Platte austauscht. Ich sage dir dann Bescheid, wenn die neue da ist.«

Piiep. Lalas pinkfarbene Armbanduhr meldete sich. Noch vierundzwanzig Stunden und fünfundzwanzig Minuten. Sofern nichts mehr schiefging, würde sie perfekt vorbereitet sein, wenn die T'eau-Dally-Leute morgen durch diese Doppeltür traten. Aber jetzt blinkten noch zwei Punkte auf ihrem iPad.

CLAWDEENS UMGESTYLTE KLAMOTTEN BEGUTACHTEN.
SCHUHLIEFERUNG IN EMPFANG NEHMEN.

Danke dir, mein persönlicher Assistent – auch iPad genannt. Wo steckt Clawdeen? Und wo sind diese Schuhe?

Dickie Dally hatte ihnen zwei Paar für ihre Wahlsieger versprochen. Deswegen saßen Frankie und Brett jetzt auf der Tribüne und warteten darauf, ihren Gang über den Laufsteg zu proben. Was sie nun wohl auf Socken und wegen der angeknacksten Platte auf dem Fußboden machen mussten. Einen Biss nach dem anderen …

Unter der Tribüne hockten Clawdeen und ihre Nähtruppe wie eine Horde arbeitswütiger Zwerge. *Wenigstens etwas, das klappt.* Vielleicht würde es Lalas rumorenden Magen beruhigen, ihnen einen Besuch abzustatten.

»Hey, Deenie«, sagte Lala und steckte den Kopf unter die Tribüne. Die Locken ihrer Freundin waren zerzaust wie auf einem Vorher-Foto und sie trug den karierten Schlafanzug, den sie immer zu Übernachtungspartys mitnahm. »Alles okay bei dir?«

»Fünf Minuten Pause«, sagte Clawdeen zu ihren Helferinnen. »Blue, du bleibst hier.«

»Klar doch, Sheila«, sagte sie und befeuchtete ihre Schuppen mit einer Wasserpistole.

Ihre Helferinnen krochen eilig unter der Tribüne hervor. Sie rieben sich den Rücken und mussten erst einmal blinzeln.

»Aber wirklich nur fünf Minuten«, rief Lala. »Keine Minute länger.« Und dann zu Clawdeen und Blue: »Wie kommt ihr voran?«

Blue legte Lala eine Hand auf den Arm. »La, du musst erst versprechen, dass du nicht ausflippst.«

Ausflippen? Wieso sollte ich ausflippen? Weil die Klamotten, die sie für die Show im T'eau-Dally-Look stylen wollten, nur noch für die Altkleidersammlung taugen? »Versprochen«, log Lala mit zusammengebissenen Zähnen.

Clawdeen griff hinter sich. »Also, ich habe noch nie Motive aufgebügelt, klar?«

Lalas verletzter Finger begann zu pochen und es fühlte sich an, als würde ihr jemand einen Pflock ins rechte Auge treiben. Sie griff hektisch nach ihren Eisentabletten und schluckte gleich zwei.

»Nun...« Clawdeen schaute zu Blue hinüber. »Mein Bügeleisen war ein bisschen zu heiß und deshalb...« Sie hielt eine graue Sporthose hoch. Auf dem Hinterteil waren verschrumpelte schwarze Buchstaben zu sehen, die das Folgende ergaben...

T' AU L E DA

Was sollte denn das heißen?

Die Ränder von *T* und *E* rollten sich hoch und man konnte das weiße Gewebe auf der Unterseite sehen. Lala schloss die Augen. Sie zählte von dreizehn rückwärts und holte tief Luft. Am liebsten hätte sie die Buchstaben mit den Reißzähnen vom Stoff gefetzt, aber sie beherrschte sich. »Okay. Das wird schon noch. Wir haben ja noch Zeit.«

Clawdeen seufzte. »Keine Sorge, bis morgen wird das perfekt sein. Wo ein Wolf ist, ist auch ein Weg, richtig?«

Das will ich hoffen. Lala warf einen Blick auf die Uhr. Noch sieben Minuten bis zum Ende der ersten Stunde. Sieben Minuten, bevor Frankie und Blue zum Sport mussten und Brett ins Chemielabor. Wo bleiben diese Schuhe?

Für den Fall, dass sie versehentlich im Sekretariat abgegeben worden waren, hastete Lala den Flur hinunter und kam dabei an Schildern vorbei, die den Weg in die TOE-DALLY HIGH-CAFETERIA, die TOE-DALLY-HIGH-BIBLIOTHEK und das TOE-DALLY-HIGH-LEHRERZIMMER wiesen.

«Das kann doch nicht wahr sein!«, stöhnte sie.

»Kann es sein, dass du ein wenig gestresst bist?«, fragte Blue, die ihr gefolgt war.

Lala nickte. Sie wollte losheulen. Oder schreien. Oder sich tot unter all diesen TOEs zusammenrollen. *Und wo blieben die SCHUHE?*

»Wenn ich das verbocke, wird mein Dad ›Ich hab's gewusst‹ sagen und uns alle nächstes Jahr auf die Radcliffe schicken.« Sie drückte ihr iPad fest an die Brust und wünschte, es wäre Count Fabulous.

Blue holte eine Flasche Kokosöl aus ihrer Jutetasche und rieb sich die Arme ein. »Du schaffst das schon. Schließlich hast du noch einen ganzen Tag, um alles fertig zu bekommen.«

Lala blieb nicht stehen. Sie brauchte diese Schuhe. Irgendwas musste doch einfach klappen.

»Hab ich dir mal von dem Ausflug an meinem Geburtstag erzählt?«

Lala schüttelte den Kopf.

»Also, am Schluss sollte es diese Megagrillparty geben. Aber Pops hat sich verlaufen. Und da waren wir nun, zehn kreischende Sheilas mitten im Busch. Und alles ging schief. Wir kamen an diesem Billabong vorbei und rechts und links krochen die Krokos rum. Mom hatte die Kühlbox vergessen, also hatten wir nichts zu beißen. Dann entdeckten wir diesen Tümpel und sprangen rein, um uns abzukühlen. Leider war er voll mit bissigen Garnelen. Sogar Pops hat geschrien wie ein Kookaburra.«

Jetzt blieb Lala doch stehen und sah Blue entgeistert an. Was genau wollte sie ihr mit dieser Geschichte sagen?

»Und schließlich hüpft dieses fette Kängi vorbei und bringt mich auf eine Idee. Seine Wampe ist so dick, dass es garantiert weiß, wo die Grillparty steigt. Also folgen wir ihm. Und landen am Outback Golf Club, wo es Burger und Eistee für alle gibt.«

Sie kamen an einem Schild vorbei, auf dem TOE-DALLY HIGH-KONZERTSAAL stand. Würde nicht ihre ganze Zukunft auf dem Spiel stehen, hätte Lala vielleicht darüber lachen können.

»Ich will damit nur sagen«, fuhr Blue fort, »dass das Leben dir manchmal in den Hintern tritt. Aber wenn du Kängi nicht aus den Augen lässt, gibt's am Ende Burger und Eistee.«

Lala kicherte. Nichts beruhigte sie mehr als eine Geschichte mit Happy End. Und deshalb betrat sie das Sekretariat mit einem Lächeln.

»Heißt hier jemand Lala?«, fragte ein dicker Mann in einem braunen Hemd und knitterfreien Shorts. Er hielt einen Karton an seine Wampe gedrückt, der groß genug war für zwei Paar Schuhe.

»Das bin ich!« Beinahe hätte sie den Mann umarmt, fand dann aber, dass ein Herzchen neben ihrer Unterschrift ausreichen würde. Sie riss das Klebeband ab, griff in den Karton und bekam einen Kunstlederriemen zu fassen. Styroporchips segelten zu Boden.

»Nenn mich Wombat, aber was soll das sein?«, fragte Blue.

»Verpackungsflocken«, erklärte Lala und senkte die Stimme. »Für die Umwelt sind sie eine Katastrophe.«

Blues blaue Augen waren weit aufgerissen und ihre blonden Brauen hoben sich verwirrt. »Nein, das da!« Sie zeigte auf den Schuh, den Lala in der Hand hielt.

Lala kicherte. Das lang ersehnte Designerprodukt sah anders aus als alles, was sie je zu Gesicht bekommen hatte. Der Schuh bestand aus einer knöchelhohen engen Röhre, an der eine Art Täschchen befestigt war. Das Ganze wurde mit einem schokobraunen Riemen umwickelt. Der merkwürdige Damenschuh hatte eine Gummisohle und einen Vier-Zentimeter-Absatz, der hinten herausragte wie ein Schwänzchen. Der Herren-Schuh war flacher und breiter.

»Ich schätze, da drin könnte ich meine Handcreme aufbewahren«, sagte Blue und sah sich das Täschchen genauer an.

Lala kicherte. Blue hatte recht. Wer brauchte noch eine Handtasche, wenn er einen T'eau-Dally hatte? Diese Schuhe würden die Damenmode revolutionieren. Aber die Männermode? Wohl eher nicht. Sie konnte sich nur schwer vorstellen, dass Clawd etwas so ... Europäisches anziehen würde. Oder überhaupt irgendein Sportler. Oder irgendein amerikanischer Mann. Aber Dally war nicht umsonst die Sportartikelmarke Nummer eins. Wenn Dickie – ein durchtrainierter Sport-Freak – irgendeinem Gegenstand seinen Namen verlieh, war es ganz egal, wie dieses Ding aussah. Karierte Fußballshorts, kniehohe Basketballschuhe, durchsichtige Baseballschläger – da stellte niemand Fragen. Die ungewöhnlichen Sportartikel waren immer »besser als alles zuvor« und das war es, was zählte.

Als Lala Frankie endlich fand, hetzten sie und Brett bereits zu ihrem nächsten Kurs. »Megakrass!«, rief Frankie und drückte die neuen Schuhe fest an ihre Brust.

»Probier sie an«, drängte Lala. »Damit wir wissen, ob sie passen.«

»Das mach ich nach der Stunde. Aber keine Sorge. Ich kann in allem laufen.« Sie zeigte auf ihre gestreiften Mary Janes mit Plateausohle. »Siehst du?«

Lala gab Brett das andere Paar. Er nahm es mit spitzen Fingern entgegen und hielt die Schuhe ins Neonlicht. »Was soll das sein?«

»Mit so was kennt er sich nicht so gut aus«, erklärte Frankie. »Wir üben heute Abend, darin zu laufen.«

Lala drückte Frankie vor lauter Dankbarkeit so fest an sich, dass ihr beinahe ein Kontakt abhandenkam. Endlich jemand, auf den Lala sich verlassen konnte. Einen Biss nach dem anderen ...

Während der Flur leerer wurde, holte Lala ihr iPad heraus und erstellte im Weitergehen eine neue Liste. Je mehr sie tippte, desto klarer wurde ihr, dass Blue recht hatte. Alles ließ sich regeln. Es war noch Zeit genug. Burger und Eistee warteten am Ende auch auf sie.

Und dann: Wamm! Sie war heftig mit zwei Erwachsenen zusammengestoßen. Brühheißer Kaffee aus ihren To-go-Bechern schwappte über ihre Kleidung. Lalas iPad krachte auf den Boden.

»Aaaah!«, schrie das Paar. Und dann fingen sie an zu fluchen, er auf Englisch und sie auf ... Französisch!

Oh nein. Oh nein, nein, nein, nein, nein ...

Die bespritzten Besucherschildchen, die die beiden sich

angeheftet hatten, bestätigten Lalas schreckliche Ahnung: Ihre Gäste waren einundzwanzig Stunden und vierzehn Minuten zu früh gekommen. Zeitpunkt, zu dem Lala die Nerven verlor: 9 Uhr 46.

22
Wahlbetrug

Wie sich herausstellte, war die Sportstunde wie geschaffen für Frankies Gefühlschaos. Sich öffentlich zu freuen, ging nicht, denn sie wollte Cleo nicht unter die Nase reiben, dass sie sie besiegt hatte. Aber nicht pausenlos »Ich hab gewonnengewonnengewonnen« zu kreischen, war genauso schwierig, wie ein Fingerfunken zu unterdrücken.

Das Fechten erwies sich als ideale Tarnung. Immer wenn Frankie die Maske abnahm, gab sie sich so gleichgültig, als wäre es eine Last, das T'eau-Dally-Paar zu sein, und keineswegs ein Riesenspaß. Aber wenn sie die Maske aufhatte, konnte sie grinsen und vor Freude quietschen wie die Siegerin einer Talentshow. Das Staunen über ihren Sieg hatte sich immer noch nicht verflüchtigt. Hatten sie und Brett tatsächlich mehr Stimmen bekommen? Mehr als Cleo und Deuce? Bei einem Beliebtheitswettbewerb? Was kam als Nächstes? Die Wahl zur Schulsprecherin?

Wenigstens war Cleo in der Mathestunde nicht dabei gewesen, als Mr Beeder Frankie eine Packung Donuts aus dem Lehrerzimmer geschenkt hatte. Und Cleo hatte auch die Musikstunde verpasst, in der Ms Andrews zu Ehren von Frankie *We Are the Champions* mit ihnen gesungen hatte. Tatsächlich hatte Cleo fast den ganzen Vormittag gefehlt, weil sie angeblich ein Interview mit der *Teen Vogue* hatte. Aber jetzt war sie da. Und machte gerade Pause, ließ ihre Fechtpartnerin stehen und frischte ihren Lipgloss auf. Dabei lächelte sie, als wüsste sie ein Geheimnis. Viveka hatte Frankie erklärt, dass so etwas zu erwarten wäre, sollte Cleo verlieren. Man nannte es »Gesicht wahren«. Frankie fand allerdings, dass es eher nach einem Ich-habe-Blähungen-Gesicht aussah.

Im Umkleideraum zog Frankie den weißen Fechtanzug aus und schlüpfte in einen hellgrauen Bademantel.

»Sind das die Schuhe?«, fragte Clawdeen und versuchte, ihr Haar zu entwirren.

Sechs in Handtücher gehüllte Mädchen drängten sich neugierig um das offene Schließfach. Cleo verdrehte die Augen und verrieb noch mehr Öl auf ihren Beinen.

»Die sind spitze!«, rief Blue, obwohl sie kaum einen Blick darauf erhascht hatte.

»Hast du sie schon anprobiert?«

»Ist es schwierig, darin zu laufen?«

»Was wirst du dazu anziehen?«

»Die passen total zu dir.«

»Das wusste ich. Deswegen habe ich dich gewählt.«

»Ich habe dich auch gewählt.«

»Ich nicht, aber ich bin trotzdem froh, dass du gewonnen hast.«

Cleo stand drei Schließfächer entfernt und tat so, als würde sie witzige SMS von überaus wichtigen Leuten lesen. Ihre andauernden Versuche, »das Gesicht zu wahren«, taten Frankie in der Seele weh. Wenn sich die Prinzessin nur halb so mies fühlte wie Frankie, als sie glaubte, verloren zu haben...

»Können wir später darüber reden?«, fragte Frankie und schloss ihr Schließfach. »Der Sport hat mich ein bisschen ausgepowert ...«

Die Mädchen kehrten zu ihren Haartrocknern zurück.

»Wie gefällt dir das?«, flüsterte Spectra Frankie ins Ohr.

»Die Schuhe sind echt krass«, sagte Frankie und warf einen verstohlenen Blick auf die graubraunen Stiefeletten.

»Die doch nicht«, zischte Spectra. Dann deutete sie mit einer Kopfbewegung auf Cleo, die gerade ihre Handgelenke mit Leinenstreifen umwickelte. Abgesehen von einem Haufen nasser Handtücher zu ihren Füßen war sie ganz allein. »Das da.«

»Häh?«, fragte Frankie die nach Lilien duftende Luft.

»Wir haben ihr endlich gegeben, was sie verdient.« Spectra kicherte und rasselte mit ihren Ketten.

»Ich habe keine Ahnung, wovon du ...«

»Keine Sorge«, flüsterte Spectra. »Bei all diesem Föhngesurre hört uns kein Mensch. Und Billy wird es niemandem verraten.«

»Was verraten?«, fragte Frankie und fuhr mit einem Wattestäbchen um ihre Kontakte.

Spectra kicherte. »Dass Billy und ich die Kästen mit den Stimmzetteln ausgetauscht haben, damit du gewinnst.«

Bssss. Das Wattestäbchen fing Feuer. Frankie pustete es aus und wedelte den Gestank von verbrannter Baumwolle weg. Trotzdem roch etwas faul.

»Was habt ihr getan?«

»Hat er es dir nicht gesagt?«

Frankie wand ihr Haar zu einem Knoten. Ihr Magen schien sich ebenfalls verknoten zu wollen. Die Wahl war manipuliert? Sie hatte gar nicht gewonnen? Frankie knallte ihre Schließfachtür zu. Geschah ihr ganz recht, nachdem sie sich eingebildet hatte, Cleo besiegen zu können. Überhaupt jemanden besiegen zu können. Salzige Tränen rannen ihr über die Wangen. *Ich habe versagt. Schon wieder.*

Warme, nach Lilien duftende Arme umfingen sie wie ein Schaumbad.

»Ich werde es Cleo sagen«, verkündete Frankie.

Spectras erstaunlich starke Hand umklammerte ihren nackten Arm. »Das darfst du nicht, Frankie! Dann kriegen wir mächtigen Ärger. Außerdem wird sie dann triumphieren. Und das wird kein schöner Anblick.«

Clawdeen hatte ihrem Fell einen schimmernden Glanz verpasst und stellte ihren Haartrockner genau in dem Moment ab, als Spectra die letzten Worte aussprach. »Was ist kein schöner Anblick?«

»Äh, das Ekzem zwischen meinen Zehen«, stieß Spectra hastig hervor.

Clawdeen verzog das Gesicht.

Frankie zog die T'eau-Dally-Schuhe aus ihrem Fach. Sie strich ein letztes Mal über das weiche Material, gab ihnen einen Abschiedskuss und überquerte den Gang. Cleo – gewickelt, geölt, geschminkt und geglosst – packte bereits ihre Sachen für die dritte Stunde.

»Hier«, sagte Frankie und hielt ihr die Stiefeletten hin. »Ich bin raus.«

Cleo sah sie misstrauisch an.

»Es ist wahr«, beteuerte Frankie. »Ich trete zurück.« Spectras Worte schrillten in ihrem Kopf wie ein Feueralarm.

»Wieso?«, fragte Cleo und wich zurück. »Was stimmt nicht

damit?« Sie spähte mit angewidertem Gesicht in die Schuhe. »Ihh, warte. Hat Spectra die anprobiert? Die sind total ekzemverseucht, oder?«

Frankie schüttelte heftig den Kopf. »Nein, die hatte noch keiner an.«

Es klingelte. Mittlerweile waren alle Haartrockner ausgeschaltet. Schließfächer wurden zugeschlagen, doch niemand ging. Alle Mädchen drückten sich im Hintergrund herum, weil sie wissen wollte, bei wem die begehrten Schuhe schließlich landeten. Es klingelte erneut.

Cleo warf sich die Tasche über die eingeölte Schulter. »Also, irgendwas kann damit nicht stimmen.«

»Die sind total in Ordnung. Ich schwöre. Brett hat auch keine Lust mehr dazu. Und ich habe im Moment zu viel mit der Familie zu tun.« Frankie holte tief Luft. »Du und Deuce seid schon viel länger hier als ich. Wenn jemand Merston vertreten sollte ...«

»Ka!« Cleo fuhr auf ihren sechs Zentimeter hohen Holzsohlen herum. »Auf deine Wohltätigkeit kann ich verzichten.« Dann rauschte sie davon.

»Cleo, warte!« Frankie, die immer noch den Bademantel trug, stopfte ihre Kleidung in ihre Tasche. Ihre Haare waren verfilzt. Ihr Hals roch nach verbrannter Baumwolle. Ihr Make-up war so verschmiert, dass sie aussah wie ein Waschbär. Trotzdem rannte sie selbstsicher hinaus auf den überfüllten Flur. Ganz so, als ähnele sie nicht im Geringsten ihrem eigenen Verbrecherfoto.

»Das ist keine Wohltätigkeit. Du verdienst es«, brüllte Frankie, während Cleos glänzend schwarze Haare in der Menge verschwanden.

»Frankie, hör auf«, drängte Spectra, die um sie herumschwebte wie ein Lufterfrischer mit Lilienduft. »Du verdienst es genauso.«

»Wenn ich es verdient hätte, hätte ich gewonnen«, fuhr Frankie sie an. Sie sprintete los. »Es sind deine. Nimm sie«, rief sie Cleo nach.

Cleo blieb vor ihrem Klassenraum stehen. Ihre topasfarbenen Augen bohrten sich in Frankies. Sie funkelten jetzt nicht mehr, sondern wirkten hart wie Stein. »Ich. Will. Sie. Nicht.«

Frankie stopfte die Schuhe in Cleos Tasche. »Nimm sie einfach.«

»Ich sagte doch, dass ich deine ekzemverseuchten Wohltätigkeitsschuhe nicht will.« Cleo warf damit nach ihr.

»Deckung!«, rief jemand, als die Schuhe durch die Luft segelten.

»Aaaahhh!« Schüler sprangen aus dem Weg.

Die Schuhe knallten aufs Linoleum. Frankie war am Boden zerstört. Wieso hatte Billy die Ergebnisse gefälscht? Hatte sie ihm wirklich den Eindruck vermittelt, dass sie lieber betrog, statt zu verlieren? Frankie führte sich vor Augen, wie sie sich seit Beginn des Wettbewerbs verhalten hatte. Sie hatte ihr Styling geändert, die Kontakte ihres Vaters verschenkt und ihre ganze Energie zum Aufladen seelenloser Elektronik verschwendet. Wofür? Um als Model ihre Schule zu repräsentieren? Um Cleo zu beweisen, dass sie ihrer sechshundertsieben Internetfreunde würdig war? Um behaupten zu können, dass sie gewonnen hatte?

Was war am Gewinnen eigentlich so toll? Frankie war doch sonst immer eine Teamspielerin gewesen. Und der Sieg hatte ihr bislang nicht mehr eingebracht, als dass sie ihre wahren Gefühle verbergen musste. Dass andere sich wie Versager vorkamen, wenn sie in der Nähe war. Dass sie sich von den anderen unterschied, obwohl sie doch viel lieber einfach nur dazugehören wollte.

Sie schob die Schuhe in Cleos Richtung, reckte das Kinn in die Luft und marschierte zurück zum Umkleideraum, überzeugt, dass Verlieren diesmal besser war als Gewinnen.

23
Schluss mit lustig

Der Sommer war gekommen. In der Schule wurden die Fenster geöffnet und die warme Brise glich einem Sirenengesang, der die Schüler ins Freie lockte. Nur wenige konnten dem widerstehen und Melody war eine von ihnen. Was sollte sie auch da draußen? Fröhlich in der Sonne herumzualbern, war etwas für Verliebte oder unbeschwert kichernde beste Freundinnen, nicht für Mädchen, mit denen gerade jemand Schluss gemacht hatte oder deren Eltern zum Schulleiter bestellt wurden. Sie riss ihr Geschichtsbuch so energisch aus dem Schließfach, als wäre es schuld an ihrem Streit mit Jackson. Sie hatte das ganze Wochenende gehofft, dass er einsehen würde, wie selbstsüchtig er gewesen war, und dass er sich entschuldigen würde. Aber die Uhrzeit war alles, was sich auf ihrem iPhone in den letzten Tagen verändert hatte. Wenn Sturheit ein Wettbewerb war, stand es Unentschieden zwischen Jackson und ihr. Das Einzige, was sie aufrechthielt, war der Vanille-Latte mit extra viel Milchschaum, den sie sich in der Mittagspause gegönnt hatte – und natürlich der Gedanke an die bevorstehende Tournee. Noch drei Tage und dann: *Abgang Melody!*

»Melly!«, rief eine vertraute Stimme. Candace kam in ihren türkisfarbenen Prada-High-Heels auf sie zugestolpert. Mit ihrem gestreiften Shorts-Overall und den Perlenketten in Sommerfarben sah sie aus wie eine Schaufensterpuppe auf der Flucht. »Du kannst mit Jackson nach Hause fahren, oder?« Sie hielt ihre Autoschlüssel bereits in der Hand, es war also keine Frage gewesen war, sondern eher eine Info.

Melody schnürte es die Kehle zu und sie vermisste jetzt schon die Zeit, als sie noch ganz selbstverständlich mit Ja hatte antworten können. »Wohin fährst du?«

Candace wartete, bis die vorbeilaufenden Schüler außer Hörweite waren. »Shane und ich wollen einen Happen essen, bevor unsere Vorlesung über griechische Mythologie anfängt.«

Wie bitte? »Candace, wie kannst du an einer Vorlesung teilnehmen? Du gehst doch noch gar nicht aufs College.«

»Hast du mal gesehen, wie voll diese Kurse sind? Da sind ungefähr dreihundert Leute drin. Der Professor hat keinen Überblick. Shane und ich simsen die ganze Zeit. Das ist total süß von ihm. Also, du fährst dann mit Jackson?«

»Ja, ich komme schon irgendwie nach Hause.«

»Was?«, fragte Candace und spielte mit ihrer Korallenkette. »Sprichst du etwa immer noch nicht mit Jackson, weil er dich vor dem Pigeon Hole stehen gelassen hat?«

Wenn es doch so einfach wäre. »Er wartet darauf, dass ich ihm meine Liebe beweise.«

»Und du liebst ihn nicht mehr«, stellte Candace so gelassen fest wie eine erfahrene Paartherapeutin. »So was kommt vor.«

»Nein«, sagte Melody, die jetzt endlich über ihren Ärger hinwegsehen konnte. Oder war es ihr Ego? »Ich liebe ihn noch. Es ist nur…« Was genau? Ich will meine Träume nicht für ihn aufgeben? Ich will nicht, dass er das von mir verlangt? Ich hasse es, ihn zu vermissen? »Ich denke, ich muss es ihm beweisen, und das geht nur, wenn ich die Tournee absage und…«

Candace schnappte nach Luft. »Ein Ultimatum? Hat er dir ein Ultimatum gestellt?«

»Nicht direkt, aber…«

Candace hieb mit der flachen Hand gegen ein Schließfach. Es hallte durch den nahezu menschenleeren Flur. »So was macht man nicht mit einem Carver-Mädchen«, sagte sie, als wäre das ein Naturgesetz. Sie rückte ihre rote Sonnenbrille zurecht. »Also gut, wenn er einen Liebesbeweis will, dann los. Beweis deine Liebe.«

»Häh?«

»Ja, beweis diesem heißen Roadie Granit deine Liebe. Der Typ ist eine glatte Zehn.«

Melody kicherte.

»Und wenn Jackson dich erwischt, sagst du: ›Ach, dir sollte ich meine Liebe beweisen. Ups, tut mir echt leid.‹«

Jackson stand nicht auf Spielchen und Melody ebenso wenig. Aber die Vorstellung war schon komisch. Vielleicht war es auch nur komisch, dass sie plötzlich in der Lage war, einen Typen mit einem anderen eifersüchtig zu machen. Also, nicht ha-ha-komisch. Eher im Sinne von: Wer hätte das gedacht?

Es klingelte.

»Ich muss los«, sagte Candace und klang plötzlich so gehetzt wie eine Kriminelle auf der Flucht. »Du kommst irgendwie nach Hause?«

Melody nickte. »Viel Spaß bei der Vorlesung.« Sie drehte

auf dem Absatz ihrer schwarzen Chucks um und machte sich auf den Weg zu einem weiteren von Mr Chans Vorträgen über den Zweiten Weltkrieg. Während Melody ihre SMS checkte – vielleicht vermisste Jackson sie ja ebenfalls –, stieß sie unerwartet mit ihm zusammen.

»Hey!«, rief er freudig. Doch dann schien er sich an ihren Streit zu erinnern und erstarrte. Er begleitete Lala und zwei kaffeebefleckte Erwachsene. Die Frau war spindeldürr wie ein Model, trug ein hellgelbes Ledertop und eine schwarze Lederhose. Ihre Lackleder-Stilettos waren mit kleinen silbernen Stacheln verziert. Der Mann war ein blonder Fleischklops in einem engen weißen Trainingsanzug.

Während Jackson so tat, als hätte er in der Ferne etwas wahnsinnig Interessantes entdeckt, zog Lala Melody zu sich heran. »Mel, ich möchte dich mit Brigitte T'eau und Dickie Dally bekanntmachen.«

Der Fleischklops war Dickie Dally? Der Sportler? Das Vorbild? Der Playboy? Der Typ war einfach nur F-E-T-T. »Hey«, murmelte Melody und versuchte, sich in Richtung Geschichtskurs zu verdrücken.

Aber Lalas eiskalte Hand hielt sie zurück. »Melody ist die Sängerin von Leadfeather. Sie wird unserer T'eau-Dally-Schulband einiges beibringen, sobald sie von ihrer Tournee zurück ist.«

Jackson gab mit verkniffenen Lippen eine Art Niesen von sich. Melodys Magen krampfte sich zusammen.

Brigitte schürzte ihren pflaumenrot geschminkten Mund. *»Magnifique«*, säuselte sie. *»J'aime vos plumes«*, fügte sie hinzu und befingerte die Federn in Melodys Haaren. Melody hielt widerwillig still.

»Da geht wohl jemand gern auf Vogeljagd«, mischte sich Dickie grinsend ein.

»Und dieser Jemand ist ganz zufällig Jacksons Freundin!« Lala strahlte übers ganze Gesicht.

Melody schnappte nach Luft. »Also, eigentlich…«

»Ha! Das ist mal ein Kerl mit Geschmack!« Dickie stieß Jackson den Ellbogen in die Rippen. Jackson ließ vor Schreck sein Handy fallen. Melody klappte vor Schreck der Unterkiefer herunter.

»Na, sag schon, Jake«, verlangte der Fleischklops, »fängt dieser frühe Vogel den Wurm? Ha!«

Was für ein widerlicher Typ!

»Vogel?«, fragte Brigitte.

»Nicht kapiert?«, rief Dickie grinsend. »Federn? Vogel?«

An Brigittes säuerlichem Gesichtsausdruck war deutlich abzulesen, dass sie nichts verstanden hatte.

»Wir haben uns gerade eine Auszeit genommen«, sagte Jackson.

Melody starrte ihn fassungslos an. Das war so, als würde man ordentlich Deo benutzen und das dann als Dusche bezeichnen. »Ich würde eher sagen, dass wir Schluss gemacht haben.«

»Gut zu wissen«, sagte Jackson und fuhr mit einem Finger über sein iPhone. »Dann ändere ich nur mal schnell meinen Status auf Facebook.«

»Ha! Heißt das, dass du jetzt wieder zu haben bist?«, fragte Dickie Melody anzüglich.

Brigitte schnalzte missbilligend mit der Zunge und tätschelte Melodys Schulter.

»Scheint so«, sagte Melody zu Jackson.

»Tu nicht so überrascht. Es war doch deine Idee.«

»Was genau? Dass du mich mitten in der Nacht vor einer Bar stehen gelassen hast oder dass du mir die Schuld zugeschoben hast, weil ich meine Träume verwirklichen will?«

»Nur du selbst kannst dir die Schuld zuschieben«, konterte Jackson selbstgefällig.

»Und nur du kannst so was Dämliches sagen«, fuhr Melody ihn an.

Lala riss entsetzt die Augen auf. »Wie wär's... Sollen wir weitergehen und die Führung fortsetzen, Jackson?«

»Gute Idee«, knurrte er und hastete den Flur hinunter. Lala und Brigitte mussten rennen, um ihn einzuholen.

Dickie stupste Melody in die Seite. »Ruf mich an, wenn du mit dem College fertig bist.« Er zwinkerte ihr zu und raschelte dann in seiner ganzen Kunstfaserpracht davon.

Melody war so wütend, dass sie jetzt unmöglich eine Stunde im Geschichtskurs stillsitzen konnte. Stattdessen ging sie zu ihrem Schließfach und öffnete es, nur um es wieder zutreten zu können. Das wiederholte sie gleich noch einmal. Und noch einmal. Und...

Ping.

Melody fingerte ihr Handy aus der Tasche ihrer abgeschnittenen Jeans. Endlich eine Entschuldigung von ihm.

AN: Melody
22. Juni, 10:17
Granit: Triff mich auf dem Dach.

AN: Granit
22. Juni, 10:17
Melody: Bin gleich da.

Die Sicherheitsstahltür schlug hinter ihr zu. Ein warmer Wind ließ ihren Pferdeschwanz wehen und Federn über das Flachdach segeln. Glaubte Jackson wirklich, das alles wäre ihre Schuld?

»Hey, du«, rief Granit, der an der summenden Klimaanlage lehnte.

Melody ging zu ihm. Etwas Ablenkung konnte sie gut gebrauchen.

»Guck mal«, sagte er, nahm ihre Hand und ging mit ihr bis zur Dachkante vor. Sein dunkelgraues T-Shirt brachte das Grün seiner Augen zum Leuchten. Ihr Herz schlug plötzlich schneller. »Von hier oben sieht alles ganz anders aus.« Er zeigte mit seinem sehnigen Unterarm in Richtung Fluss. Auf der Uferpromenade drehte sich das Karussell wie eine langsame Spieluhr. Dahinter floss der Willamette River so glatt dahin wie ein heißer Karamellfluss.

»Sieht aus wie eine Spielzeugstadt«, sagte sie und beobachtete die Menschen, die wie kleine Püppchen die Hauptstraße entlanggingen. Sie versuchte, sich vorzustellen, was sie wohl bedrücken mochte. Stress mit dem Freund? Dem Job? Der Familie? Aus ihrer jetzigen Perspektive kamen ihr diese Problemchen gleich viel unbedeutender vor. »Ich kann nicht fassen, dass ich noch nie hier oben war.«

»Gargoyles sind ein Zuhause mit Aussicht gewohnt. Aber du« – er drehte sich zu ihr um – »hast viel zu viel Zeit in diesem Kasten verbracht.« Er deutete auf das Gebäude zu ihren Füßen. »Erst wenn du einmal ganz oben warst, wird dir klar, dass dich nichts unten halten kann.«

»Bis auf die Schwerkraft«, scherzte sie.

Er verdrehte spielerisch die Augen und griff nach ihrer

Hand. »Du hast Hunderte Möglichkeiten. Millionen Chancen. Du musst nur ins Freie kommen und dich umsehen.«

Erst jetzt wagte Melody, tief in seine Augen zu blicken. Vielleicht hatte er recht. In letzter Zeit hatte sie wirklich das Gefühl, eingeengt zu sein. Viel Platz für sie selbst gab es nicht mehr zwischen der Schule und Leadfeather, Camp Crescendo und der Tournee, Jackson und Gra...

Er hakte den Zeigefinger in ihre Gürtelschlaufe und zog sie zu sich heran. Sie strich sich die Haare hinter die Ohren. Er fuhr mit dem Finger über ihre Wange und hob ihr Kinn an. Seine Augen reflektierten die Sommersonne wie Kiesel in einem klaren Bergbach. Er kam näher. Melody nicht.

Ich mache so was nicht. Candace schon. Ich spiele keine Spielchen. Ich knutsche nicht auf Dächern herum. Ein Ultimatum sollte nicht zu Knutscherei führen. Nur aus Liebe sollte man jemanden küssen. Und ich liebe Granit nicht. Ich liebe Jackson.

Aber ich mag Granit. Sogar sehr. Wir lieben beide die gleiche Musik und haben einen Großteil unseres Lebens als Außenseiter verbracht. Er sieht wirklich gut aus und ich habe mich schon öfter gefragt, wie es sich wohl anfühlt, ihn zu küssen. Jackson hat seinen Status auf Single geändert und...
Und irgendwie fanden ihre Lippen zueinander.

Granit küsste sie selbstsicher, leidenschaftlich und intensiv. Das Hupen der Autos auf der nahen Straße mischte sich mit ihrem pochenden Herzen zu etwas, das sie bereits als »unser Lied« ansah. Sie und Jackson waren offiziell getrennt. Sie entwickelte sich weiter. Dieser Kuss war toll. Wirklich toll. Kribbelnd, aber auch irgendwie anders. Granit zu küssen, war so, als würde man einen heißen Espresso hinunterstürzen. Bei Jackson war es eher so, als würde man an einem weißen Schoko-Cappuccino nippen. Am Kamin. Unter einer Kuscheldecke und...

Wumm! Die Metalltür flog auf. Instinktiv löste sich Melody von Granit und öffnete die Augen. Vor ihnen standen Lala, Brigitte, Dickie – und Jackson.

»Oh, mir scheint, das Vögelchen hat das Nest verlassen«, bemerkte Dickie.

Lala hielt sich entsetzt die Hände vors Gesicht. Brigitte zeigte Melody den hochgereckten Daumen.

Jackson drehte seinen Ventilator auf die höchste Stufe und wandte sich ab. »Hier oben werden wir die T'eau-Dally-Aussichtsplattform bauen«, sagte er und führte die kleine Gruppe zur Nordecke des Gebäudes.

Melody fröstelte.

Granit strich ihr die Haare aus dem Gesicht und lächelte. »Mir scheint, dass ihr euch beide neu orientiert habt.« Er zog sie an sich, um sie erneut zu küssen. Auch diesmal war Melody sich nicht sicher, ob sie es sich gefallen lassen sollte. Aber dann erwiderte sie seinen Kuss doch.

24
T'eau-Dally versteinert

E*inen Biss nach dem anderen,* sagte sich Lala, als sie ihre Gäste wieder vom Dach führte. Leider waren die einzigen Worte, die sie jetzt noch beruhigen konnten: Herzlichen Glückwunsch, ihr habt gewonnen.

Doch dass diese magischen Worte fallen würden, war in etwa so wahrscheinlich wie dass Dickie in Brigittes Kunstlederhose passen würde. Was nicht zuletzt daran lag, dass Frankie, die ihre Schule vertreten sollte, nicht auf Textnachrichten reagierte, die Turnhalle aussah wie eine Baustelle und Jackson und Melody eine Seifenoper zum Besten gaben. Ach ja und dann war da noch dieser Zwischenfall mit dem Kaffee. Was natürlich nie passiert wäre, wenn die Designer nicht einen Tag zu früh aufgetaucht wären. Jetzt konnte Lala nur noch vermuten, dass ihr Vater ihr Merston-High-Jahrbuch aus ihrer Erfolgsecke genommen hatte. Vorausgesetzt, dass Fang Shui überhaupt funktionierte.

»Nein, ehrlich«, sagte Jackson zu Brigitte und sein surrender Handventilator ließ seine Stimme vibrieren. »Mir geht's gut. Es war ohnehin zu Ende. Wir haben uns auseinandergelebt.«

Dickie schlug ihm auf den Rücken. »Ha! Gesprochen wie ein echter Kerl.«

Jackson versuchte, zustimmend zu lächeln. Es sah allerdings eher so aus, als müsste er sich übergeben.

Was schockt mich mehr?, fragte sich Lala. Dass sich der vorbildliche Dickie Dally als watschelnder, vollgefressener Perverser entpuppt hat? Oder dass er und Brigitte immer noch da sind?

Im ersten Stock angekommen, legte Brigitte ihren schlanken Arm um Jacksons Schultern. »In Paris Küssen ist wie Reden. Es ist nicht... wie sagt ihr... keine große Ding.«

»Gut zu wissen«, murmelte Jackson. Und zu Lala: »Wohin jetzt?«

Sie schickte Clawd hastig eine SMS und fragte, wie weit die Arbeiten in der Turnhalle gediehen waren. Er war auf dem Weg zum Footballtraining, versicherte ihr aber, dass alles in Ordnung wäre, und deshalb beschloss sie, dort als Nächstes hinzugehen. Außerdem hatte sie schon alles außer der Sporthalle gezeigt.

»Jetzt gehen wir noch in unsere Sporthalle«, sagte Lala und versuchte auf diese Weise, die Aufmerksamkeit wieder auf den Wettbewerb zu lenken. Natürlich tat Jackson ihr leid, aber ihm blieb noch genug Zeit zum Trauern, wenn das hier vorbei war. Das Schlimmste war, dass sie Frankie nirgends finden konnte!

Endlich! Da war sie! Sie jagte gerade Cleo durch den leeren Flur. Ihre Haare waren total verfilzt und sie trug einen...

»Hat diese grüne, äh, Person einen Bademantel an?«, fragte Dickie, den seine Schlagfertigkeit offenbar verlassen hatte.

»Sie braucht eine Tiefenpflege für diese Haare«, sagte Brigitte und betastete ihre eigenen glatten Strähnen.

Lala war zu verblüfft, um etwas zu sagen. Ihre auserwählte Markenvertreterin sah aus wie eine Obdachlose.

»Ich hab's dir doch schon gesagt«, schrie Cleo und schleuderte die Schuhe in Frankies Richtung.

»Ich will sie nicht! Die sind verpilzt!« Die T'eau-Dally-Schuhe knallten gegen ein Schließfach. Was zum Reißzahn ging hier vor? Es war fast so, als würde man sich die Fashion Week ohne Ton ansehen.

»Was ist verpilzt?«, fragte Brigitte Dickie.

»Auszeit!« Dickie formte mit seinen Händen ein T. »Habt ihr auch gerade gesehen, dass sie damit geworfen hat?«

Unter Lalas Füßen schien der Boden zu schwanken. Mit etwas Glück würde er sich auftun und sie verschlingen und dann müsste sie das Gesicht ihres Vaters nicht sehen, wenn er sie wegen ihres grauenhaften Versagens auslachte.

Cleo stürmte vorbei. »Stopp!«, befahl Dickie.

Sei nett, Cleo. Bitte sei nett.

»Wie?«, fragte Cleo spitz.

Hätte Lala eine weiße Fahne zur Hand gehabt, hätte sie sie jetzt geschwenkt und sich ergeben.

»Du hast einen ziemlich kräftigen Wurfarm für eine so kleine Dame.«

Cleo ließ den Blick angewidert über sein fleckiges weißes Hemd wandern und starrte dann seine Wampe an. »Und Sie haben einen ziemlich …«

»So«, unterbrach Lala hastig. »Darf ich vorstellen …«

Brigitte packte Frankies Kinn und drehte es erst in die eine und dann in die andere Richtung. *»Qui a fabriqué vos ac-*

cessoirs?« Brigitte krallte Daumen und Zeigefinger um einen Kontakt und zog daran. »Wer macht?«

»Au-ieh!« Frankie schlug die Hand der Frau mit einem hörbaren Klatschen zur Seite.

»Wer ist Auu-iee? Ein amerikanischer Designer?«, hakte Brigitte nach.

Frankie rannte zurück, um die Schuhe einzusammeln. Sie stopfte sie in Cleos Umhängetasche, während Dickie ihr von seiner Großmutter Marion erzählte, die gleichzeitig Baseball spielen und Marmelade kochen konnte.

Cleo riss die Schuhe wieder aus ihrer Tasche. »Ich sagte …«

»Warte!« Frankie beugte sich vor und flüsterte ihr etwas ins Ohr. Je mehr sie sagte, desto breiter wurde Cleos Grinsen. Ihre Schultern entspannten sich und sie richtete sich auf.

Was geht hier vor? Lala starrte Jackson an und hoffte auf irgendeinen Hinweis. Er zuckte jedoch nur mit den Schultern, als ginge ihn das alles nichts an.

»Frankie«, sagte Lala, »kann ich dich kurz unter vier Augen sprechen?«

»Klar.« Frankie lächelte.

»Was ist los?«, zischte Lala. »Ich suche dich schon den ganzen Nachmittag! Wo ist Brett? Wieso läufst du in diesem Aufzug rum? Und wieso gibst du Cleo die Schuhe? Nein, wieso wirfst du damit?«

Frankies Augen füllten sich mit Tränen. »Ich hab gar nicht wirklich gewonnen. Es war ein Auszählungsfehler. Cleo und Deuce sind die wahren Sieger.«

»Was?!«

Dickie und Brigitte machten kehrt.

Lala senkte die Stimme. »Wovon redest du?«

»Bei Isis! Die zwicken!«, rief Cleo und wackelte den Flur entlang wie jemand, der sich gerade in die Hose gemacht hat. Sie trug die Designerschuhe an den Füßen. »Es fühlt sich an, als hätten die Dinger Zähne.«

Kurz bevor sie umfiel, stürzte Dickie auf sie zu und fing sie auf. Sie schlug seinen Arm weg wie eine Nil-Fliege. »Wer zum Ka sind Sie eigentlich?«

Lala sank zu Boden. So konnte die Erde sie schneller verschlingen, wenn sie sich denn endlich auftat.

»Ha!«, dröhnte Dickie. Er zeigte auf das TOE-DALLY-HIGH-SPORTHALLE-Schild. »Ich wette, das hat einer von diesen Zombies gepinselt.« Er schlug sich auf die fetten Oberschenkel. »Ich sollte die Typen für meine Sporthelmwerbung einsetzen. Nach dem Motto: Lieber einen Dally-Helm als hirntot.«

Nur gut, dass Ghoulia nicht da war. Und auch gut, dass er Merston noch nicht abgelehnt hatte. Das war ein sehr gutes Zeichen. Auch wenn er über ihre Schilder lachte. Als Lala allerdings die Fortschritte in der Halle sah – oder vielmehr das Fehlen von Fortschritten –, geriet sie wieder in Panik. Jacksons Wandmalerei war mit einem fleckigen Tuch verhängt. Farbe rann aus umgekippten Dosen wie Schlangenzungen.

»Sobald Jackson mit Deuce zurückkommt, wird er das neue T'eau-Dally-High-School-Wappen enthüllen«, sagte Lala eifrig, weil es jetzt endlich etwas Positives zu verkünden gab. Cleos Bemerkung dagegen, dass sie erst einmal die Blasen an ihren Füßen verbinden musste, war nicht gerade ein Highlight gewesen. Zum Glück hatte Dickie es für einen Scherz gehalten und Brigitte verstand ohnehin nur Bahnhof. Wenigstens sah der Laufsteg anständig aus. Clawd sei Dank.

»In ein paar Minuten wird unser Werbepaar diesen Laufsteg betreten und…« Oh, nein! Lala konnte den Riss in der Platte deutlich sehen. Er war immer noch da. Und verlief genau durch die Mitte.

»Deenie?«, rief Lala und versuchte, die Fassung zu bewahren.

Clawdeen kroch unter der Tribüne hervor. Sie war barfuß und trug die verunglückten T'eau-Dally-Shorts und dazu ein graues Kapuzenshirt, auf dessen rechter Seite T'EAU stand. Mit ihren langen rotbraunen Haaren sah sie aus wie eine verwelkte Sonnenblume.

Brigitte hob eine dunkle Braue und schürzte die Lippen. *»Mon dieu!«* Sie stürzte sich auf Clawdeen wie ein Löwe auf eine Gazelle. Clawdeen erstarrte.

»Sie kriegt das noch besser hin«, versuchte Lala zu beschwichtigen, aber es war zu spät. Brigittes Hände griffen bereits nach Clawdeens Hals.

»Ist das echt Fell?«

Clawdeen nickte und wich zurück.

»Was haben diese verrückten französischen Hühner nur immer mit ihrer Körperbehaarung?«, fragte Dickie und überprüfte seine Textnachrichten.

Brigitte zog an Clawdeens Haaren. *»Ils sont tellement doux.«* Sie zog noch einmal. »Das auf deiner Haut wachsen, *n'est-ce pas?* Wie wild Biest.«

»Clawdeen ist ein Werwolf«, verkündete Lala stolz. »Ich

habe sie in meinem Brief schon erwähnt. Deenie, das ist Brigitte T'eau von …«

»Sollten die nicht erst morgen kommen?«

»Ja, sie sind einen Tag zu früh und machen mir das Leben zur Hölle«, wisperte Lala so leise, dass es nur Clawdeen mit ihren Superohren hören konnte. »Bitte spiel mit. Es ist unsere einzige Chance.«

Clawdeen verdrehte ihre gelbbraunen Augen auf eine Dafür-schuldest-du-mir-aber-was-Weise.

Lala nickte. Versprochen.

Brigitte holte einen Nagelknipser aus ihrer Tasche und nahm von der winselnden Clawdeen eine Fellprobe. »Wir machen eine ganze Winterkollektion Stiefel mit diese Fell. Wir heißen sie Wolf Boot wie Werwolf, *non?«*

»Non«, knurrte Clawdeen. Nur gut, dass ihre überfürsorglichen Brüder nicht da waren und diese Frechheit gehört hatten.

»Äh, Ms T'eau, echtes Fell kommt hier nicht so gut an«, sagte Lala.

Brigitte warf den Kopf zurück und lachte. *»Mais, non!«*

»Dasselbe gilt für Leder. Aber Ihr Kunstleder sieht total echt aus.« Sie versuchte, die schlechte Nachricht in ein Kompliment umzumünzen.

»Kunstleder?«, japste Brigitte. »Das nicht Kunst! Ich sage *non* zu Kunst.«

Lala und Clawdeen wechselten einen Blick. »Aber die Schuhe … das neue Co-Design. Die Riemen sind doch aus Synthetik, oder?«

»Synthetik? Ha!«, dröhnte Dickie und steckte sein Handy wieder ein. »Unsere Schuhe sind aus Känguru-Leder.«

Was?!

»Echtes Känguru-Leder?«

»Nur die *bébé«,* sagte Brigitte. »Wie sagt man zu die Kleinen?«

»Känguru-Babys«, erklärte Dickie.

Lalas Puls fing an zu hämmern. Die machten Witze, oder?

»Fass mal an«, sagte er und hielt ihr seine hellbraune Brieftasche hin. »Hundert Prozent Känguru-Leder. Weich und beständig. Meine neue Schutzpolster-Serie 2015 wird daraus hergestellt. Ein australisches Wunder für untendrunter. Ha! Wie findest du den Slogan?«

Cleo tauchte wieder auf, begleitet von Blue und Frankie, die ihr halfen, in den Schuhen aufrecht zu gehen. »Nichts, was mit ein bisschen Öl und Leinen nicht in den Griff zu kriegen wäre«, sagte sie. »Wenn die morgen kommen, werde ich in diesen Bärenfallen ein paar Körbe werfen.«

Diesen Moment nutzte Lala für die Vorstellung. Cleos gebräunte Haut erbleichte, als ihr klar wurde, was sie gerade gesagt hatte. Frankie versprühte Funken. Blue hauchte immer wieder »Was?«, in der Hoffnung, dass ihr endlich jemand erklärte, was los war.

»Ha! Bärenfallen.« Dickie schlug Brigitte auf den Arm wie einem Teamkollegen. »Hast du das gehört? Das könnten wir als Nächstes machen. Sandalen aus Bärenhaut. Du weißt ja, die halten Winterschlaf.«

»Wir können solche Knöpfe an die Seiten machen wie Krallen«, spann Brigitte den Faden weiter. »Und was ist das?«, fragte sie und fuhr mit einem Finger über Frankies Handgelenksnaht. »Das ist so seidig.«

»Echte Bären?«, fragte Frankie und versteckte ihre Hände in den Taschen ihres Bademantels.

»*Mais oui*«, sagte Brigitte stolz. »Genau wie die Känguru.«

»Känguru?«, fragte Blue und warf Lala einen Blick zu. »Hat die Sheila sie noch alle?«

Lala nickte, obwohl ihr Magen bereits rumorte, als hätte sie Lamm gegessen.

»Von allem nur das Beste«, prahlte Dickie. Er zeigte auf Cleos Füße. »Diese Schuhe haben wir an Affen getestet.«

»Affen?«, bellte Clawdeen.

»Zwei Dutzend«, bestätigte er. »Wir haben sie drei Stunden auf dem Laufband rennen lassen. Das Känguru-Leder hat das ausgehalten.«

»Kängurus!«, sagte Blue mit Tränen in den Augen.

»Ka!«, stieß Cleo aus und schüttelte die Schuhe ab.

»Tu ihm nicht weh«, sagte Blue und rannte hin, um sie an sich zu nehmen.

Brigitte lächelte, weil sie dachte, dass Blue das Modell gefiel. »Vielleicht sollte die Schuppige unser Model sein.«

»Sie?«, japste Cleo und schnappte nach den Schuhen.

»Kannst sie haben«, sagte Blue. »Mich kriegt ihr nicht in die Dinger rein.«

Alle Angst vor dem Ich-hab's-ja-gleich-Gesagt ihres Vaters verschwand, als Lala an hochhackige Affen auf Laufbändern denken musste. Gehäutete Baby-Kängurus. Ausgerissene Kontakte. Wolfsfellstiefel. Die Mädchen sahen zu Lala und flehten sie wortlos an, etwas zu unternehmen. Sie wollte gerade fragen, ob es zu spät war, das Design der Schuhe zu ändern, als Deuce mit Jackson und Heath eintraf.

Er küsste Cleo zur Begrüßung und fragte: »Wieso sind deine Füße verbunden? Hattest du eine Operation oder so was?«

»Nein, aber ich werde eine brauchen, wenn ich diese Treter noch eine weitere Sekunde tragen muss.«

»Sag mir, wer deine Hautpflege macht, und ich vergesse, was ich gerade gehört habe«, sagte Brigitte.

»Ha!« Dickie lachte.

Cleo sah ihren Freund an und hoffte, dass er Dickie eine knallen und ihre Ehre verteidigen würde. Aber er streckte stattdessen die Hand aus und sagte: »Mr Dally, Sie machen großartige Basketballklamotten.«

Dally erwiderte darauf: »Und du hast einen großartigen Weiber-Geschmack.« Deuce ließ die Hand schockiert wieder sinken.

»Wollen wir jetzt das Wandbild enthüllen?«, fragte Jackson und führte die Gruppe zu dem riesigen Tuch hinüber. Er packte eine Ecke und wartete, bis Heath den letzten Schluck von seinem Riesenbecher Cola getrunken hatte und die andere Ecke festhalten konnte.

»Es ist noch nicht ganz fertig«, erklärte Jackson. »Aber für einen ersten Eindruck reicht es.«

»Eins... zwei...drei!«, sagte Heath. Sie zogen an dem Tuch. Es bauschte sich und dann: »Bööööörp!« Heaths Riesencola zog einen Riesenrülpser nach sich. Ein gewaltiger Feuerball schoss durch die Luft und entzündete das aufgebauschte Tuch, das sofort in Flammen aufging.

»Aaahhh!«, schrie Jackson, der die Hitze fürchtete. Er riss das Tuch herunter und warf es auf den Sperrholz-Laufsteg. Sekunden später begann dieser zu brennen. Funken stiegen auf, segelten durch die Turnhalle und steckten die ausgelaufene Farbe in Brand.

Wuuup-wuuup-wuuup.

Der Feueralarm ging los. Sprinkler senkten sich von der Decke und sprühten eiskaltes Wasser in die Sporthalle. Blue begann, im Sprühregen herumzutanzen, während alle anderen den Rauch wegwedelten und nach dem Ausgang suchten.

Frankie versprühte Funken. »Code Grün!«

»Zut alors, mes cheveux!«, jammerte Brigitte. »Meine Haare sich kräuseln in Regen.«

»Ja, wie ein Schwamm«, sagte Lala.

»Pardonnez-moi?«

»Verkauft sich sicher gut«, brüllte Lala, denn jetzt war ihr egal, was ihr Vater von ihr dachte. Wen interessierten schon Collegebewerbungen? Sie hatte noch zigtausend Jahre vor sich. Irgendwann würde sie schon etwas Tolles leisten. Aber jetzt würde sie sich für das einsetzen, woran sie glaubte. Tierschutz zum Beispiel. Und die Rechte der JANs. Ihre Rechte. Vielleicht half sie Merston High damit nicht, aber das Leben bestand aus mehr als nur Schule, vor allem dann, wenn es ewig dauerte.

In der Ferne waren die ersten Feuerwehrsirenen zu hören. Schüler rannten aus ihren Klassenräumen, um sich auf dem Parkplatz zu versammeln. Haylee stürmte durch den Rauch, den Feuerlöscher im Anschlag, als wäre er ein Maschinengewehr. Das Licht in der Halle flackerte. Heath rannte auf den Ausgang zu. Frierend hielt Lala ihr Gesicht ins kalte Wasser, damit es das klebrige, schmutzige Gefühl von ihr abwusch, das sie schon den ganzen Nachmittag quälte.

Die rote Notbeleuchtung sprang an und ließ die Sporthalle teuflisch glühen. So konnte auch jeder erkennen, wie Dickie bei seiner kopflosen Flucht vor den Flammen Deuce aus dem Weg stieß, wobei er dem Gorgonen die Sonnenbrille von der Nase schlug. Deuce hielt sich sofort die Augen zu. »Meine Brille! Jemand muss mir meine Brille geben!«

Knirsch!

Dickies weißer Tennisschuh landete mit einem Krachen auf der Brille. Deuce riss die Augen auf. Dickie begann zu rutschen.

»Aahh!« Sein Schrei endete abrupt. An seiner Stelle stand nun eine rundliche Steinskulptur.

Deuce hielt sich wieder die Augen zu. »Bringt mich hier raus!«

»Ich hab dich«, sagte Lala und lief zu ihm. »Keine Angst, ich kann im Dunkeln sehen.«

»Kannst du mich rausbringen?«, fragte er.

»Unter einer Bedingung«, sagte Lala.

»Welche?« Er hustete.

»Mach die Augen auf!«

25
Frankies monsterkrasse Abschlussparty

Sadie Warlock... Su-Chin Weinstein... Brandon White...« Die Stimme von Schulleiter Weeks hallte über das Schulgelände. Er rief einen Schulabgänger nach dem anderen auf die im Freien aufgebaute Bühne, um ihnen ihr Abschlusszeugnis zu überreichen. Je näher er dem Ende des Alphabets kam, desto näher rückte die Freiheit für die Oberstufenklasse. Und Frankies großer Auftritt.

»Er ist schon bei W«, sagte Frankie zu ihrer Truppe. »Wir haben niemand mit X, vier mit Y und einen mit Z. Also geht es gleich los. Ich mache noch einen letzten Check.«

Die Mitglieder des Komitees standen stolz auf ihren Posten und erwarteten die Inspektion. Aber mehr als einen schnellen Blick brauchte Frankie nicht auf sie zu werfen. Alles war perfekt.

Was einmal ein langweiliger Schulhof gewesen war, war jetzt ein Kunstwerk. Die Ahornbäume, die Mauern und die Bodenplatten aus Beton waren mit glattem weißem Stein überzogen, als hätte ein Bildhauer jahrhundertelang daran gearbeitet. Der wuchernde Efeu war versteinert. Die Tulpen waren aus Stein. Und die runden Gartentische auch. Auf der Flucht vor dem Feuer hatte Deuce (ermutigt von Lala) die ganze Schule in etwas verwandelt, das an das Zuhause von Familie Feuerstein erinnerte. (Also gut, Deuce hatte nur den Anfang gemacht und dann hatten sie sich noch eine Meister-Architektin dazugeholt – seine Mutter, die kein Problem damit hatte, dass Deuce danach den ganzen Ruhm einheimste.)

Die Schließfächer ließen sich nicht mehr öffnen. Rucksäcke waren so schwer, dass niemand sie mehr heben konnte. Und statt der gewohnten Musik begleitete der Lärm von Pressluftbohrern und Bulldozern die Schulabgänger aufs Podium. Dass Schüler, die gegen uralte Vorurteile kämpften, sich plötzlich in der Steinzeit wiederfanden, erschien Frankie ausgesprochen witzig ... oder poetisch ... oder war es ironisch? Vielleicht auch existenziell? Wie auch immer, es war jedenfalls megakrass und etwas, worauf man auf jeden Fall aufmerksam machen sollte.

Als Haylee sie am Abend zuvor um Viertel vor zwölf weinend angerufen hatte, weil sie ihre Rund-um-die-Welt-Motto-Party in einer Felsenlandschaft nicht mehr steigen lassen konnte, war Frankie in Aktion getreten. Sie wollte, dass sie das vergangene Jahr gemeinsam Revue passieren ließen. Dass alle sich daran erinnerten, dass das Leben nicht schwarz und weiß war, sondern manchmal auch grün. Sie wollte das Beste aus dem machen, was sie hatte. Sie wollte sich und die anderen so akzeptieren, wie sie waren. Darum war es doch schließlich das ganze vergangene Schuljahr gegangen, oder etwa nicht?

Und so entstand *Stone High: Unsere Story.* Die wichtigsten Ereignisse des Schuljahres wurden mit Pflasterkreide auf jeden Baum, Ziegelstein und Felsen des Schulhofs geschrieben oder gezeichnet. Ghoulia war für die Texte zuständig und Jackson hatte gemalt. Brett, Heath und Irish Emmy filmten alles für die Nachwelt und Haylee sollte die Gäste begrüßen und zum Buffet geleiten. Natürlich war diese Aufgabe unter ihrer Würde, aber sie brauchte ebenso dringend eine Pause vom Stress wie ihr mit hektischen roten Flecken übersätes Gesicht.

»Und schließlich noch Moanica Yelps«, verkündete Schulleiter Weeks.

»Jaaaa«, seufzte Ghoulia für ihre große Schwester.

Ein Orchester aus Presslufthämmern spielte auf, als die Schulabgänger ihre Hüte in die Luft schleuderten. Und dann warfen die Schüler der Abschlussklasse ihre Umhänge ab und stürzten sich wie eine Kolonie ausgehungerter Fledermäuse auf das Buffet.

»Da kommen sie!«, rief Frankie.

»Ich danke dir«, antwortete Haylee, deren Brillengläser plötzlich ganz beschlagen waren.

»Wofür?«

»Du hast mich gerettet.« Haylee sah sich um. »Du hast die Abschlussparty gerettet. Und alles sieht sooo …« Sie verstummte, um sich die Nase zu putzen.

Frankie legte eine Hand auf Haylees Schulterpolster. »Ich weiß, wie es sich anfühlt, wenn einem die ganze Schule für irgendwas die Schuld gibt. Das wünsche ich wirklich niemandem.« Sie zögerte. »Sag mal, kann ich dich was fragen?«

Haylee nickte.

»Wieso hast du Cleo deine Rede gegeben?«

Haylee drückte sich das Taschentuch an die Nase. »Ich hab

das hier dafür bekommen.« Sie zeigte Frankie ihre Kette, an der ein blauer Anhänger befestigt war.

»Das Auge des Horus?« Frankie konnte ihre Verblüffung nicht verbergen. Anscheinend war Haylee doch nicht so clever. »Die kriegt man in jedem x-beliebigen Geschenkeladen.«

Haylee kicherte. »Sie sagt, dass mir dieses Amulett das dritte Auge verleiht.«

Frankie schnappte nach Luft. »Und das hast du geglaubt?«

Haylee kicherte erneut. »Natürlich nicht. Aber ich nehme nachmittags Unterricht im Glasblasen. Heath und ich wollen in den Sommerferien Vasen machen, die wir dann auf Kunsthandwerksmärkten verkaufen. Das Teuerste daran ist der Brennofen, doch was so ein Ofen kann, kann Heath schon lange... Aber neben der Schule, der Glasbläserei, der Abschlussparty und meinem Job als Hunde-Ausführerin ist mir der Wettbewerb einfach zu viel geworden. Ich brauchte eine Ausrede, um mich zurückzuziehen.«

Sie nahm ihre Brille ab und fuhr sich durch die feuchten Augenwinkel. »Tut mir leid. Ich glaube, ich bin einfach ausgebrannt.«

Frankie umarmte sie. »Ist schon okay.«

»Bleiben wir im nächsten Jahr in Verbindung?«, schniefte Haylee.

»Na klar«, sagte Frankie. »Du musst für mich auf Brett aufpassen.«

»Passt du dann an der Radcliffe auf Heath auf?«

Frankie bekreuzigte sich vor ihrem elfenbeinfarbenen Maxikleid. »Ich schwöre.«

»Da kommen sie.« Haylee lächelte. »Ich sollte unsere Gäste begrüßen.«

Frankie winkte ihr zu und machte ein letztes Foto vom Schulhof. Die leuchtenden, etwas kitschigen Kreidezeichnungen erzählten die Geschichte eines Sieges. Es begann mit einem Bild von Brett, der auf dem Schulfest aus Leibeskräften kreischte, weil er Frankies abgefallenen Kopf in den Händen hielt. In der Mitte war Frankie zu sehen, wie sie die JANs für *Der Spuk nebenan* interviewte. Und am Ende leuchtete Mrs Fooses Regenbogen. Es war eine Geschichte, die ohne sie nie stattgefunden hätte, erkannte Frankie jetzt. Deshalb stand über dem Regenbogen ein grüner Stern am Himmel. Dieser Stern war Frankie.

Eine schwebende Stein-Tulpe tauchte vor Frankies Nase auf. »War das alles hier deine Idee?«

»Wieso seid ihr denn deswegen so überrascht?«, fragte sie. Mittlerweile konnte sie das Erstaunen ihrer Mitschüler nicht mehr als Kompliment betrachten.

»Weil es so ...« Billy suchte fieberhaft nach einem Wort, das ihre Gefühle nicht verletzen würde.

»... megakrass ist?«

»Ja, genau, megakrass.« Er überreichte ihr die Tulpe.

»Wofür ist die denn?«

»Als Entschuldigung.«

»Für was? Dafür, dass du die Stimmzettel vertauscht hast, weil du dachtest, ich hätte keine Chance? Oder dafür, dass du mir nicht zugetraut hast, ein cooles Thema für die Abschlussparty zu finden?«

»Für beides.«

Frankie nahm die Blume und drehte den Stiel zwischen den Fingern. »Woher wusstest du, dass ich nicht gewinnen würde?«

»Ganz einfach« – Billy legte ihr die Hände auf die Schultern – »weil deine Ansprache total peinlich war.«

Frankie prustete los und umarmte ihren unsichtbaren Freund ganz fest. Das sah bestimmt total verrückt aus.

»Wenn hier nicht unser Unsichtboy im Spiel ist«, bemerkte Candace Carver. Sie war die einzige Schulabgängerin, die ihren Umhang mit einem Gürtel kombinierte und ihre Initialen – CC – so auf die Rückseite gestickt hatte, dass es aussah wie das Chanel-Logo. »Tolle Party übrigens.«

»Wo ist Melody?«, fragte Frankie.

»Sie ist nach der Zeremonie verschwunden. Irgendwas wegen der Band oder Jackson. Keine Ahnung. Ihr zuzuhören, ist nicht ganz ungefährlich. Meine Eltern haben mich übrigens gerade mit einem Erste-Klasse-Ticket überrascht. Abgang Holzklasse!«

»Wohin fliegst du?«, fragte Frankie.

»Ich verbringe den Sommer in Frankreich, um zu sehen, was modemäßig auf den Straßen abgeht. Billy und Spectra begleiten mich, da sie ja bekanntermaßen umsonst fliegen können.«

Frankie sprühte Funken und sah Billy empört an. *Danke, dass du mir davon auch schon erzählt hast.*

»Ich wollte es dir sagen«, beteuerte er. »Aber du hast meine Anrufe in den letzten Tagen ja komplett ignoriert.«

»Seit wann telefonieren wir denn?«, neckte ihn Frankie und drückte ihn noch einmal an sich.

»Candace? Bist du das?« Ein dunkelhaariger Schönling in einem Tweedblazer drängte sich zu ihnen durch.

Candace machte große Augen. Ein so geschocktes Gesicht hatte Frankie bei einem Normalo noch nie gesehen.

»Shane?« Sie wuschelte sich hastig durch die Locken. »Äh, was machst du denn hier?«

Shane verschränkte die Arme. »Meine Schwester Mindy feiert gerade ihren Abschluss.«

Candace drehte sich eine blonde Locke um den Finger. »Du bist Mindys Bruder?«

Shane hob eine Braue und nickte. »Und du gehst auf die Highschool?«

Candace hob ihr Limonadenglas und zwinkerte ihm zu. »Ab Herbst aufs College.«

Shane stieß ihr das Glas aus der Hand und rannte davon. Hunderte Augen richteten sich auf sie, denn alle wollten wissen, wie Candace Carver reagierte, wenn sie abserviert wurde. Offenbar machte es ihr nicht allzu viel aus. Sie war viel zu sehr damit beschäftigt, auf ihrem iPhone eine To-do-Liste für Frankreich zu erstellen. »Punkt eins«, las sie vor. »Alle amerikanischen Jungs vergessen.« Sie fuhr mit der Fingerspitze über einen Eintrag im Adressbuch und tippte auf Löschen. »Abgang Shane.«

Frankie streifte ihre pflau- menblauen Gladiatorsandalen ab und setzte sich auf einen versteinerten Busch. Sie wackelte mit ihren grünen Zehen, während Brett die Musikanlage abbaute. Schulleiter Weeks kam mit ausgestrecktem Arm auf sie zu.

»Wundervolle Arbeit, Frankie«, sagte er und schüttelte ihr

die Hand. »Ich hoffe, du lässt dich nächstes Jahr für die Schulsprecherwahl aufstellen.«

Frankie seufzte. »Von mir aus gern. Aber wie es aussieht, werde ich das an der Radcliffe tun müssen.«

Die schmalen Schultern ihres Schulleiters sanken. »Ach ja, die Radcliffe. Der Nagel im Sarg meiner beruflichen Laufbahn.« Er lockerte seine Krawatte, auf der in neun verschiedenen Sprachen *Herzlichen Glückwunsch zum Abschluss* stand.

Frankie schniefte. »Ich dachte immer, wir wären die Nägel.«

»Die Schüler?«

»Nein, die JANs.«

Weeks aufmerksame blaue Augen suchten ihren Blick. »Ich wusste schon immer, dass diese Gemeinde etwas Besonderes ist. Aber ich musste mich den Wünschen eurer Eltern beugen und Stillschweigen bewahren. Nichts hat mich mehr gefreut, als dass ihr Kids euch zusammengetan habt, um euch für das einzusetzen, was richtig ist.« Er zog ein rotes Tuch aus der Tasche seines zerknitterten hellen Anzugs und betupfte damit seine Stirn. »Und jetzt werdet ihr alle weggehen …«

Mit einem Mal spürte auch Frankie, wie ihr das Herz schwer wurde, auch wenn sie streng genommen gar keines hatte. Sie konnte sich einfach nicht vorstellen, auf eine neue Schule zu gehen. »Was wird aus dieser Schule?«

»Container«, sagte Weeks und ließ den Blick über die Schuttberge schweifen, die sich wie überdimensionierte Ameisenhaufen auf dem Schulgelände türmten. »Bis alles neu aufgebaut ist. Wir werden einen Neuanfang machen.

Wir sind Überlebenskünstler. Genau wie ihr.« Er lächelte. »Und wer weiß? Vielleicht ändert ihr eure Meinung ja doch noch und bleibt?«

»Ich liebe Merston wirklich.« Frankie stand auf und tätschelte ihrem Schulleiter die Schulter. »Aber Unterricht im Container? So gar nicht im grünen Bereich.«

26
Start in ein neues Leben

Leoparden-Top. Mittleres Fach zwischen den Zebra-Leggings und dem Tiger-Mini. Los!«, befahl Candace.

Melody schob die verspiegelte Schranktür nach rechts. »Das weite oder das enge?«

Candace riss ihre weiße Katzenaugen-Sonnenbrille herunter und sah ihre Schwester strafend an. *Was glaubst du wohl?*

»Alles klar. Das enge Top.«

Candace riss es ihr aus der Hand, rollte es zur Größe eines Tic Tac zusammen und stopfte es in die armeegrüne Reisetasche.

Melody spähte zu dem weißen Häuschen auf der anderen Straßenseite hinüber. Jacksons Fenster stand offen. Seine Vorhänge bewegten sich. Melody schlug das Herz bis zum Hals. Hatte er auf die Begrüßungsrede im Camp verzichtet, um sich von ihr zu verabschieden? Die Vorhänge bewegten sich wieder. Nur der Wind.

»Hallo – wir haben zu tun!« Candace schnippte vor Melodys Nase mit den Fingern. »Schwarze Jeggings. Reißverschlüsse am Knöchel. Im Hosenschrank hautenge Variante.«

Melody stopfte die Hose neben eine Jeansweste, als ihr

etwas aus den Tiefen der Reisetasche entgegenblitzte. »Ein Pailletten-Bustier?«

Candace posierte vor ihrem Spiegel und prüfte, wie ihr ein schwarzer Herrenhut stand. »Wenn man Pailletten hat, sollte man sie auch tragen. Wann immer man dazu Gelegenheit hat.« Sie warf den Hut aus dem Fenster wie eine ausgediente Frisbeescheibe. »In weniger als vierundzwanzig Stunden werde ich in einem Bistro Schokocroissants essen und mit heißen Gar-songs Frank-seh sprechen.«

Melody seufzte und ließ sich auf das rosa Rüschenbett fallen. »Ich brauche eine Pause.« Sie nahm ein weißes Satinkissen in die Arme und drückte es an sich.

Candace legte sich neben ihre Schwester auf die Decke und zupfte eine Feder aus Melodys Haaren. »Ich werde dich vermissen, Freak.« Sie drückte Melody. Ganz fest.

Melody atmete Candace' Black-Orchid-Parfüm ein. Wenn sie es tief genug einsog, würde der Duft vielleicht bis zum Ende der Sommerferien vorhalten. »Kein tränenreicher Abschied, schon vergessen?«

Candace nickte schniefend. Ob sie auch an die vergangenen zehn Monate dachte? An Monate, in denen sie sich so viel nähergekommen waren als in den fünfzehn Jahren davor? An ihren Umzug nach Oregon? An den Tag, an dem sie Jackson getroffen hatten? Den Tag, an dem sie miterlebt hatten, wie sich Jackson in Hyde verwandelte? Daran, wie sie die NOGEDI gegründet hatten? Oder wie sie erkannt hatten, dass sie keine Blutsgeschwister waren? Und entschieden hatten, dass das keine Rolle spielte?

Melody stützte sich auf einen Ellbogen und betrachtete Candace' mit Glitter bestäubte Lider. »Wo du auch bist, du wirst jeden Tag in ein Internetcafé gehen und mir berichten, was du gerade machst.« Candace begann, heftig zu blinzeln. »Ich will alle Einzelheiten. Fotos. Und die Wahrheit.«

»Abgang Lügen«, versicherte Candace wie in Trance.

Sirene gegen Normalo: eins zu null.

Wuschhhhhh. Draußen erklang das Zischen von Bremsen. Melody und Candace erstarrten. Es war so weit. Eins ... zwei ... drei ... Melody sprang vom Bett auf den Schaffellteppich und vergrub ihre Zehen darin.

»Der Bus ist da!«, rief Glory von unten.

Candace zog den Reißverschluss ihrer Reisetasche zu und hielt sie Melody hin. »Wenn du mit diesen Klamotten keine Rock-Ikone wirst, bist du so was von tot.«

Glory und Beau erwarteten sie schluchzend an der Haustür. »Wir sehen uns doch morgen Abend in Seattle«, versuchte Melody, sie zu trösten. »Und dann in Portland und San Francisco und Anaheim und San Diego.« Aber trotzdem musste sie gegen die Tränen kämpfen und hatte einen Kloß im Hals. Ihre Eltern würden zwar dem Bus folgen und bei jedem Auftritt dabei sein, aber es war dennoch das Ende einer Ära. Melody trat ins Leben hinaus. Ihre Welt würde nie wieder klein sein – dafür sorgte ihre Begabung. Sie brauchte jetzt viel Training. Und Platz, um sich zu entdecken. Salem war dafür zu klein. Mit jedem Schritt in die Zukunft ließ Melody ihre Vergangenheit ein Stück weit hinter sich.

Beau fuhr seiner Tochter durch die ohnehin schon zerzausten Haare. »Aber kein Alkohol.«

»Und keine Drogen«, fügte Glory hinzu.

»Und keine Kapuzenshirts«, rief Candace von oben, weil sie sich weigerte, öffentlich zu weinen.

Melody und ihre Eltern lachten und fielen sich in die Arme. Sie küssten sich und versicherten, wie sehr sie einander vermissen würden. Melodys Eltern versprachen, sofort loszufahren, nachdem sie Candace am Flughafen abgesetzt hatten. Ihre Familie entließ Melody in ein neues Leben, mit einer neuen Familie. Sie hatten erkannt, dass es der ultimative Liebesbeweis war, jemanden gehen zu lassen. Etwas, das Jackson offensichtlich nicht fertigbrachte.

Die Türen des dunkelroten Tourbusses öffneten sich zischend und die schrillen Anfangstakte von *Paradise City* drangen in die feuchtheiße Nachmittagsluft.

Granit sprang heraus. »Das nehme ich«, sagte er und griff nach ihrem Gepäck. Aber Melody schleppte ihre Reisetasche weiter die Stufen hinunter wie einen Leichensack.

»Du bist doch jetzt der Manager«, neckte sie ihn. »Lass das den Roadie machen.«

Er nahm ihr die Tasche weg und warf sie sich über die Schulter. Das erinnerte Melody an den Abend, an dem sie einander zum ersten Mal begegnet waren und er sie von der Tanzfläche gerettet hatte. »Solange wir den Job noch nicht vergeben haben, bin ich gewissermaßen beides.«

»Darüber muss ich mal mit meinem Kumpel Lew plaudern.«

»Oh ja, tu das«, sagte Granit und verstaute die Tasche im Gepäckfach an der Seite des Busses. »Kann es losgehen?« Er lächelte wie jemand, der eine Überraschung plant. Aber Melody wusste, dass er nur versuchte, seine Aufregung zu verbergen. Cool zu bleiben. Nicht aufs Dach des Busses zu steigen und zu schreien: »Wir gehen auf Tournee!« Sie konnte sich ja selbst kaum beherrschen.

»Willkommen an Bord!«, übertönte Nine Point Five die Musik von Guns N' Roses. Sie und Cici standen auf einer schwarzen Ledercouch und klebten Leadfeather-Plakate an die Einbauschränke. Sage baute einen neuen Plastikweihnachtsbaum zusammen, dessen mickrige Zweige mit Spenden von Freunden geschmückt werden sollten, die sie erst noch kennenlernen mussten. Der Bus roch nach Leder und Süßigkeiten – eine Mischung, die Melody von nun an immer mit einem Neuanfang verbinden würde.

Hinter der Sitzecke und einer Miniküche befanden sich sechs Etagenbetten. Drei auf jeder Seite, bei deren Anblick Melody unwillkürlich an die Regalbretter in Candace' Kleiderschrank denken musste. Nach den Betten kam noch ein Bad mit Dusche, das kaum größer war als eine Telefonzelle. Und in die Rückwand waren zwei riesige Lautsprecher eingebaut. Perfekt für Rock 'n' Roll – es hätte nicht besser sein können.

»Bereit?«, rief Granit und startete den Bus. Er war nicht nur ihr Manager und Roadie, sondern außerdem ihr Fahrer.

»Bereit!«, brüllten die Bandmitglieder einstimmig.

Melody öffnete das Fenster und warf ihrer Familie Küsschen zu, die ihr zuwinkte und Küsschen zurückwarf. Ein letztes Mal sah Melody zu Jacksons Haus hinüber, nur für alle Fälle. Aber er war auch dieses Mal nicht zu entdecken.

Als der Bus losrollte, verteilte Sage Schokoladenmilch. »Auf Leadfeather!«

»Auf Leadfeather!«, antworteten ihre Bandkolleginnen,

stießen mit den Kakaopackungen an und tranken in großen Zügen.

Granit bog auf die Schnellstraße Richtung Norden ein. Ungeahnte Möglichkeiten lagen vor ihnen.

»Verabschiedet euch von Salem«, rief Cici.

Sage und Nine Point Five stiegen auf die Ledergarnitur und winkten, Melody nicht. Sie ging nach vorn und setzte sich neben Granit. Sie schwor sich, nie wieder zurückzusehen. Und dann klingelte ihr Handy.

Die Nummer war die von Jackson, aber die Stimme – lebhaft und munter – war die von D.J. »Du willst doch wohl nicht ohne mich starten?«, sagte er und im Hintergrund konnte Melody ein lautes Gitarrensolo hören.

Melody lachte – verblüfft und erleichtert. Jackson hatte nicht etwa sie aufgegeben, er hatte sich selbst aufgegeben! Für sie. Das war Liebe. Das war einfach unglaublich!

»Wir brauchen noch einen Roadie«, sagte Melody zu ihm. »Die Bezahlung ist aber mies und das Essen noch schlechter.«

»Ich nehm den Job!« D.J. simste ihr, wo er war, und der Tourbus drehte noch einmal um. Es war das perfekte Ende ihrer Story und der ebenso perfekte Anfang einer neuen. Abgang Smellody.

Epilog
Vampire unter sich

Dienstag, 2. September

Die neuen Ahornbäume waren so gepflanzt worden, dass ihre Kronen einen Bogen formten. Von oben sah ihr Herbstlaub – in Rot, Gelb, Orange und Braun – ein bisschen wie ein verpixelter Regenbogen aus. Das aus Holz und Glas errichtete Gebäude war dann wohl der Topf voll Gold am Ende dieses Regenbogens. Zumindest sah es auf dem Plakat über dem Eingang so aus.

Mr D., der verwaschene Jeans und ein schwarzes Shirt trug, hatte sich vor das Satinband gestellt, das sich vor dem Eingang spannte, als wäre das Gebäude ein Geschenk mit schwarzer Schleife. Lala stand neben ihm. In der einen Hand hielt sie ihren Sonnenschirm, in der anderen eine goldene Schere. Count Fabulous hockte auf ihrer Schulter. Er trug eine schwarz-rosa gestreifte Schlafmaske und zur Feier des neuen Schuljahrs eine winzige Tiara.

»Willkommen an der…« Ihr Vater zog an einem Seil und ein schwarz-rosa Banner entrollte sich. Die Menge schnappte nach Luft. Denn der Name im Innern des Schulwappens lautete nicht etwa Radcliffe High. Lalas Drängen war es zu verdanken, dass dort etwas viel Passenderes stand. Etwas, das die Schüler an jenen Abend erinnern sollte, an dem alles angefangen hatte – jenen Abend, an dem Frankie Stein den Kopf verloren und die JANs geoutet hatte. An dem die Normalos die Buchstaben auf dem Merston-High-Schild neu geordnet hatten. An jenen Abend, der der Anfang vom Ende gewesen war.

»Willkommen an der Monster High«, sagte Mr D. zu den Hunderten, die ihn erwartungsvoll ansahen. »Der modernsten Schule im ganzen Staat!«

Applaus.

»Ich könnte einen kompletten Nachmittag von den weitläufigen Sportanlagen erzählen, den tragbaren Ladestationen, den Fontänen und Wasserfluren, den steinauflösenden Werkzeugen, den Werkstätten für Schneiderei und Schmuckherstellung, den Kursen für moderne Mumien, den selbstkühlenden Hüten, den transportablen Wärmelampen, unserem Musikprogramm, dem Tierrettungs- und Pflegezentrum...«

Lala strahlte. CF schlug mit den Flügeln.

»... aber seht lieber selbst!«

»Wuuuuhuuu!«, heulte jemand.

Mr D. hob die Hand. »Zunächst gibt es allerdings noch einige Leute, denen ich danken möchte.« Er schaute in die Menge und lächelte.

Lächelte!

»Ram de Nile für die Finanzierung des Projekts (Applaus) und den Wolfs für den fantastischen Bau (Applaus). Den Steins, Mrs J. und unserer neuen Gesangslehrerin Marina, die ein anspruchsvolles und neuartiges Kursprogramm entwickelt haben, das trotzdem alle staatlichen Anforderungen erfüllt (Applaus). Mr Weeks, der sich bereit erklärt hat, uns als Schulleiter zur Verfügung zu stehen (Applaus), Deuce Gorgon und Clawd Wolf, die den Sportverband von Oregon davon überzeugt haben, unsere Mannschaften anzuerkennen (tosender Applaus). Und ...« Mr D. nahm seine Sonnenbrille ab. Er blinzelte und legte den Arm um seine Tochter. Seine Berührung wärmte Lala auf eine Art, wie es Clawd und Kaschmir niemals konnten. »Vor allem aber meiner bemerkenswerten Tochter Lala und ihrer elektrisierenden Freundin Frankie Stein. Ich weiß nicht, wie viele andere Mädchen ihre Sommerferien damit verbracht hätten, mich zu überreden, unsere Schule auch für Normalos zu öffnen. Aber diese beiden haben es getan. Und sie hatten Erfolg (noch einmal tosender Applaus). Und ich versichere, dass sie es ohne die Hilfe von Sirenen geschafft haben.« Melody und Jackson lachten. »Und ohne viele weitere Worte übergebe ich euch Schülern die ... Monster High!«

Ohrenbetäubender Applaus. Die Wolfs versuchten, sich vor dem Lärm zu schützen. Lala beugte sich vor und schnitt das Band durch. Dann rannte alles auf die Türen zu.

Lala beobachtete den Ansturm aus sicherer Entfernung. Der Arm ihres Vaters lag immer noch auf ihrer Schulter. Sie war ihm nahe genug, um seinen Selbstbräuner riechen zu können. Aus irgendeinem Grund schien auch er es nicht eilig zu haben. Lala wollte diesen Augenblick auskosten, so lange sie konnte.

»Hast du das wirklich so gemeint?«, fragte sie und schaute zu ihm auf.

Er sah sie an. Seine schwarzen Augen wirkten nicht mehr

so hart wie Stein, eher schimmerten sie wie Perlen. »Was gemeint?«

Lala überlegte kurz, ob sie die Frage wirklich stellen sollte. Sie hatte immer noch Angst, ihm zu zeigen, wie sehr sie sich nach seiner Anerkennung sehnte. Aber nicht, weil sie fürchtete, was er dann tun könnte, sondern vielmehr, weil sie fürchtete, was er dann nicht tun könnte. Es würde noch eine Weile dauern, bis sie ihm ihre Gefühle anzuvertrauen wagte. Aber wenigstens konnte sie sich inzwischen selbst eingestehen, was sie fühlte. Und sie wusste, dass sie überleben würde, egal, was er sagte oder tat. Sie würde vermutlich sogar daran wachsen.

»Findest du mich wirklich bemerkenswert?«, fragte sie. »Hast du das ehrlich gemeint?«

»Eine der bemerkenswertesten Frauen, die ich kenne«, sagte er und schaute traurig in die Ferne. »Das sage ich dir nicht sehr oft, oder?«

»Äh, ich kann an einem Reißzahn abzählen, wie oft du es bisher gesagt hast.«

Er hüstelte. »Ich schätze, ich bin immer davon ausgegangen, dass du es weißt.«

Lala schüttelte seinen Arm ab. »Und woher sollte ich das wissen?« Ihre Hände begannen zu zittern. Sie warf eine Eisentablette ein und schluckte sie ohne Wasser. Sie blieb ihr im Hals stecken wie so vieles, was sie gern gesagt hätte. »Dad.« Sie schluckte noch einmal. Einen Biss nach dem anderen ... »Wir kommunizieren über Satellit. Du lebst auf einem Boot und sprichst in ein Headset. Deine Bräune ist dir wichtiger als deine Familie. Du versetzt meine Tiere in Angst und Schrecken!« Sie zwang sich, ihn anzusehen. Er betrachtete seine auf Hochglanz polierten schwarzen Schuhe. »Vielleicht liegt es daran, dass ich kein Fleisch esse oder dass ich mit einem Wolf ausgehe oder dass ich derselben Meinung bin wie Onkel Vlad, dass unser Haus mit ein paar frischen Farben viel besser aussehen würde. Aber was immer es ist, ich ...«

»Es ist deine Mutter!«, stieß er mit gebleckten Reißzähnen hervor.

Wie? Was?

»Laura«, sagte er und benutzte damit den Namen, den ihre Mutter ihr gegeben hatte. »Hast du eine Ahnung, wie ähnlich du ihr siehst?«

Lala zeigte ihre Reißzähne in einem empörten Versuch, ihm das Gegenteil zu beweisen. Sie bedauerte es allerdings sofort.

»Du hast ihr Temperament. Du bist die einzige Person, die mich herausfordert, wie sie es getan hat. Du bringst mich dazu, alles zu hinterfragen, woran ich glaube. Du mischst Pink in mein Schwarz-Weiß.«

»Was spricht dagegen?«

»Farben sind unvorhersehbar«, sagte er, als wollte er damit etwas ganz anderes ausdrücken.

»Wie der Tod von Normalos?«, fragte Lala, die sofort begriffen hatte.

Er nickte. »Wie der Schmerz, jemanden zu verlieren, den man liebt.«

Lala stellte sich auf die Zehenspitzen und küsste ihn auf die Wange. »Mich wirst du nicht verlieren.«

»Ich fürchte, das habe ich schon«, sagte er und seine Augen waren plötzlich ganz feucht.

Sie pikte ihm einen Reißzahn in den Arm. »Also gut, die ersten eintausendfünfhundertneunundneunzig Jahre waren vielleicht ein bisschen schwierig. Aber da ist nichts, was wir nicht in den Griff bekommen könnten.«

Ihr Vater schniefte, kicherte und zog sie an sich. »Bemerkenswert.«

Arm in Arm traten sie über die Schwelle der Monster High und gesellten sich zu den anderen Besuchern. Sie sahen ganz normal aus, Vater und Tochter eben. Das war einfach fang-tastisch!

Ein megakrasser Dank geht an meine Lektorin,
Erin Stein*. Deine Genialität und Begeisterung
haben meine Funken sprühen lassen.
xxxxx Lisi

*Wie sich herausgestellt hat, steht sie in engem Kontakt zu Frankie. **

** Kapiert? Kontakte? Frankie Stein? Erin Stein? ***

*** Kontaktperson? ****

**** Ach, vergesst es …

13
Neue Hoffnung für die Liebe

In der Zwischenzeit machten die JANs auf der Lichtung hastig Pläne, ihre Diskussion online weiterzuführen, wo sie sich hinter Passwörtern und anonymen Nicknames verstecken und so ungestört über die Pläne für die Radcliffe High diskutieren konnten. Und Cleo, die Ghoulia zum totenstillen Parkplatz zerrte, konnte es anscheinend gar nicht schnell genug gehen.

»Nimm einfach meinen Arm«, stöhnte Ghoulia auf Zombie. »Der Rest von mir kommt schon irgendwann hinterher.«

»*Versuch* wenigstens, dich zu beeilen«, drängte Cleo und zog noch einmal kräftig an Ghoulias Arm. Sie hatte kein Problem damit, ihre Freundin zu verstehen; immerhin schrieb sie schon seit Jahren ihre Hausaufgaben bei der Musterschülerin ab. »Lalas Fangbookseite explodiert bestimmt schon. Falls Mr D sie noch nicht umgebracht hat ... oder zum Leben erweckt ... oder was auch immer Vampire tun.«

Ghoulias rot-schwarze Vespa war das letzte Fahrzeug, das noch auf dem Parkplatz stand – ein Beweis für etwas, das Cleo längst wusste: Der Zombie war nicht gerade von der schnellen Truppe. Das war sie nie gewesen und würde es nie sein. Aber Cleo hatte sich schon immer schwer damit getan, Dinge zu akzeptieren, wie sie waren. Als die beiden zusammen auf der Vespa zum Treffen gefahren waren, hatte sie sogar dem Mond vorgeworfen, er sei zu faul! Mit ein bisschen mehr Anstrengung, hatte sie gesagt, könnten sich seine Strahlen sicherlich nützlich machen und die Leute bräunen. Ghoulia hatte darauf mit ihrem üblichen Kicher-Stöhnen reagiert. Zugegeben, diese Reaktion hatte etwas von Fast Food an sich – billig, schnell und millionenfach serviert –, aber es war immer noch besser, als einer Prinzessin zu widersprechen.

»Vielleicht sollten wir einfach hierbleiben«, sagte Ghoulia jetzt, als sie sich ihrem frisierten Roller näherten. »Das ist ein Superparkplatz für unseren ersten Tag an der neuen Schule.«

»Ka!«, zischte Cleo.

Ghoulia kicherte. Diesmal jedoch nicht, um einer Diskussion zu entgehen, sondern weil ihr wirklich zum Kichern zumute war. Mr Ds neue Privatschule für JANs würde ihrem Liebesleben neuen Schwung verleihen. Bisher hatte ihr Freund Slo Mo eine andere Schule besucht, weil er aus einem anderen Bezirk kam. Aber jetzt? Jetzt konnte er schon bald mit ihr auf die Radcliffe gehen!

Sie würden zusammen lernen, zusammen als Letzte beim Geländelauf ins Ziel gehen und sich in der Mittagspause viel Zeit lassen. Sie würde nie wieder allein in der Cafeteria sitzengelassen w–

»Merston verlassen?«, empörte sich Cleo, als Ghoulia ihr einen metallisch schimmernden Helm reichte. »Mr D muss verrückt geworden sein! Was wird aus dem T'eau-Dally-Wettbewerb? Und den armen Normalos, die so auf meinen Style abfahren? Wen sollen sie jetzt kopieren? *Haylee?«*

Cleo zurrte den Kinnriemen des Helms fest und schwang ein bronzefarbenes Bein über den Sitz der Vespa. »Die ganze Gegend wird von Crocs und schlecht sitzenden Röcken überflutet werden. Ich meine, wir werden hier immer noch leben müssen. Und noch schlimmer: Wir werden uns das *ansehen* müssen. Mein ganzer Einfluss«, sie schnippte mit den Fingern, »weg! Als wäre ich nie da gewesen.«

Ghoulia setzte sich auf den Roller und wackelte mit dem Po, um Cleo nach hinten zu schubsen. Mit einem Klicken schloss sie ihren eigenen Helm und startete ihre Turbo-Vespa. »Mo wird sterben – noch mal –, wenn ich ihm von der Radcliffe erzähle.« Sie lächelte über ihren eigenen Zombiehumor.

»Wie kannst du in Krisenzeiten wie diesen an Jungs denken?«

»Krisenzeiten?«, kicher-stöhnte Ghoulia.

Cleo stampfte mit ihrer Keilsohle auf das frisch polierte Auspuffrohr. »Alles, wofür ich gearbeitet habe, wird mir entrissen. Es ist, als würde mir ein riesengroßer Wachsstreifen die perfekt gestylten Augenbrauen rausreißen und –«

Ghoulia fuhr mit einem dosierten Rucken an. Cleo klammerte sich zwar an sie, doch ihr Mundwerk war nicht zu stoppen. »Ich kann nicht fassen, dass Lala mich wegen diesem Wettbewerb so verrückt gemacht hat, obwohl sie genau wusste, dass ich nicht mehr da sein würde, um meinen Erfolg zu genießen.«

Ihre Fingernägel mit den goldenen Spitzen begannen, sich in Ghoulias Bauch zu bohren.

»Aber ich bin nicht dämlich. Ich finde schon heraus, was sie vorhat.«

»Vorhat?«, murmelte Ghoulia, der der Fahrtwind ins Gesicht wehte.

»Zum Beispiel, ob dieser Wettbewerb überhaupt echt ist«, schrie Cleo Ghoulia ins Ohr. »Oder ob es nur ein Trick ist, um die beliebten Leute abzulenken, während ... warte! Was, wenn es gar keine Schule gibt? Was, wenn es eine Falle ist?«

»Ha!«, stieß Ghoulia hervor.

Und dann, als wollte sie Cleos negativer Einstellung entkommen, gab sie Gas und raste die Ahornallee hinunter, die zum Haus der de Niles führte.

Die goldene Tochter des Hauses grub ihre Nägel noch tiefer in Ghoulias Fleisch. Hitze fuhr von ihrer Hüfte durch ihren Körper. »Also, im Ernst. Selbst wenn das alles Teil von irgendeinem Plan war, kann ich nicht glauben, dass Lala mir nichts davon gesagt hat. Ich bin ihre beste Freundin. Man sollte doch meinen ...«

Ghoulias Gedanken gingen auf Wanderschaft ... *Sie schlenderte auf dem Schulflur an den Schließfächern vorbei, begleitet von Mo, der Verkörperung von Zombie Lover, dem Helden ihres selbst gezeichneten Comics ... und er fächerte ihr mit einem schriftlichen Verweis fürs Zuspätkommen Luft auf die liebesglühenden Wangen* ... Ein entgegenkommender Geländewagen blendete sie.

»... findest du nicht?«, fragte Cleo ungeduldig.

»Äh, vielleicht hat Lala es ja nicht gewusst.«

»Im Ernst? Du schlägst dich auf ihre Seite?«

Ghoulia beugte sich vor und sauste um eine Kurve. Ein Leinenstreifen löste sich von Cleos Handgelenk und landete auf der Nase eines unglücklichen Mannes, der eine Abendrunde mit seinem Labradoodle drehte. Volltreffer.

Ungerührt wütete Cleo weiter. »Sie muss es gewusst haben! Daran besteht kein Zweifel! Immerhin ist er nicht mehr auf seiner Jacht. Sie wohnen im selben Haus.«

»Dann wusstest du also auch, dass dein Vater ihn beim Ankauf des Grundstücks unterstützt hat?«, fragte Ghoulia.

»Welches Grundstück?«

»Das Grundstück, auf dem Mr D Radcliffe baut. Er hat doch deinem Dad dafür gedankt, dass er es gekauft hat, schon vergessen?«

Cleo löste ihre goldenen Krallen aus Ghoulias Taille. »Einspruch! Das hatte etwas mit heiligem Boden zu tun, nicht mit Radcliffe«, beteuerte sie, doch ihr Herz hämmerte an Ghoulias Rücken.

Hmmpf war alles, was Ghoulia dazu sagte und beschloss, ihre Freundin noch einen Moment schmoren zu lassen.

Nach einer verlegenen Pause, flötete Cleo schließlich: »Und? Ist Zombie Lover in den Sommerferien zu Hause?«

Ghoulia strahlte. »Allerdings. Wir fahren zusammen zur Comic-Con nach San Diego!« Dann verzog sie ein wenig das Gesicht. »Genau genommen fährt mein Dad uns hin.«

»Ist das diese Comic-Messe, auf der sich Normalos als JANs verkleiden?«, fragte Cleo.

Ghoulia lachte. Es hörte sich echt komisch an, wenn Cleo es so ausdrückte. Aber Veranstaltungen wie die Nekro-Con und die Comic-Con, bei denen sie sich unter die ausgelassene Menge mischen konnte, um andere Außenseiter und Künstler zu feiern, waren die einzigen Orte, an denen sie sich normal vorkam. Sogar besser als normal. Das waren die einzigen Orte, an denen sie sich so fühlte, wie Cleo es vermutlich jeden Tag tat.

»Ich dachte an einen Shoppingausflug nach Buh York, falls du lieber etwas Cooles machen würdest«, bot Cleo an. »Wir könnten zu viert hinfahren.«

Ghoulia stellte sich vor, wie sie durch einen exotischen Tempel mitten im dichten Dschungel rannte, verfolgt von einem riesigen kirschroten Apfel. Der *Big Apple* würde Apfelmus aus ihr machen. »Zu hektisch«, lehnte sie ab.

»Biss-talien?«, bohrte Cleo weiter. »Wir können uns in Florenz Vespas mieten und – vergiss es. Das können wir streichen.«

»Wieso?«

»Die Haare.«

»Mach doch einen Pferdeschwanz.«

»Nicht meine. Die von Deuce. Seine Schlangen werden reisekrank. Warum mieten wir kein Strandhaus? Wäre das nicht super? Die Jungs könnten uns den Rücken einölen und –«

»Vergiss es. Meine Eltern lassen mich nie im Leben mit Jungs verreisen«, gestand Ghoulia. »Würde dein Dad?«

»Niemals.« Cleo kicherte. Was auch Ghoulia zum Kichern brachte. Sie mochte es, wenn Cleo einfach nur Cleo war, ohne das ganze Mumiengehabe.

»Die Comic-Con gewinnt!«, stellte sie grinsend fest. »Komm doch mit. Es ist nur ein Wochenendausflug.«

Cleos Antwort darauf waren laute Schnarchgeräusche direkt in Ghoulias Ohr. Sie hörte erst damit auf, als sie ihr Zuhause erreicht hatten. Dort glitt sie von der Sitzbank des Rollers und nahm den Helm ab. Ihre Frisur saß immer noch perfekt.

»Ka.« Sie seufzte und ihre stark geschminkten Augen blickten ehrlich besorgt. »Ich weiß, dass die Radcliffe für dich und Mo total golden ist, aber denk auch daran, wie hart jeder von uns für die Gleichberechtigung gekämpft hat. Das ist ein Schlag ins Gesicht der Freiheit. Es ist ein Rückschritt in die Vergangenheit. Es ist die Trennung von Staat und Kirche.«

Ghoulia blinzelte ihre Freundin verblüfft an. Hatte Cleo gerade echte politische Bedenken geäußert oder waren diese Zeilen von irgendeiner Fangbook-Pinnwand? Wie auch immer, es war etwas Wahres daran. Die JANs hatten vieles geopfert, um offen zwischen den Normalos leben zu können. Und Mr Ds Schule würde sie wieder von ihnen abschneiden.

Natürlich hatte eine Schule nur für JANs auch Vorteile. Dort konnten sie auf ihre Bedürfnisse eingehen, wie es an einer normalen Schule unmöglich war. Die Unterschiede einfach zu ignorieren, war auch keine Lösung. So würden die JANs ihr volles Potenzial nie ausschöpfen können. Aber wie auch immer. Es war zu kompliziert, um es in Worte zu fassen. Cleo würde vermutlich ohnmächtig in die Büsche kippen, wenn Ghoulia es auch nur versuchte.

»Deuce sollte ganz Merston in Stein verwandeln, damit die Normalos auch auf die Radcliffe gehen müssten«, scherzte Ghoulia.

Cleo klopfte ihr auf die Schulter. »Bleib du lieber beim Fahren und überlass mir die Geistesblitze. Mir fällt bestimmt etwas ein, das total golden ist.«

»Ich weiß«, sagte Ghoulia und spielte mit dem Gasgriff. »Das ist doch immer so.«

Cleo hastete ins Haus, um ihre E-Mails zu checken, und Ghoulia fuhr in die Nacht. Der Scheinwerfer des Rollers beleuchtete nur ein Stück der Straße, die vor ihr lag – Asphalt, Ölflecken, Stoppschilder. Weiter konnte sie nicht sehen. Trotzdem vertraute sie ihrem Instinkt, dass die Zukunft nicht so dunkel war, wie sie aussah. Wie sollte sie auch? Immerhin hatte Slo Mo in ihr einen festen Platz.

Lisi Harrison
Monster High

978-3-401-50501-5

Eine Party zum Verlieben

Jeder Neuanfang ist schwer – vor allem, wenn man Frankensteins Urenkelin ist. Frankie hat grüne Haut und wer kann schon von sich behaupten, von seinen Eltern mit dicken Schrauben zusammengebaut worden zu sein? Zum Glück stellt Frankie schnell fest, dass außer ihr noch andere Monster die Merston High bevölkern.

978-3-401-50502-2

Fledermäuse im Bauch

Bei Frankie hat es mordsmäßig gefunkt! Schuld daran ist kein Kurzschluss, sondern Brett – ein Normie und der Freund von Bekka, der Erzfeindin der hippen Monsterclique. Und auch Brett ist seit dem Kuss auf dem Ball unsterblich in Frankie verliebt. Gemeinsam wollen sie allen zeigen, wie cool Monster sind, und interviewen Frankies Freunde. Aber Bekka schmiedet schon teuflisch fiese Rachepläne.

978-3-401-50503-9

Happy Birthday unterm Vollmond

Das Unfassbare ist passiert: Clawdeen, Lala und Co. sind in aller Öffentlichkeit als Monster geoutet worden und plötzlich ist die ganze Stadt hinter ihnen her. Clawdeen ist untröstlich: Was soll jetzt aus ihrer langersehnten Geburtstagsparty werden? Doch auf ihre Freundinnen ist Verlass. Gemeinsam schmieden sie einen Plan, wie die heißeste Party des Jahres doch noch steigen kann.

Arena

Auch als E-Books erhältlich
Als Hörbücher bei Arena audio

Jeder Band:
Klappenbroschur
www.arena-verlatg.de

Ilona Einwohlt

Mein Knutschfleck und ich

Die Pubertät geht in ihre heißeste Phase! Während Sina hundertpro sagen kann, dass sie nie-nie-niemals so werden will wie ihre Eltern, zermartert sie sich gleichzeitig das Hirn darüber, wer sie ist und wo sie hin will ... Des weiteren drängt sich ihr eine nicht minder wichtige – megadringende – Frage auf: Flirten und Küssen – wie geht das überhaupt? Neue, witzige und hormonverwirbelte Katastrophen von Sina. Mit starken Tipps und wertvollen Infos.

Arena

Auch als E-Book erhältlich
Als Hörbuch bei Arena audio

216 Seiten • Klappenbroschur
ISBN 978-3-401-50445-2
www.arena-verlag.de